퀴르발 남작의 성

최제훈은 1973년 서울에서 태어나 연세대학교 경영학과와 서울예술대학 문예창작과를 졸업했다. 2007년 제7회 『문학과사회』 신인문학상(소설 부문)을 수상하며 문단에 나왔다. 소설집 『퀴르발 남작의 성』, 장편소설 『일곱 개의 고양이 눈』 『나비잠』이 있다.

최제훈 소설집
퀴르발 남작의 성

초판 1쇄 발행 2010년 9월 27일
초판 15쇄 발행 2016년 5월 31일

지은이 최제훈
펴낸이 주일우
펴낸곳 ㈜문학과지성사
등록번호 제1993-000098호
주소 04034 서울 마포구 잔다리로7길 18(서교동 377-20)
전화 02) 338-7224
팩스 02) 323-4180(편집), 02) 338-7221(영업)
전자우편 moonji@moonji.com
홈페이지 www.moonji.com

ⓒ 최제훈, 2010. Printed in Seoul, Korea
ISBN 978-89-320-2052-5 03810

이 책의 판권은 지은이와 ㈜문학과지성사에 있습니다.
양측의 서면 동의 없는 무단 전재 및 복제를 금합니다.

퀴르발 남작의 성

최제훈 소설집

문학과지성사
2010

차례

퀴르발 남작의 성　7
셜록 홈즈의 숨겨진 사건　47
그녀의 매듭　81
그림자 박제　117
마녀의 스테레오타입에 대한 고찰―휘뚜루마뚜루 세계사 1　157
마리아, 그런데 말이야　195
괴물을 위한 변명　231
쉿! 당신이 책장을 덮은 후……　271

해설 난장의 문화 공학과 그 그림자_우찬제　284

퀴르발 남작의 성

1993년 6월 9일, 한국 서울 K대학교
백정인 강사, 교양과목 〈영화 속의 여성들〉

자, 수업 시작합시다. 그런데 출석 체크된 인원이 머릿수하고 왜 이리 안 맞아. 일인다역 엑스트라가 많은 모양인데, 오늘은 연기력이 괜찮았으니 그냥 넘어가겠어요. 거기 창문 좀 닫읍시다. 밖이 시끄럽네. 그렇게 덥지는 않죠? …… 덥다는 사람이 점퍼는 왜 입고 있어?

오늘 다룰 영화는 에드워드 피셔 감독의 1953년 작 「퀴르발 남작의 성」입니다. 제목부터 벌써 으스스한 고딕 호러 분위기를 풍기죠? 1932년 출간된 프랑스계 작가 미셀 페로의 동명 소설이 원작이에요. 피셔 감독이 직접 각색을 했는데, 사실 결말은 많이 달라요. 이게 아마 피셔의 두번째인가 세번째 작품일 거예요. 당시에는 아직 신출내기 무명 감독이었고, 오히려 1950년대 할리우드 최고 스타였던 제시카 헤이워드의 출연으로 화제가 됐었죠. 이 영화 본 사람? 손 한번 들어봐요. ······무려, 세 명. 혹시 원작 소설을 읽은 사람 있나요? ······음, 예상대로 아무도 없군요. 슬프네. 학기 초에 강의 계획서를 나눠준 보람도 없이. 계속 얘기하지만 미리미리 영화를 찾아서 보고 들어오세요. 영화에 대해 얘기하는데 정작 내용을 하나도 모르면 두 시간 동안 그냥 나 혼자 떠들게 되잖아. 그게 바람직하다는 표정들이네. 기말고사에서는 영화 비주얼에 대한 문제를 내겠어요. 「쿼르발 남작의 성」에서 남작의 헤어스타일은? 1번 올백, 2번 단발머리······ 농담 아닙니다.

각설하고, 이 영화에서 남작의 성은 인간 욕망이 응축되어 있는 내적 공간의 상징이라 할 수 있어요. 사실 영화건 소설이건 인간 욕망이 다루어지지 않는 작품은, 거의 없죠. 문제는 그 욕망을 전개하는 방식인데, 그 점에서 이 영화는 이전 작품들과 차별화되는 영화사적 의미를 지닙니다. 이전까지, 지금도 별로 변한 건 없지만, 호러영화 속 여성은 크게 두 가지 이미지로 그려졌어요. 뭐죠? 복잡하게 페미니즘 영화이론이니 이런 거 생각할 필요 없이, 그냥 본인이 봤던 영화들을 떠올려봐요. 드라큘라 시리즈나 작년에 개봉한 「원초적 본능」 같은. ······다리 꼬는 거밖에 생각 안 나지? 바로 욕망의 대상이거나 공포의 대상이죠. 피를 흘리며 쓰러지는 섹시한 피해자, 아니면 악녀, 팜 므 파탈. 드라큘라 봐요. 항상 긴 머리의 고혹적인 미녀들이 하얀 목을 쭉 빼고 자고 있잖아. 그럼 드라큘라가 잘 먹겠습니다, 하고 이빨을 꽂는 식이죠. 예쁘다고 피가 맛있나, 외모 가지고 피까지 차별하니, 원. 아마 나 같은 사람은 드라큘라 성에서 하숙을 해도 아무 일 없을 거예요. 모기나 좀 물어줄까. ……어, 지금 고개 끄덕인 학생, 학점으로 복수하겠어.

반면에 악녀나 괴기스런 여성으로 표현되는 경우는 남성들의 여성성에 대한 무의식적 혐오와 두려움을 표현한다고 볼 수 있어요. 줄리아 크리스테바식으로 표현하자면 아브젝시옹, 상징계로 진입하기 위해 폐기시켜버린 공포의 자궁. 이런 건 안 적어도 돼요. 소리 나는 대로 적어봤자 뭐하나. 나중에 보면 이게 뭔 단어냐, 할 거면서. 그런데 악녀들도 섹슈얼리티가 중요하기는 마찬가지예요. 샤론 스톤이 섹시하지 않으면 「원초적 본능」 스토리가 진행되겠어? 남자가 꼬여야 죽이든 살리든 하지. 이렇게 욕망의 대상이건 공포의 대상이건 여성을 타자화하여 객체로 다루고 있다는 점은 같습니다. 로라 멀비는 이러한 할리우드 영화언어 자체에 남성의 시선, 가부장제의 무의식적 논리가 부호화되어 있다고 주장하지요. ……참, 남학생들은 가부장제라는 말만 나오면 얼굴부터 찡그리더라. 인상 펴요. 댁들 얘기 아니니까.

각설하고, 「퀴르발 남작의 성」은 사실 크게 주목받은 영화는 아니지만, 여기에 나오는 카밀라 하퍼라는 여주인공은 1950년

대 영화 현실에서 주목해볼 가치가 있습니다. 그녀는 기껏해야 소리나 꽥꽥 지르다가 넘어지는, 당시의 관습화된 호러영화 속 여성상을 탈피하여 적극적인 내러티브의 주체로 등장하죠. 「에이리언」의 여전사 시고니 위버나 「터미네이터」 린다 해밀턴의 대선배 격이라고 할까. …… 전부 멍때리는 표정이네. 장관이다. 저 사람이 지금 뭔 소릴 하나, 영화를 봤어야 알지. 그럼 오늘도 할 수 없이, 먼저 영화 스토리를 간단히 살펴봅시다. 미국 텍사스에서 목장을 경영하던 하퍼 부부는 경제적 어려움으로 목장이 넘어갈 위기에 처합니다. 이때 카밀라는 10년 전 프랑스의 퀴르발 남작에게 시집간 언니를 떠올리고 도움을 요청하는 편지를 보내죠. 형부가 갑부니까 급전 좀 땡겨달라고. 그녀의 언니는 흔쾌히 도와주겠다는 답장과 함께 가족 모두를 프랑스로 초대해요. 한시름 덜게 된 하퍼 부부는 돈도 받고 휴가도 즐길 겸 어린 딸 캐서린과 함께 대서양을 건너죠. 긴 항해 끝에, 드디어 그들은 프랑스 크륄리 지방에 있는 퀴르발 남작의 성에 도착합니다.

1932년 6월 9일, 미국 뉴욕
작가 미셸 페로와 출판사 편집장

"할머니는 저녁마다 나와 동생들을 모아놓고 옛날이야기를 들려주셨다네. 삐걱대는 흔들의자 장단, 너울거리며 춤추는 벽난로 불꽃, 느릿느릿 리듬을 타는 할머니 말소리…… 우리는 최면에 빠지듯 미지의 세계로 여행을 떠났지. 고양이가 말을 하고, 외눈박이 거인의 보물을 훔치고, 푸른수염이 아내를 죽이고, 마법사의 도움으로 공주와 결혼하고…… 지금도 전부 생생해. 할머니의 목소리만으로 만들어지는 이야기 세상이 내가 살아가는 현실보다 더 선명하고 생기 넘쳤으니까. 이번 소설도 '겁 없는 장과 퀴르발 남작'이라는 이야기에서 모티프를 얻어 쓰게 된 거라네."

"할머니가 귀한 유산을 남겨주셨군."

편집장은 스테이크 접시를 밀어놓고 웨이터에게 커피를 주문했다.

"그런 셈이지. 그때는 어머니가 요긴하게 사용하시던 회초리이기도 했고. '미셸, 그렇게 말썽부리면 너 퀴르발 남작의 성에 버리고 온다.' 이 한마디면 난 옴짝달싹 못하고 얌전한 소년이 되었으니까. 내게 할머니의 옛이야기들은 단순한 흥밋거리가 아니었어. 직접 보지 못했을 뿐 모두 어딘가에 실제로 살고 있는 존재들이라 믿었지. 특히 퀴르발 남작 같은 경우는 이야기 속에서 뛰쳐나와 오랫동안 내 정신세계를 맴돌고 있다네. 왜 그럴까? 그냥 짤막한 전래 동화일 뿐인데. 지금도 나는 종종 꿈속에서 그를 만나. 늘 다른 얼굴이지. 내가 미워하거나 두려워하는 사람이 생기면 어김없이 꿈에서 퀴르발 남작이 되어 나오는 거야. 자네도 몇 번 남작으로 등장해 원고 독촉을 하더군."
 페로는 웃으며 냅킨으로 입가를 두드렸다.
 "이번 소설을 통해 남작을 형상화시켜보고 싶었다네. 내 무의식의 동굴을 배회하는 유령을. 그런데 말이야, 글을 써가다 보니 남작의 얼굴이 이번엔 점점 내 얼굴로 바뀌는 거야. 그럴 수밖에. 남작은 그동안 내가 회피하고 싶었던 감정의 찌꺼기들만 먹고 자랐으니, 어쩌면 나보다 더 나 같겠지. 나보다 더…… 그래, 그런 생각이 들더군. 퀴르발 남작은 할머니 이야기에서처럼 옛날 옛적부터 존재했고, 내가 그의 일부분만 비추는 거울이 아닌가 하는…… 이봐, 내 말 듣고 있나?"
 "응? 그래, 듣고 있어."
 "뭘 그렇게 열심히 보나?"
 "저기 건너편 교회 안마당, 무료 급식대 앞에서 멱살잡이하고 싸우는 남자. 윌슨이라고 잘나가는 증권 중개업자였는데. 뷰캐넌 씨 파티에서 몇 번 봤어. 거드름을 좀 피우기는 했지만 유쾌한 친구여서 인기가 좋았지. 영국에서 주문한 양복과 셔츠만 입고 다니던 멋쟁이가, 맙소사, 거지꼴이 다 됐군."
 "요즘 저런 사람이 한둘인가. 일시적인 현상일 거야."
 "글쎄, 그러면 다행인데, 공황이 너무 오래가. 문 닫는 출판사도 한둘이 아니야."
 "엄살은. 공황이 처음도 아니고, 이것도 다 자본주의의 특성 아닌가. 곧 회복되겠지. 그건 그렇고, 원고는 읽어봤나?"

"그럼, 벌써 다 읽었지. 좋아. 환상문학적 요소가 가미되니 자네 소설에 새로운 매력이 생기더군. 좋기는 한데, 전반부를 조금 줄이면 어떨까? 카밀라가 언니를 만나 성에서 지내는 부분이 너무 장황하게 나오는 듯싶어. 후반부 진행에 비해 긴장감이 많이 떨어져 서사 균형도 기우뚱해 보이고."

페로는 커피를 한 모금 마시고 턱수염을 천천히 쓰다듬었다. 굵은 눈썹이 대리석 바닥에 떨어진 송충이처럼 어색하게 꿈실거렸다.

"그래, 그렇게 볼 수도 있겠지만…… 그 부분에서 카밀라의 심리 묘사가 매우 중요해. 독자가 충분히 공감해야 이후의 진행이 설득력을 가질 수 있거든. 언니와 해후하는 순간부터 그녀는 반가움에 앞서 이질감부터 느끼지. 언니는 10년 전 모습 그대로 하나도 변하지 않았으니까. 거친 목장 일에 언니보다 훨씬 늙어버린 거울 속 자신을 바라보며, 그녀는 시간이라는 존재에 회한을 넘어선 두려움을 품게 되는 거야. 기품 있고 당당한 퀴르발 남작, 생전 처음 보는 진귀한 요리들, 먹고 노는 것 이외의 모든 일을 대신해주는 하인들…… 성의 화려함을 만끽할수록 그녀의 내면은 점점 어두워져가는 대비가 잘 나타나야 해. 그건 단순한 부러움이나 질투의 감정과는 달라. 그녀의 마음속에서 언니는 완전히 다른 세상의 존재이므로 현실감이 없다고 할까?

그런데 한마디 말로 그 상황에 변화가 생긴 거야. 어느 날 언니가 목장 두세 개는 살 수 있는 거금을 약속하며 캐서린을 양녀로 달라고 제안했을 때, 왜 단호히 거절하지 못했겠나. 그렇게나 사랑하던 딸인데. 거의 포기했던 게임에서 에이스가 한 장 들어온 거지. 세상에 부러울 것 없어 보이던 언니가 자식이 없음을 한탄하는 모습에 그녀는 은밀한 쾌감을 느끼는 거야. 비로소 언니에게 느끼던 이질감이 걷히고 이제는 마음껏 부러워하고 질투할 수 있는 존재, 자신이 따를 수 있는 존재로 보이는 거지. 선한 마음이건 사악한 마음이건 처음 시작은 그렇지 않나. 나도 저렇게 되고 싶다. 될 수 있겠다."

2004년 6월 9일, 일본 동경
영화감독 나카자와 사토시, 「키네마 준보」 인터뷰

▶ 국내에서의 마지막 작품으로 에드워드 피셔 감독의 「퀴르발 남작의 성」을 리메이크한 「도센 남작의 성」을 내놓았다. 의외라는 반응도 많은데, 할리우드 진출을 의식한 것인가?

그렇기도 하고, 아니기도 하다. 할리우드 진출만을 의식했다면 피셔 감독의 방대한 필모그래피에서 굳이 가장 인기 없는 작품을 골랐겠는가. (웃음) 「퀴르발 남작의 성」은 열다섯 살의 나에게 처음 영화감독의 꿈을 심어준, 개인적으로 의미 깊은 작품이다. 배경을 일본으로 바꾸고 사토시 스타일로 재해석한 이번 리메이크 작업은, 나 자신에게 초심을 환기시키는 전환점인 동시에 성원해준 국내 팬들에게 보내는 선물이기도 하다. 앞으로 할리우드에서도 나만의 영화 철학과 개성을 잃지 않고 활동하겠다는 출사표로 보아주기 바란다.

▶ 「퀴르발 남작의 성」의 어떤 부분에 그렇게 매력을 느꼈나?

이 영화의 단점으로 지적되기도 하는 모호함이나 언밸런스한 요소들에 오히려 매료되었던 것 같다. 하나의 장르 문법에 얽매이지 않고 다양한 인물의 디테일을 살리고 있어 볼 때마다 새로운 감상 포인트를 갖게 되는 작품이다. 또한 당시 유행하던 드라큘라류의 영화가 시종일관 음산한 분위기를 유지하여 공포를 극대화시킨 반면, 밝고 화려한 배경에서 서서히 배어나는 심리적 공포를 다룬 것도 인상적이었다. 친숙했던 존재의 낯선 이면을 목격할 때, 그것이 실제인지 자신의 욕망이 빚어낸 환영인지 확신하지 못하는 불안과 강박이 섬세하게 표현되었다. 예를 들면 딸을 양녀로 달라는 언니의 제안을 받고 고민에 빠진 카밀라가 문득 딸 캐서린의 눈에서 사악한 기운을 느끼고 이유 없이 손찌검을 한다든가, 파티에서 이상한 파란 음료를 마실 때마다 비몽사몽간에 퀴르발 남작이 자신을 범하는 환상에 빠지는 장면 등이 그렇다.

▶ 데뷔 때부터 기존의 영화 문법에 기대어 오히려 그것을 전복하는 시도로써 주목을 받아왔다. 「도센 남작의 성」은 원작과 어떤 부분에서 차별화를 시도했나?

이번 영화는 피셔 감독에 대한 오마주의 의미도 담고 있기 때문에 '창조를 위한 파괴'를 무리하게 시도하지는 않았다. 하지만 내 나름의 시각을 담기 위해 노력했다. 가장 큰 차이는 영화의 결말이다. 자세히 얘기하면 관객이 줄어들기 때문에 여기서 밝힐 수는 없다.(웃음)「도센 남작의 성」에서는 원작의 원작, 즉 피셔 감독이 바꾸어버린 미셸 페로 소설의 결말을 다시 살렸다. 피셔 감독은 컬트영화의 대부로 인식되고 있지만, 그의 영화에서 인간은 욕망에 매몰되기보다는 최악의 상황에서도 이를 극복하는 존재로 표현된다. 때문에 감독은 원작 소설의 결말을 의도적으로 수정했을 것이다.

영화를 본 후 원작 소설도 어렵게 찾아 읽었는데, 영화 분위기와는 또 다른 그로테스크한 매력이 있었다. 이 소설이 나온 것은 1932년, 미국이 대공황의 소용돌이 한가운데 빠져 있을 때였다. 작가 미셸 페로의 눈에 자신의 팽창을 주체하지 못하고 터져버린 자본주의는 출구 없는 암흑으로 보였을 것이다. 체제를 유지하기 위해 끊임없이 욕망을 재생산할 수밖에 없는 자본주의를 페로는 퀴르발 남작의 성으로 형상화했다. 양상은 바뀌었을지라도 그 본질은 지금도 마찬가지다. 서서히 다가와 목을 조르는 검은 형체가 바로 자신의 그림자라는 사실을 확인하는 순간보다 더한 공포가 있을까? 하루가 멀다 하고 성대한 연회가 벌어지는 성에서 늘 우울한 표정으로 주변을 맴도는 벙어리 소녀는 언어를 잃어버린 현대인의 남루한 영혼을 상징한다. 이런 점에서 소설의 결말이 영화의 결말보다 더 현대적인 의미를 지닌다고 생각한다.

▶ 할리우드 진출과 관련한 향후 계획은 어떻게 되는가?

현재 유니버설 픽처스와 공동으로 시나리오 작업을 진행 중이다. 첫 작품은 일미 합작 영화 형식으로 제작될 예정이다. 뉴욕의 최첨단 빌딩에 일본어를 쓰는 유령이 출몰하자 일본에서 퇴마사가 급파되는 스토리인데, 시공을 뒤섞어 한바탕 난장을 벌일 작정이다. 유쾌한 작품을 기대해도 좋다. 국내 캐스팅이 끝나는 대로 미국으로 건너가 본격적인 프리-프로덕션 작업에 돌입한다. 할리우드 진출이라는 좋은 기회를 맞게 된 것도 팬들의 과분한 사랑 덕분이다. 앞으로도 계속적인 응원과 지지를 부탁한다.

2006년 6월 9일, 네이버 블로그
컬트소녀(cult666)

광화문 씨네큐브 일본 컬트영화제――「도센 남작의 성」

「도센 남작의 성」은 1953년 제작된 「퀴르발 남작의 성」을 나카자와 사토시 감독이 일본풍으로 리메이크한 작품이다. 작년 애틀랜타 엽기 부부 사건으로 뜬금없이 유명세를 탔던 그 영화다. 2002년인가, 에드워드 피셔 감독의 회고전에서 「퀴르발 남작의 성」을 봤던 기억도 떠올라 냉큼 표를 끊었다. 관객은 나까지 달랑 여덟 명.(두 명은 중간에 투덜거리며 퇴장.)

원작의 배경은 디즈니랜드 신데렐라 성의 모델로 유명한 노이슈반스타인 성이다. 디즈니랜드가 1955년에 개장했으니 「퀴르발 남작의 성」에서 먼저 갖다 쓴 셈이다. 그러나 당시 성의 전경만 여기서 찍어 갔고 대부분 촬영은 할리우드의 스튜디오에서 했다고 한다(어쩐지 내부가 영 후지더라니).

영화에서 보이는 노이 성(계속 오타가 나서)은 일단 분위기로 절반은 먹고 들어간다. 영화 초반 화창한 낮에 등장할 때는 정말 동화에나 나올 법한 낭만적인 아름다움을 자랑한다. 하지만 영화가 진행될수록 성은 차츰 기괴한 빛을 띠기 시작한다.

돈이냐 자식이냐,

고민하던 카밀라는 어느 날 마을 아낙 하나가 성에 찾아와 자기 딸을 돌려달라며 울부짖는 모습을 목격한다. 몰래 성을 빠져나와 아낙을 따라간 카밀라는 그녀가 얼마 전 자신의 딸을 남작에게 하녀로 팔았다는 말을 듣게 된다. 낯선 마을을 헤매다가 해가 저문 후에야 성으로 돌아가게 된 카밀라. 절벽 위에 우뚝 솟은 위압적인 실루엣은 낮에 보았던 낭만적인 성이 아니다. 화려함을 자랑하던 뾰족한 첨탑들은 악마의 뿔처럼 섬뜩하고 망루에 이글거리는 횃불이 잡아먹을 듯 그녀를 노려본다. 이때부터 성은 주로 밤을 배경으로 괴기스런 모습을 보여준다. 낮에는 신데렐라가, 밤에는 프랑켄슈타인이 나올 것 같은 상반된 모습. 아마도 이런 두 얼굴의 매력 때문에 영화는 프랑스가 배경임에도 굳이 독일 귀퉁이에 있는 이 성을 택한 게 아니었을까?

노이 성을 만든 '미치광이 왕' 루트비히 2세는 유달리 감수성이 예민하고 예술과 건축을 사랑했다고 한다. 너무나 사랑한 나머지 국정은 뒷전이고 여기저기 예술적인 럭셔리 성을 세우는 취미를 갖는 바람에 정신병자로 몰려 감금되었다. 결국 그토록 사랑하던 노이 성의 완공을 보지도 못한 채 그는 호수에서 의문의 익사체로 떠올랐다. 17년 동안 국가재정을 파탄 내며 정성을 쏟았건만, 그가 노이 성에 머물렀던 기간은 고작 100일 남짓. 성에 귀기가 서릴 만도 하다. 사랑하는 성이 구경거리가 되는 것이 싫다며 자신이 죽으면 노이 성을 파괴하라고 했다나. 물론 누구도 이 화끈한 유언을 귀담아듣지 않았다. 노이 성은 현재 바이에른 주 최고의 관광자원이라고 하니, 그래도 '미치광이 왕'의 럭셔리 취미가 후손들을 먹여 살리는 셈이다.

「도센 남작의 성」은 일본의 오카야마 성을 배경으로 찍었다. 'ㅅ' 자 모양 지붕들이 사면으로 층층이 겹친 모습은 유럽의 웅장한 성들과는 다른 아기자기한 멋이 있다. 여기서도 카미코(원작의 카밀라 역)가 한밤중에 성으로 돌아가는 똑같은 장면이 나오는데, 아무래도 체급 차이인지 노이 성이 주는 위압감에는 미치지 못한다. 대신 오카야마 성은 오밀조밀한 외형 때문에 미소를 지으며 유혹의 손길을 내미는 미스터리 여인을 연상시킨다. 보고만 있어도 냅다 뛰어들어 다 파헤쳐버리고 싶은 욕구가 불쑥!

오카야마 성은 외관이 온통 검기 때문에 까마귀 성이라고도 불린다. 바로 이웃 현에는 외관을 전부 하얗게 칠해 백로 성이라 불리는 히메지 성이 있는데, 일본에서 가장 아름다운 성 중 하나로 꼽힌다. 오카야마 성의 영주가 외관을 검게 칠한 이유가 히메지 성에 대한 콤플렉스 때문이었다나. (그 영주 성깔 알

만하다.) 재미있는 건 노이슈반스타인 성이 독일어로 '새로운 백조의 성'이란 뜻이라고 하니, 원작의 백조 성이 리메이크되며 까마귀 성으로 바뀐 셈이다. (혹시 사토시 감독도 콤플렉스 때문에?)

노이 성이나 오카야마 성이나 각자의 개성을 유감없이 발휘하며 영화의 독특한 분위기에 일조한다. 개인적으로는 역시 낮과 밤의 대비가 인상적이었던 원작의 노이 성에 점수를 더 주고 싶다. 컬트영화 팬이라면 50년의 시차를 두고 제작된 두 영화 속 동서양 성의 이미지를 비교하며 감상해보는 것도 흥미로울 듯.

1952년 6월 9일, 미국 마이애미
영화배우 제시카 헤이워드와 제작자 토마스 브라우닝

······그래요 토미, 괜찮아요. 관객의 취향이란 건, 알잖아요. 물론 관객도 많이 들고 호평도 받았다면 더 좋았겠지만, 난 그런 것에 신경 쓰지 않아요. 중요한 건 내가 영화 속에서 프로다운 연기로 작품에 기여하는 거예요. ······맞아요, 난 오래도록 기억되는 진정한 배우가 되고 싶어요. 누구처럼 벼락 인기를 무기로 상류층 혼처나 기웃거리는 건, 정말이지 꼴불견이에요. ······네, 좋아요. 마이애미 날씨야 환상적이죠. 조금 덥기는 하네요. ······호텔도 훌륭하고 다 만족스러워요. 가는 곳마다 파

리처럼 꼬이는 기자들만 없으면. …… 글쎄요, 예정은 11일인데, 오늘이 며칠이죠? …… 오, 벌써 그렇게 됐나요? 아무래도 며칠 더 머무를까 해요. …… 네, 언제 또 이렇게 푹 쉬어보겠어요. …… 시나리오는 잘 받았어요. …… 그럼요, 벌써 다 읽어봤죠.「퀴르발 남작의 성」, 단숨에 읽었는걸요. …… 음, 나쁘지 않은 것 같아요. 내러티브에 사람을 끌어들이는 힘이 있어요. …… 물론이죠. 저로서도 다음 작품은 아주 중요해요. 두 편 연속 흥행에 실패한 여배우에게 어떤 입방아들을 찧어댈지 뻔하잖아요? …… 그래요, 젊은 감독이라 약간 불안한 점도 있지만, 새로운 활력이 필요한 시점이긴 해요. 그런데 토미, 시나리오를 조금 수정하는 게 어떨까요? …… 아뇨, 스토리 자체는 좋아요. 구성도 탄탄하고. 하지만 여주인공 카밀라 역할이 너무 미약하다고 생각되지 않나요? …… 아뇨, 그렇지 않아요. 이 영화에서는 오히려 카밀라가 전면에 나서는 게 더 자연스럽다고요. 영화가 먹히려면 딸을 지키려는 어머니로서의 모성애가 더 강조되어야 해요. …… 토미, 내 말 먼저 들어봐요. 남편 빌 역을 맡을 신인 배우가 누구라고 했죠? …… 그래요, 허버트. …… 알아요! 로버트인지 허버트인지 그 텍사스 촌뜨기 말이죠! 잠깐만요, 담뱃불 좀 붙이고…… 후우, 이봐요 토마스, 난 그런 풋내기 옆에서 소리나 꽥꽥 지르는 멍청한 아줌마로 나올 생각은 전혀 없어요. 전혀. 신인 감독에 신인 배우와 일하는 건 나로서도 큰 모험이라고요. 그만한 동기가 부여돼야죠. 그리고 영화를 위해서도 지금 이대로는 안 돼요. ……토미, 뭘 그렇게 어렵게 생각해요. 내 생각에는 카밀라가 마을에서 돌아온 이후부터, 잠깐, 시나리오가 어디 있더라? ……그래요, 이 부분부터 남편과 부인의 역할만 바꾸면 되는 거예요. 마을에서 들은 얘기를 징징거리며 남편에게 옮기는 게 아니라, 자신이 직접 나서서 남작의 비밀을 밝혀나가는 거죠. 열쇠를 훔쳐 지하 비밀의 방에서 남작의 초상화와 문서들을 찾아내고, 하인을 미행하여 헛간의 땅도 직접 파헤쳐보는 거예요. ……삽질이야 연습하면 되죠. ……참, 시간이 걸릴 게 뭐 있어요. 시나리오에서 '빌'을 '카밀라'로 바꾸기만 하면 되는데. ……결투 장면? 안 될 거 있나요? 꼭 주먹으로 치고받아야만 결투가 아니잖아요. 여자가 해도 얼마든지 더 박진감 넘치게 표현할 수 있다고요. 얘기 안 했던가요? 예전에 파티에서 치근거리는 주정뱅이를 와일드터키 병 하나로 뭉개버렸다니까요, 하하. 토미, 생각을 전환해봐요, 생각을. 관객은 새로운 걸 원해요. ……역할이 확대되지 않으면, 아쉽지만 다른 작품을 찾아볼 수밖에요.

1952년 6월 9일, 미국 로스앤젤레스
영화배우 로버트 허드슨과 애인 엘리자베스

"카밀라, 짐을 챙겨. 어서 여기를 빠져나가야 돼. 캐서린, 캐서린은 어디 있지?"

"빌, 갑자기 왜 그래요? 무슨 일이에요?"

"오, 맙소사. 여기는 악마의 소굴이었어."

"여보, 진정해요. 도대체 무슨 일이에요? 어머, 빌! 당신 피가 나잖아요."

"괜찮아. 이건 시종 자크의 피야. 지금 헛간에서 싸우다가 녀석을 죽였어."

"뭐라고요, 당신, 사람을 죽였다고요!"

"어쩔 수 없었어. 안 그러면 내가 죽었을 거야. 방금 헛간에서 뭘 발견했는지 알아? 사람 뼈야! 어린아이들의 뼈가 헛간 바닥에 잔뜩 묻혀 있어."

"아이들의⋯⋯ 뼈라니요?"

"이 성에서 끔찍한 일이 벌어지고 있어. 이걸 봐. 남작이 몰래 드나들던 지하 비밀의 방에서 찾은 거야."

"남작님 초상화잖아요."

"그려진 연도를 봐. 1697년이야. 남작은 지금 200살도 넘었다고."

"설마⋯⋯ 얼굴이 비슷한 조상이겠지요."

"뒤에 이름이 있잖아. 도나시앵 알퐁스 프랑수아 드 퀴르발. 바로 남작이라고. 이것뿐 아니야. 그 방에는 남작의 무서운 비밀이 숨겨져 있었어."

"빌, 도대체 무슨 소린지 모르겠어요."

"이러고 있을 때가 아니야. 가면서 설명해줄 테니 우선 캐서린을 찾아야 해. 캐서린! 캐서린!"

"잠깐, 잠깐. 로비, 지금 당신 너무 흥분해서 대사를 하는 것 같아. 조금은 감정을 절제하고 듬직하게 보일 필요가 있지 않을까?"

"그런가?"

"그럼, 남자 주인공이 침착해야지. 그렇게 혼자 야단법석을 떨어서야 제대로 가족을 지킬 수 있겠어?"

로버트는 침대에 벌렁 드러누웠다.

"아, 어떻게 흥분을 안 하겠어. 주인공이라니. 얼마나 꿈꾸던 기회인데. 아직도 믿어지지가 않아."

엘리자베스가 그의 겨드랑이로 파고들어 손가락으로 구레나룻을 쓰다듬었다.

"혹시 제시카 헤이워드와 연기하게 되어 흥분하는 건 아니겠지?"

"글쎄, 그럴지도 모르지."

엘리자베스가 그의 젖꼭지를 살짝 꼬집었다. 로버트는 벙싯거리며 고개를 숙여 그녀의 이마에 입을 맞추었다.

"기대하시라 허드슨 부인. 이제 곧 비버리힐스의 저택에서 가정부를 세 명쯤 두고 살게 될 테니."

로버트가 그녀의 젖무덤에 얼굴을 묻고 블라우스 단추를 하나씩 끄르는데 전화벨이 울렸다. 그는 재빨리 몸을 돌려 송수화기를 들었다.

"아, 브라우닝 씨. 안 그래도 연락 기다리고 있었습니다. …… 그럼요, 벌써 대사 연습에 들어갔는걸요. 전 이미 빌 하퍼랍니다, 하하."

로버트는 엘리자베스에게 윙크를 보냈다. 그녀는 그의 배꼽에 키스하며 허리띠를 풀었다.

"크랭크인 날짜는 잡혔나요? …… 음, 그래요? 시나리오가 조금 수정된다고요?"

2005년 6월 9일, 한국
MBC 뉴스데스크

미국 애틀랜타에서 오십대 부부가 일곱 살 난 조카딸을 납치해 살해하고 인육을 먹은 엽기적인 사건이 발생했습니다. 특히 이 부부는 극장에서 영화를 본 후 모방 범죄를 저질렀다고 밝혀 더욱 충격을 주고 있습니다. 미국에서 김석기 기자의 보도입니다.

——애틀랜타에서 실종됐던 일곱 살 소녀는 결국 살해된 채 발견됐습니다. 용의자는 다름 아닌 이웃 동네에 사는 소녀의 이모와 이모부인 매카시 부부였습니다. 경찰은 지하실에 있는 대

형 냉장고에서 절단된 소녀의 시신 일부를 발견했습니다. 매카시 부부는 실종 당일 학교 앞에서 조카딸을 차에 태우고 자신들의 집으로 데려와 지하실에서 살해했다고 경찰에 자백했습니다. 더욱이 이들은 조카딸의 사체를 냉동 보관해두고 각종 요리로 만들어 먹은 것으로 밝혀져 미 전역에 충격을 주고 있습니다.

조나단 맥클레인 (애틀랜타 경찰)

28년 경찰 생활 중 가장 끔찍한 범죄입니다. 냄비에 남아 있던 스튜에서 소녀의 인육이 나왔고 주방의 조리 기구에서도 혈흔이 검출되었습니다. 사체의 상당 부분을 이미 먹은 것으로 보입니다.

존 쿠퍼 (풀턴 카운티 지방 검사)

일급 살인으로 기소하여 반드시 죗값을 치르도록 하겠습니다. 변호인 측에서는 정신이상을 주장하지만, 이들은 뚜렷한 목적의식을 가지고 철저한 계획 아래 범행을 저질렀습니다. 검거되지 않았다면 연쇄살인으로 이어졌을 가능성도 높습니다.

——조사 결과 이들은 최근 개봉한 영화를 보고 인육을 먹기 위해 이 같은 범행을 저지른 것으로 밝혀졌습니다. 이 영화는 화려한 성에 사는 귀족 부부가 영원한 젊음을 유지하기 위해 소작농의 자녀를 하녀로 사들여 살해하고 인육을 먹는다는 내용

으로, 할리우드 원작을 일본 감독이 리메이크한 작품입니다. 매카시 부부도 그동안 성장호르몬과 초고가 영양 크림, 피부 재생술, 소변을 마시는 요료법 등 노화 방지를 위해 온갖 노력을 기울인 점으로 미뤄, 젊음에 대한 그릇된 욕망이 엽기적인 범행으로 이어진 것으로 보입니다. 한편 일부 아동보호단체에서는 해당 영화에 대해 상영금지 가처분 신청을 냈으며, 이번 사건을 계기로 미국 사회에서는 대중문화를 둘러싼 모방 범죄 책임론과 표현의 자유라는 해묵은 논쟁이 다시 이슈로 떠오르고 있습니다.

레이첼 플린트 (애틀랜타 시민)

잔인한 폭력이나 변태적 섹스를 조장하는 영화와 만화, 게임들이 사회를 병들게 하고 있어요. 아이들 키우기가 겁나요. 범죄를 부추기는 자극적인 표현이 아니면 영화를 만들 수 없는 건가요? 피해자의 부모를 생각해보세요. 지금 그들 앞에서도 표현의 자유 운운할 수 있겠는지.

제이크 포웰 (애틀랜타 시민)

매우 시대착오적인 논쟁입니다. 장전된 총알이 없다면 방아쇠를 당긴다고 총이 발사됩니까? 우리 안에 심어진 폭력 성향을 문제 삼아야지, 그걸 표현하는 영화 탓을 하는 건 앞뒤가 뒤바뀐 거죠. 어느 영화 대사가 생각나네요. 누군가 물 위를 걷다가 빠져 죽으면, 그건 성경 탓인가요?

―이런 논쟁의 와중에 처음 25개 스크린에서 개봉됐던 문제의 영화는 현재 전국 300여 개 스크린으로 상영이 급격히 확대되며 인기몰이를 하고 있습니다. 미국 애틀랜타에서 MBC 뉴스, 김석기입니다.

2000년 6월 9일, 한국 인천 M대학교
인문학부 조민현, 리포트 「문학 속의 카니발리즘」

……파스칼 브뤼크네르의 『새 삶을 꿈꾸는 식인귀들의 모임』이 식용적(食用的) 식인을 보여준다면, 미셸 페로의 『퀴르발 남작의 성』은 세번째 형태인 주술적(呪術的) 식인으로 분류될 수 있다. 과거 아메리카 원주민들이 용감한 전사의 심장을 먹음으로써 그의 용기를 흡수한다고 믿었듯이, 퀴르발 남작은 어린아이들―특히 유전적으로 유사한 친족 아이들―의 인육을 먹음으로써 자신의 젊음과 생명을 영원히 유지할 수 있다고 믿는다.

소설 속 퀴르발 남작은 아이들을 잡아먹으며 200년 넘게 살고 있지만, 괴물이라기보다는 점잖은 주술사에 가깝다. 중후한 풍모와 세련된 매너, 언제나 귀족적 품위를 잃지 않는 중년 신

사. 심지어 빌과 카밀라가 비밀을 알아챘을 때조차 남작은 그들을 해치거나 감금하지 않는다. 차분한 태도로 궤변을 늘어놓을 뿐이다.

"사람들이 아이를 낳고 그 아이들이 아이를 낳고 또 그 아이들이 아이를 낳고…… 이것이 무엇을 의미하나? 영원히 살고자 하는 인간의 자연스러운 소망 아닌가. 고리를 연결하여 사슬을 이어나가듯, 자신의 유전자를 후대까지 보존함으로써 육신의 소멸을 보상받으려는 몸부림이지. 하지만 굳이 고리를 연결할 필요 없이 후손들을 내 안에 육화시킴으로써 사슬을 이어나갈 수 있다면, 그것을 회피해야 할 이유가 있을까? 무슨 차이가 있겠나. 아니, 중요한 차이가 하나 있지. 나의 육신이 소멸하지 않아도 된다는 것. 자네는 캐서린에게서 무엇을 보나? 어린 시절 자네 자신의 모습 아닌가?"

하퍼 부부는 언제든 성을 떠날 수 있었다. 하지만 떠나지 않는다. 성에서 매혹적인 일탈을 경험한 부부에게 텍사스 목장에서 보내게 될 여생은 너무도 초라하게 보였다. 남작의 궤변은 차츰 신성한 교리로 다가왔고, 결국 하퍼 부부도 남작의 카니발에 동참하게 된다. 그들의 첫번째 희생자는 물론 딸 캐서린이었다. 자매와 동서로 얽힌 네 사람이 화려한 식탁에 둘러앉아 딸이자 질녀의 인육으로 만든 요리를 먹으며 포도주에 대해 품평하는 장면은, 극단적인 욕망이 인간을 괴물보다 더 공포스러운 존재로 만드는 과정을 잘 보여준다.

퀴르발 남작 캐릭터를 동시대 벨라 루고시라는 배우에 의해 영화로 재탄생한 드라큘라 백작과 비교해보는 것도 흥미롭다. 둘 다 평소에는 단정한 매력이 넘치는 귀족이며 큰 성에 살고 영원한 생명을 영위한다는 공통점이 있다. 하지만 드라큘라가 많은 문학작품과 영화를 통해 무한한 시간 속에서 고뇌하는 존재로 그려지는 반면, 퀴르발은 자신의 의지로 악착같이 무한을 추구하는 욕망의 화신이다. 드라큘라는 우아하게 피만 빨면 되지만, 퀴르발은 살을 발라내 끓이고 튀기는 번잡한 조리 과정을 거쳐야 한다는 차이가 사뭇 의미심장하게 다가오는 대목이다.

또한 드라큘라는 인간의 범주를 넘어선 확실한 괴물(타자)로 설정되었기 때문에 여러 가지 초자연적인 능력을 지니는 동시에 약점도 많다. 십자가, 햇빛, 마늘, 말뚝 등등. 하지만 퀴르발 남작은 인간과 괴물의 경계에 걸친 존재이기 때문에, 체스 실력이 뛰어나다는 점 외에는 특별한 능력도 약점도 없다. 사실 체스 실력도 200년 수련의 결과임을 감안하면 그리 특출한 재능이라고 보기는 어렵다. 우리가 드라큘라에게 두려움이나 연민의 감정을 거리낌 없이 품을 수 있는 반면, 퀴르발에 대해서는 혐오건 동조건 뭔가 껄끄러운 느낌이 끼어드는 것도 이런 경계의 차이에서 연유하는 게 아닐까?

1951년 6월 9일, 미국 할리우드
제작자 토마스 브라우닝과 영화감독 에드워드 피셔

"요즘 사람들은 TV에 미쳤어. 그 조그만 상자를 들여다보느라 극장은 찾지도 않지. 하지만 호러영화만큼은 역시 극장에서 보는 게 제격이야. 깜깜한 어둠 속에서 거대한 스크린에 피가 튀어야 분위기가 바짝 살지. 어떻게 TV가 극장을 대신할 수 있겠나, 안 그래?"

"예, 맞습니다."

"가뜩이나 정신 나간 상원의원 하나 때문에 영화판도 엉망이야. 망할 공화당 꼴통 같으니, 제 마음에 안 들면 전부 빨갱이야, 전부. 채플린 그 양반도 못 견디고 곧 미국을 뜰 모양이더군. 이 판국에 제작자들은 SF가 돈이 된다니까 우르르 거기 매달리고 있어. 외계인 침공이니 하는, 정말 웃기지도 않는 애들 장난이지. 웃기지도 않아, 안 그래?"

"그렇죠."

"난 말이야, 다시 한 번 정통 호러의 시대가 온다고 봐. 숨막히는 표현주의 조명에 심장을 두드리는 음향효과, 스릴, 경악, 비명…… 크으. 지금의 이런 침체된 분위기를 오히려 기회로 삼아야 돼. 호러의 새로운 전성기는 우리가 여는 거야. 자네, 유니버설이 어떻게 하루아침에 뜬 줄 아나?"

"그게, 드라큘라와 프랑켄슈타인……"

"그래, 드라큘라야. 벌써 20년 전이군. 벨라 루고시가 검은 망토 두르고 나와 입만 쩍쩍 벌리면 관객들이 몰려드는 거야. 드라큘라…… 제길, 그걸 내가 만들었어야 했는데. 내가 만들 수 있었는데. 그나저나 루고시 그 영감, 약에 찌들어 완전 폐인이 됐더군. 난 시체 분장을 하고 영화 찍다가 잠깐 나온 줄 알았어. 쯧쯧, 드라큘라의 저주인가."

"예, 안됐어요."

"어쨌든, 호러영화의 중흥을 위해서는 드라큘라 같은 확실한 캐릭터가 필요해. 확실한 몬스터. 『퀴르발 남작의 성』, 이거 나쁘지 않은 것 같아. 고딕 양식의 성에, 귀족적 이미지, 영원한 생명. 그래, 이렇게 가야지. 살을 발라 먹는 게 아무래도 피를 빠는 것보다 더 세지 않겠어?"

"예, 충분히 가능성이 있습니다. 원작 소설을 보면……"

"소설은 나도 읽었어. 분위기는 괜찮지만 그대로 밀어붙이기에는 약해. 어쨌든 약속대로 이번 작품은 자네한테 맡기겠네. 단, 각색을 다시 해야 돼. 남작을 확실한 몬스터로 만들어보라구. 제2의 드라큘라로."

"예, 안 그래도 영화적 요소를 첨가해서 각색을 다시 하고 있습니다."

"성의 분위기도 가능한 한 음산하게 꾸미고, 관객이 절로 비명을 지르게 되는 자극적인 장면들을 연출해보라구. 그리고 결말도 바꿔야 돼."

"결말을요?"

"사람 고기를 먹느냐 마느냐에 대해 마주 앉아서 토론하는 거, 이거 웃기지 않나? 이래서는 영화가 안 돼. 비밀이 밝혀지는 순간 남작은 괴물로 돌변해 하퍼 부부를 죽이려 들고 성에서 한바탕 결투가 벌어지는 거지. 결국 애들을 자르던 칼로 남작을 찔러 죽이고, 부부는 성에 불을 지르고 빠져나오는 거야. 절벽 아래서 불길에 휩싸인 성을 바라보며 서로를 꼭 끌어안는 하퍼 가족…… 엔딩, 크으."

"그러면 원작과 전혀 다른 얘기가 되는데요. 사실 이 소설의 핵심은……"

"이봐, 우리는 할리우드 호러영화를 만드는 거야. 가족이 둘러앉아 자기 딸을 추수감사절 칠면조처럼 잡아먹는 이런 우중충한 결말이 어필할 것 같나? 우리는 관객이 원하는 걸 줘야 해. 불이 켜지고 극장 문을 나설 때, 그 사람들이 우중충한 마음으로 집에 돌아가고 싶어 극장까지 왔겠나, 응? 그 좋은 TV 놔두고? 그들은 카타르시스를 원해. 깜깜한 극장에서 바짝 쫄았다가 모든 걸 다 분출하고, 후련한 마음으로 맥주 한잔하러 가는 거라구. 응, 알겠나?"

"예, 무슨 말인지는 알겠습니다만……"

"명심하라구. 우리는 정통 호러의 새로운 전성기를 여는 거야."

1953년 6월 9일, 미국 『저널 아메리칸』
제임스 허스트 기자, "호러영화의 진화—「퀴르발 남작의 성」"

여름 시즌 시작에 맞춰 개봉한 영화들 중 「퀴르발 남작의 성」을 기억하는 이는 많지 않을 것이다. 만취한 존 웨인을 연상시키는 제시카 헤이워드의 천방지축 액션 외에는 별다른 주목을 받지 못하고 일찌감치 막을 내렸다. 실패의 원인은 여러 가지로 진단할 수 있다. 젊음을 유지하기 위해 아이들의 인육을 먹는다는 혐오스러운 소재가 관객에게 어필하지 못했고, 퀴르발 남작이라는 캐릭터도 드라큘라나 프랑켄슈타인, 늑대인간 같은 호러영화 스타들에 비해 개성과 카리스마가 부족했다. 사실 퀴르발 남작보다는 로버트 허드슨이라는 신인 배우의 조악한 연기가 진정한 공포였다.

하지만 이 영화는 관객 숫자로 측정되지 않는 영화사적 성취를 이루었다고 감히 평가하고 싶다. 에드워드 피셔 감독은 신인답지 않은 치밀한 연출력으로 B급 호러영화에 탄탄한 상징체계를 부여했다. 이 점이 오히려 장르적 특성에 몰입하고 싶은 관객 심리를 방해하여 흥행에는 부정적으로 작용했을지 모르나, 덕분에 영화는 짜임새 있는 구성을 바탕으로 시대를 관통하는 메시지를 전해준다.

퀴르발 남작의 성. 이곳은 겉으로 보기에는 풍족하고 화려한 낙원이다. 모든 사람들이 계획과 통제에 따라 질서정연하게 자신의 역할을 수행하는 평화로운 공동체. 미국에서 힘겨운 노동으로 삶을 일구던 하퍼 부부에게 남작의 성은 그야말로 별세계였다. 하지만 그 이면의 실상은 어떠한가. 퀴르발 남작은 가난한 어린아이들의 살과 피를 섭취함으로써 생명을 연장하며 부귀를 누리고 있었다. 품위 있고 온화하게만 보이던 집사는 소작농의 자녀들을 돈으로 사는 공급책이었고, 주방의 화려한 식기와 조리 기구는 아이들의 피로 물들어 있었다.

그렇다. 「퀴르발 남작의 성」은 바로 독재자에 의해 폐쇄적으로 운영되는 공산주의 체제를 상징하고 있다. 국민의 피를 통해 한 사람의 독재자가 무소불위의 권력을 휘두르고, 권력을 나눠 받은 소수의 간부가 독재자를 보좌하는 저 철의 장막 속 집단이 아닌가! 이러한 암시는 영화 곳곳에서 발견할 수 있다. 남작이 즐겨 입는 붉은 조끼는 새삼 거론할 필요도 없거니와, 카밀라가 성의 지하실에서 발견한 중세 흑마술 문서들은 마르크스와 엥겔스의 『공산당 선언』이자 『자본론』이자 레닌의 『제국주의론』이 아니고 무엇이겠는가. 남작이 흑마술을 이용해 젊음과 권력을 영속적으로 유지하듯이, 허무맹랑한 이론서를 바이블처럼 내세워 현실을 호도하고 민중을 착취하는 공산주의의 본질을 고발하는 대목이다.

영화는 이런 폭압적이고 폐쇄적인 체제의 몰락 과정을 잘 보여준다. 남작은 비밀이 탄로 나자 본색을 드러내 하퍼 부부를 제거하려 든다. 집사와 요리사, 하인 들이 식칼과 쇠스랑을 들고 악귀처럼 그들을 뒤쫓는다. 지옥으로 변한 성에서 펼쳐지는 숨 막히는 추격전. 하퍼 부부는 늘 우울한 표정으로 주변을 맴돌던 벙어리 소녀(공산주의 치하의 반체제 인사에 대한 가장 적절한 비유가 아닌가)의 도움으로 몸을 숨기고 무기를 찾아 반격을 개시한다. 결국 카밀라는 인육을 자르던 칼로 남작을 죽이고 성에 불을 지른다. 가까스로 성을 빠져나오는 빌과 카밀라 그리고 캐서린. 칠흑 같은 밤하늘을 배경으로 불길에 휩싸여 무너져 내리는 성을 바라보며 서로를 꼭 끌어안는 엔딩 장면은, 냉전 체제 최후의 승자에 대한 역사적 전망을 암시하고 있다.

「퀴르발 남작의 성」은 악의 형상화와 그것의 타파라는 호러영화의 도식에 기대어 동시대 사회체제를 고발하고 있다. 이는 몬스터 캐릭터에만 의존하여 어설픈 연작을 찍어대는 기존의 호러영화 수준을 한 단계 끌어올리는 새로운 시도이다. 늘 그렇듯이, 혁신적인 시도가 대중의 호응까지 끌어내기는 지난한 일이다. 하지만 시대는 변해도 영화는 남는 법. 비록 흥행에는 실패했지만, 이 작품은 머지않은 미래에 영화사를 언급할 때 빼놓을 수 없는 명작의 반열에 오를 것을 믿어 의심치 않는다.

1897년 6월 9일, 프랑스 크뢸리
자네트 페로 할머니와 손주들

 옛날 옛적에 크고 높은 성에 퀴르발 남작이라는 거인이 살고 있었단다. 이 거인 남작은 너희 같은 어린아이들을 잡아먹고 살았지. 해가 지면 마을로 내려와 아직 집에 들어가지 않은 아이들을 잡아가서는, 커다란 가마솥에 넣고 부글부글 끓여 수프로 만들어 먹은 거야. 성 아래 마을에는 장이라는 아이가 살고 있었단다. 어느 날 장은 해가 지는 것도 모르고 마을 어귀 개울에서 놀다가 그만 퀴르발 남작에게 잡혀 성으로 끌려가고 말았지. 성의 부엌에서는 거인 남작의 부인과 딸이 저녁 준비를 하고 있었단다. 장은 먼저 화덕 앞에 있는 딸에게 물었어. "얘, 너는 지금 뭘 하고 있니?" 딸이 대답했지. "응, 수프와 함께 먹을 빵을 굽고 있어." 장은 이번에는 남작의 부인에게 물었단다. "아줌마, 지금 뭘 하고 있는 건가요?" 부인은 대답했지. "응, 수프를 만들 때 함께 넣을 감자를 손질하고 있단다." 장은 마지막으로 거인 남작에게 물었어. "아저씨는 지금 뭘 하고 있나요?" 남작은 대답했지. "응, 수프를 만들기 위해 가마솥에 물을 끓이고 있단다." "수프에는 무슨 고기가 들어가나요?" 남작은 "수프에는 너를 잘게 썰어서 넣을 거다" 하고 대답했단다. 그 말을 듣고 장은 잠깐 생각에 잠겼다가 이렇게 말했어. "하지만 아저씨,

제 몸에는 벼룩이 많아요. 그대로 끓이면 수프가 맛이 없을 거예요. 잠깐만 기다려주시면 제가 뒷문 밖에서 몸의 벼룩을 다 잡고 들어올게요." 장의 말을 들은 거인 남작은 맛있는 수프를 먹고 싶었기 때문에 장에게 벼룩을 잡고 오라고 허락했지. 뒷문으로 나간 장은 문간에 있던 큰 개의 몸에서 벼룩을 잡기 시작했단다. 잠시 후 거인 남작이 "애야, 아직 멀었니?" 하고 물었더니, 장은 벼룩 몇 마리를 문틈으로 던지며 "보세요, 아직 벼룩이 이렇게 많아요" 하고 대답한 거야. 잠시 후 거인 남작이 또 물으면 또 똑같이 대답하고, 또 물으면 또 똑같이 대답하고, 또 물으면 또 똑같이 대답하면서 계속 시간을 끌었지. 그렇게 시간은 한밤중이 되었고, 기다리다 지친 거인 남작과 부인과 딸은 부엌에서 그대로 잠이 들었단다. 그제야 장은 다시 부엌으로 몰래 들어와 아직도 부글부글 끓고 있는 커다란 가마솥에 거인 남작의 부인과 딸과 감자를 집어넣고 수프로 만들어버렸지. 수프가 완성되자 장은 화덕 뒤에 숨어 딸의 목소리를 흉내 내어 이렇게 말했어. "아버지, 수프가 다 되었어요. 빨리 일어나서 드세요." 잠이 깬 거인 남작은 무척 배가 고팠기 때문에 허겁지겁 수프를 먹기 시작했단다. "음, 수프가 아주 맛있게 되었구나." "예, 아버지. 벼룩을 잡으라고 하길 잘했어요." 한참을 먹던 남작은 빵이 없다는 걸 알고 딸에게 물었지. "애야, 빵은 어디 있니? 아직 안 구워졌니?" 장이 다시 딸의 흉내를 내어 대답했어. "다 구워졌는데 꺼낼 수가 없어요. 여기 화덕으로 와서 꺼내주세요." 거인 남작은 일어나서 화덕 앞으로 갔단다. "애야, 어디 있니?" "여기 화덕 안에 있는데, 빵이 달라붙어서 꺼낼 수가 없어요." "어디 있단 말이니?" "화덕 안으로 머리를 집어넣고 보세요." 거인 남작이 허리를 숙여 화덕을 들여다보는 순간, 장은 재빨리 뒤로 돌아가 시뻘건 불길이 날름거리는 화덕 안으로 남작을 밀어넣고 문을 닫아버렸지. 거인 남작은 화덕 안에서 비명을 지르며 새카맣게 타 죽었단다. 혼자 남은 장은 성에 있던 거인 남작의 금은보화를 자루에 담아 짊어지고 마을로 내려왔어. 집에서 걱정하며 장을 기다리던 아빠와 엄마는 보물을 잔뜩 가지고 돌아온 장을 보고 무척 기뻐했지. 그날 이후 장과 아빠, 엄마는 매일매일 맛있는 흰 빵과 케이크, 소시지, 닭고기, 치즈, 포도주를 실컷 먹으며 오래오래 행복하게 살았단다.

1697년 6월 9일, 프랑스 크륄리
르블랑 부부와 딸 카트린느

"여보, 좀 쉬었다 갑시다."

여자는 딸아이의 손을 잡고 길섶에 털썩 주저앉았다. 앞서 가던 남자가 마뜩잖은 얼굴로 돌아보았다. *끄응*, 소리와 함께 한숨을 내쉬고 흙먼지를 일으키며 모녀 옆으로 다가왔다.

"서둘러야 해. 곧 날이 저물 거야."

남자는 멀리 산 중턱에 우뚝 솟은 성을 바라보았다. 저물어 가는 붉은 해가 성 뒤편에 후광처럼 걸렸다. 여자는 딸아이를 무릎에 앉히고 손빗질로 푸석한 금발머리를 단정하게 쓸어넘겼다. 엄지손가락에 침을 묻혀 귓바퀴 뒤쪽 검은 때자국도 쓱쓱 문질러 지웠다.

"여보."

남자는 구부정하게 선 채로 대답 없이 석양만 바라보았다.

"여보, 오늘은 그냥 돌아갑시다. 돌아가서 다시 생각해보고 와도 늦지 않잖아요."

"여기까지 와서 또 왜 그래? 더 생각한다고 뭐가 달라지나?"

남자는 밀짚모자를 벗고 소매로 이마의 땀을 훔쳤다.

"어차피 데리고 있어봤자 굶어 죽거나 흑사병에 걸려 죽거나…… 그 꼴을 보고 싶은 거야? 아멜리네 애들처럼?"

여자는 입을 꾹 다물고 아이의 머리만 쓰다듬었다. 억센 손길이 지나갈 때마다 아이의 고개가 뒤로 꺼떡꺼떡 젖혀졌다. 여자가 딸꾹질을 하는가 싶더니 갑자기 허물어지듯 아이를 끌어안고 울음을 터뜨렸다.

"어허, 이 사람이……"

남자는 신발 끝으로 길섶의 잡초만 집적거리다가 모녀 옆에 자리를 잡고 앉았다. 모자챙으로 부채질을 하며 울고 있는 아내를 흘끔거렸다.

"남작의 성에 하녀로 가면 배는 안 굶을 거 아냐. 매일같이 빵과 수프를 먹을 거야, 빵과 수프. 일만 열심히 하면 가끔 소시지나 치즈를 줄지도 모른다구. 카트린느를 위해서도 잘된 일이야."

여자는 흐르는 눈물, 콧물을 닦을 생각도 않고 계속 훌쩍거렸다.

"여보, 하지만 퀴르발 남작이 애들을 데려다가 추잡한 짓을 한다는 소문이 있어요. 또 악마의 자식이라 애들을 잡아먹는다는……"

"어허, 쓸데없는, 집어치우지 못해!" 남자가 버럭 화를 냈다. "그만해. 애 듣겠어. 다 헛소리야, 헛소리. 사람들이 샘이 나서 하는 소리라구. 자기 자식을 하녀로 보내지 못하니까 헤살을 부리는 거야."

"하지만, 여보……"

여자는 딸아이를 돌려세워 얼굴을 마주 보았다. 아이는 마른 버짐이 핀 뺨을 긁적이며 또랑또랑한 눈망울로 엄마를 빤히 쳐다보았다. 여자가 머릿수건을 풀어 흙먼지가 앉은 아이의 조그만 얼굴을 닦아주었다. 모녀를 바라보던 남자는 산 위의 성을 향해 고개를 돌렸다. 끄트머리만 남은 석양이 첨탑 사이로 쏘아대는 빛살에 남자는 얼굴을 찡그렸다. 카트린느, 카트린느…… 여자의 텅 빈 목소리가 성으로 뻗은 흙길 위를 장님처럼 헤매었다.

석양이 산등성이 너머로 완전히 사라졌다. 슬금슬금 땅거미가 드리우고 성은 검은 실루엣으로 변해갔다. 성 뒤쪽에서 진홍빛 기운이 부챗살처럼 퍼지기 시작했다. 나지막이 웅크리고 있던 구름송이 몇 점이 투망에 걸리듯 붉게 물들었다. 퀴르발 남작의 성은 조금씩 조금씩 산 그림자에 스며들어 사라져갔다.

남자가 밀짚모자를 눌러쓰고 일어섰다. 성으로 향하는 길과 자신들이 걸어온 길을, 고개를 돌려 멀거니 한 번씩 바라보았다.

"일어나. 어서 가자구."

셜록 홈즈의
숨겨진 사건

친애하는 왓슨

이곳 사우스시에 내려온 이후 자네에게 처음 편지를 쓰는 것 같군. 우리의 우정은 나의 무심함을 참아주는 자네의 비범한 인내심에 늘 신세를 지고 있다네. 그동안 보내준 편지는 잘 받았네. 패딩턴 구역에 새로 개원한 의원에 환자가 많지 않다니 걱정이군. 설마 자네도 내가 의뢰인을 선별하듯이 기이한 병을 가진 환자만 진료하는 건 아니겠지?

자네와 함께 런던의 자욱한 안개를 헤치며 악당들을 쫓던 기억이 새롭군. 아그라의 보물을 둘러싼 템스 강 추격전, 보헤미아 왕국 스캔들을 두고 아이린 애들러 양과 벌인 두뇌 게임, 빨간 머리 연맹의 비밀…… 여기로 말할 것 같으면, 아무것도 없네. 꽃이 만발한 산책로나 자갈 해안, 시원한 바닷바람 따위가 도대체 나에게 무슨 의미가 있겠나. 자네의 충고대로—자네가 얻는 이득이 없으므로 협박이라는 표현은 자제하겠네—이곳에 요양을 왔지만 건강은 전혀 좋아지지 않았다네. 런던에서와 마찬가지로 권태와 코카인의 악순환만 되풀이될 뿐이지.

그래, 나는 다시 코카인에 의지할 수밖에 없었네. 꿈틀거리는 자네 눈썹이 보이는구먼. 자네가 굳이 '산송장'이라는 전문용어까지 동원하지 않더라도, 만신창이가 된 내 심신에 코카인이 어떤 작용을 하는지 잘 느껴지더군. 하지만 어쩌겠나. 내 마음은 정체를 견딜 수가 없네. 내 저주받은 두뇌는 끊임없이 자극을 요구한다네. 만일 지금이라도 나를 흥분시키는 사건이 발생한다면, 벌떡 일어나 사흘간 밤샘 수사를 하고 나흘째 아침에 복서 출신의 고릴라 같은 악당을 한 방에 때려눕히는 건 일도 아니지. 하지만 진부한 삶은 나를 기숙학교를 갓 졸업한 가녀린 숙녀로 만들어버렸어. 아, 내 삶은 권태로운 일상에서 도피하기 위한 끝없는 몸부림이라네.

왓슨, 솔직히 고백하건대, 내 마음 한구석에서는 모리어티 교수의 죽음을 애석하게 여기고 있다네. 물론 분별 있는 시민이 할 만한 생각은 아니지. 그 위험천만한 악당이 사라진 건 사회적으로 두말할 나위 없이 바람직한 일이니까. 하지만 이후 런던은 그 잿빛 안개만큼이나 지루한 도시가 되었다는 사실을 부정하지 못할 걸세. 범죄의 세계를 공부하는 과학도에게 유럽 최고의 도시였던 런던이, 이제는 진부함이 미덕인 조용한 시골 영지가 되어버렸어. 대사건의 시대는 지나갔고 범죄의 세계에서 독창성과 낭만은 영영 사라진 것 같으이.

모리어티. 그는 나에게 있어 필생의 숙적인 동시에 삶의 무게를 달아주는 추였던 게야. 그 무게 추가 발목에 매달려 있을 때는 수면 위로 고개를 내밀기 위해 필사적으로 허우적거렸지만, 홀가분하게 떨어져 나간 지금 나는 오히려 강바닥으로 하염없이 가라앉고 있다네. 차라리 라이헨바흐 폭포에서 그와 함께 떨어졌다면 물속에서라도 격투를 벌이며 최후를 맞았을 텐데……

나의 넋두리를 너무 타박하지는 말게나. 심신이 약해진 사람은 자신의 처지를 과장하기 마련이지. 한 가지 핑계를 덧붙이자면, 규칙적으로 충분한 식사를 하라는 자네의 명령을 이곳 마사 부인의 하숙집에서는 도저히 실행할 수가 없었네. 자네도 알다시피 내가 복잡하고 흥미로운 사건을 조사 중일 때는 음식물 섭취를 최소한으로 줄여 뇌의 기능을 극대화하지 않나. 그런데 마사 부인의 요리는 나로 하여금 끊임없이 복잡하고 흥미로운 사건을 조사하고 있다는 착각을 갖게 만드는군. 소탈하고 바지런한 마사 부인을 모욕할 마음은 없네. 아마도 허드슨 부인의 차게 식힌 자고새 요리나 닭고기 카레에 너무 오래 길들여진 탓이겠지. 혹시 베이커 가에서 허드슨 부인을 만나거든 내 안부를 전해주게. 부인 때문에 셜록 홈즈는 이 소박한 미각마저도 만족시킬 수 없는 저주를 안고 남은 생을 살아가게 되었다고.

처음 편지를 쓰면서 온통 불평만 늘어놓는군. 내가 이렇게 불평을 털어놓을 수 있는 사람이 세상에 자네 이외에 누가 있겠나. 죽음과 같은 적막에서 벗어난 기쁨을 가장 먼저 전하고 싶은 사람은 또 누구이겠나. 하하! 그래, 왓슨. 자네의 관찰력이 조금이라도 나아졌다면 '산송장'의 푸념치곤 지나치게 정제되어 있다는 걸 눈치챘을 걸세. 권태와 코카인의 악순환은 모두 얼마 전까지의 문제였고 이제는 완전히 회복되었네. 자네가 지금 옆에 있다면 다시 매처럼 반짝이는 홈즈의 눈을 볼 수 있을 거야. 언제나 그랬듯이 주삿바늘을 잊게 만들어준 계기는 새로운 사건이었지. 아주 흥미롭고 기이한 사건.

왓슨, 자네는 그동안 내 사소한 경험들을 끈기 있게 기록하고 발표해주었네. 하지만 홈즈를 깊은 권태의 수렁에서 건져낸 이 사건이 빠진다면, 작은 성취를 모은 그 사건 기록부도 불완전한 것이 될 걸세. 그럼 자네의 작업을 위해 이곳에서 벌어진 일을 사실에 입각하여 상세하게 설명하겠네. 멋없는 기록이 되겠지만, 자네가 이야기꾼으로서의 재능을 발휘하기에는 한결 유용할 걸세. 자네는 언제나 상식의 집합체에 지나지 않는 나의 단순한 방법을 천재적인 것으로 격상시켜주지 않았나. 물론 자네가 섬세하고 정교한 문제 해결 과정을 소홀히 취급하고 대중의 취향에 영합함으로써, 교육적인 사례집을 선정적이고 피상적인 저잣거리 이야기로 만들어버린 점은 못내 아쉬움이 남지만 말일세.

지난 4월 14일, 나는 점심을 먹는 둥 마는 둥 하고 실내복 차림으로 안락의자에 파묻혀 있었네. 평소와 다름없이 침체되고 무기력하고 칙칙하고 후줄근한 오후였지. 간밤에 요상한 꿈까지 꾸는 바람에 기분이 더욱 엉망이었다네. 내가 먼지를 뒤집어쓰고 벽난로 선반 위에 쓰러져 있는 낡은 백과사전으로 나왔는데, 나무좀들이 다가와 나를 사각사각 갉아먹더군. 걸쭉하게 트림까지 하면서. 그 소리가 종일 귓전을 맴도는 거야. 사각사각, 꺼억, 사각사각, 꺼억…… 바이올린을 집어 들었지만 조화로운 멜로디는 한 소절도 떠오르지 않더군. 하는 수 없이 어지럽게 소용돌이치는 상념을 따라 마구 활을 긁어댔지. 아마 지독한 소리가 났을 걸세. 급하게 계단을 뛰어오르는 발소리가 들리기에 드디어 마사 부인의 인내심이 바닥난 거라 생각했지. 하지만 문을 열고 뛰어든 이는 마을의 젊은 경관이었다네. 벌겋게 상기된 얼굴로 숨을 헐떡이며 경례를 붙이더군.

"홈즈 선생님, 사건이 발생했습니다. 마틴 경위님이 급히 도움을 요청하십니다."

"렉싱턴 부인의 샴고양이가 또 없어지기라도 했나?"

"아뇨, 살인입니다! 살인 사건이 발생했습니다."

콧등에 주근깨가 가뭇가뭇한 경관은 거의 환호성을 지르더군. 아마도 이 마을에서 살인 사건을 접한 것은 처음이었겠지.

"정말 이상하기 짝이 없는 사건입니다. 포레스터 부인 댁에 하숙하는 의사 선생님이 살해당했는데, 문도 창문도 모두 안에서 잠긴 상태였죠. 범인이 감쪽같이 증발한 겁니다!"

바이올린을 옆으로 치우고 아주 오랜만에 양 손바닥을 비볐네. 내 손바닥 감촉이 낯설 정도였지. 범인이 증발했다……

"그렇다면 정말 흥미로운 사건이로군. 같이 가보세."

나는 얼스터코트를 걸치고 경관과 함께 집을 나섰네. 전날까지 추적추적 비를 뿌리던 하늘은 활짝 개었고 히스로 뒤덮인 들판에는 가시금작화가 무리 지어 피었더군. 나에게는 하고많은 재주가 있지만 자연을 감상하는 재주는 없다고 자네가 핀잔을 놓았었지. 유일한 기분 전환은 도시 악당에게서 관심을 돌려 시골 악당을 추적할 때뿐이라고 했던가. 도대체 이 평화로운 시골 마을에 어떤 악당이 등장한 것인지 내심 기대가 되더군.

우리는 30분쯤 걸어 포레스터 부인 댁에 도착했네. 큰길에서 벗어나 냇가에 외따로 서 있는 이층집이었지.

"사건이 발생한 방이 어딘가?"

"저기, 2층입니다, 홈즈 선생님."

올려다보니 창문의 나무 덧문이 굳게 닫혀 있더군. 늘 그렇듯이 사건 현장에 들어서기 전에 집 주변부터 둘러보았네. 창문 아래로는 폭이 4미터가량 되는 냇물이 해자처럼 집을 감싸며 흐르고 있었지. 물이 탁해서 깊이를 가늠하기는 어렵더군.

"물이 항상 이렇게 탁한가?"

"상류에서 흙이 섞여 내려오니까 보통 이 정돕니다. 어제 비가 와서 조금 더 흐려진 것 같은데요."

만일 범인이 창문에서 뛰어내려 도망쳤다면 비가 온 다음이라 흔적이 남았을 걸세. 하지만 집 맞은편의 냇가를 꼼꼼히 살펴보아도 발자국이나 마차가 지나간 흔적은 없더군. 범인이 이리로 도주하지 않았거나 혹은 물길을 따라 걸어 발자국을 숨길 정도로 지능을 갖추었다는 추론이 가능하겠지.

주변에는 더 이상 알아낼 만한 게 없어 집으로 들어갔네. 2층 문간에 마틴 경위와 포레스터 부인이 심각한 표정으로 서 있더군.

"홈즈 선생님, 잘 오셨습니다. 선생님이 여기 계시다는 게 얼마나 다행인지 모르겠군요. 정말 괴상한 사건이에요. 우리는 선생님의 명성에 의지하는 수밖에 다른 방법을 찾지 못하겠습니다."

"과찬입니다, 경위. 이왕이면 명성보다는 재능에 의지한다고 해주시면 더 영광스럽겠군요."

말은 번드르르하게 하지만 이 친구는 지방 사람 특유의 편견과 아집을 갑옷처럼 두르고 사는 토박이라네. 마틴 경위를 간단히 소개하자면, 우리의 오랜 친구 레스트레이드 경감을 연상하면 될 걸세. 검은 눈동자, 강인하고 민첩한 족제비 같은 인상, 머리가 둔하고 상상력이 부족한 점까지 그대로 빼닮았지. 다만 레스트레이드의 유일한 장점인 불도그 같은 끈기를 닮지 못했다는 게 아쉽더군.

2층 하숙방은 아담하고 깔끔했네. 거실의 가구들은 낡았지만 정갈하게 손질되어 있었지. 벽난로 앞 고풍스런 장미목 책상에 우람한 사내가 고개를 처박고 쓰러져 있더군. 목 우측의 벌어진 상처에서 흘러내린 피가 책상 위에 흥건했다네.

"경위, 이 남자에 대해 조사는 했습니까?"

"조사요? 그런 건 필요 없습니다. 사건이 알려지면 런던 시내가 발칵 뒤집어질 겁니다. 홈즈 선생님, 놀라지 마십시오. 이 분은 바로 아서 코넌 도일 경입니다."

마틴 경위는 턱을 치켜들고 대헌장이라도 선포하듯이 말하더군. 물론 나는 놀라지 않았네.

"코넌 도일이 누굽니까?"

경위는 어이가 없다는 표정으로 나를 빤히 쳐다보더군. 예전에 내가 태양이 지구 주위를 도는지, 지구가 태양 주위를 도는지 모른다고 했을 때의 자네 표정과 흡사했지. 덕분에 사건 조사에 앞서 경위가 엄청난 양의 침을 뿜어가며 코넌 도일이라는 인물에 대해 설명하는 걸 들어야 했네. 우리의 마틴 경위는 유명 인사가 자신의 관할구역에서 살해당했다는 사실에 막중한 책임감과 함께 묘한 자부심을 느끼는 것 같더군.

간단히 요약하자면, 그는 에든버러 의과대학을 졸업한 의사인데 대중적인 탐정소설을 쓰는 작가로 더 유명해졌다는 게야. 참, 내가 왜 그런 사람을 당연히 알아야 한다고 여긴 건지. 자네도 알다시피 나의 꽉 짜인 독서 목록에 문학이라는 분야는 없다네. 특히 애들 장난 같은 탐정소설에 이 셜록 홈즈가 무슨 감흥을 느끼겠나. 내 머릿속의 소중한 다락방을 그런 비실용적인 지식으로 채워넣을 수는 없지. 도일 경이 쓴 추리물이 얼마나 대단한지는 모르겠지만, 그로부터 내가 추리할 수 있는 건 그가 변변찮은 의사였음이 틀림없다는 사실일세. 생각해보게, 개업까지 했던 의사가 얼마나 한가했으면 그런 서푼짜리 잡문이나 쓰며 지냈겠는가. 아, 미안하네. 자네를 빗대어 하는 말은 아니니 오해 없기 바라네. 여보게, 혹시 내가 지금 자네 지인의 부음을 전하고 있는 것이라면, 깊은 유감을 표하는 바이네.

포레스터 부인에 따르면 이 '저명한' 작가 선생이 시체로 발견된 경위는 다음과 같네. 전날 저녁 식사 후 도일 경은 조용히 글을 써야 한다며 자신이 부르기 전까지 아무도 들이지 말라고 했다더군. 다음 날 아침 부인이 홍차를 가지고 올라갔지만 문이 잠겨 있기에 도일 경이 늦잠을 잔다고 생각했지. 그런데 점심때가 훨씬 지나서도 기척이 없는 거야. 걱정이 된 부인은 열쇠 구멍으로 안을 들여다보았고, 그때서야 책상 위에 피를 쏟은 채 쓰러져 있는 도일 경을 발견한 걸세. 포레스터 부인은 기겁하여 경찰서로 달려갔지. 마틴 경위와 경관이 와서 문을 부수었고. 도일 경은 이미 날카로운 흉기에 경동맥을 관통당해 절명한 상태였다네. 현장을 둘러본 경위는 타살로 단정했어. 정황상 책상에 앉은 채로 즉사한 것이 분명한데 방 어디에서도 흉기가 발견되지 않았으니까. 책상 위에 가죽으로 만든 빈 칼집 하나만 덩

그러니 놓여 있었다는군. 그렇다면 살인범은 문과 창문이 모두 안쪽에서 잠긴 방에서 어디로 사라졌을까?

"타살이라면 짐작 가는 용의자는 있습니까?"

"용의자라면 수도 없이 많다고 할 수 있죠."

마틴 경위는 다소 황당한 얘기를 들려주었다네. 도일 경은 몇 년 전까지 특정 탐정이 나오는 시리즈를 잡지에 연재하여 대단한 인기를 끌었다더군. 그런데 돌연 그 인기 절정의 탐정을 폭포에 빠져 죽은 것으로 처리하고 연재를 끝냈다는 거야. 한동안 난리가 났다더군. 허구 속 인물의 죽음 때문에 런던 시내에서는 수많은 장례식이 치러지고, 잡지사에는 엄청난 양의 항의 편지가 쇄도하고, 도일 경은 그 탐정을 다시 살려내라는 협박에 시달리지 않나……(내가 모리어티 교수의 잔당을 피해 런던을 비운 사이 참 희한한 일들이 벌어졌군.) 포레스터 부인에 따르면 최근까지도 험악한 인상의 열혈 독자들이 이곳에 찾아오기도 했다네.

왓슨, 믿을 수 있겠나? 하지만 이런 비이성적인 상황이 우리 삶 속에 얼마나 비일비재한지 안다면 그리 놀라운 일도 아니지. 사람들은 자신의 일상이 인간 상상력이 창조해낼 수 있는 그 어떤 것보다 기기묘묘하다는 사실을 외면하는 경향이 있다네. 대신 진부하고 무익하고 결말이 빤한 소설 나부랭이 같은 것에 집착하지. 환상에 매달리고자 하는 대중들의 욕구를 누가 막을 수 있겠나. 하긴 코카인에 의지하는 것보다는 차라리 그쪽이 건전한지도 모르겠군.

"도일 경의 실내복 주머니에서 이걸 발견했는데, 또 하나의 타살 증거가 아닐까 합니다."

마틴 경위가 건네준 것은 십자로 접은 흔적이 있는 한 장의 종이였네. 군데군데 핏자국이 얼룩지고 물에 번져 잉크가 흐려진 부분도 있었지만 내용은 읽을 수 있더군. 이걸 내용이라고 부를 수 있다면 말일세.

534 C2 13 127 36 31 4 17 21 41 109 293 5 37 26 9 47 171

"홈즈 선생님, 저는 이것이 암호로 된 협박장이라고 확신합니다."

"그렇군요. 정말 보기만 해도 섬뜩한 숫자들입니다그려."

물론 마틴 경위의 확신은 재고의 가치도 없었네. 협박장이란 상대방에게 자신의 위협을 직접적으로 강하게 표현하는 것이 목적인데, 이렇게 난해한 암호로 보내서야 지성이 모자라는 사람은 어디 겁을 집어먹을 수나 있겠나.

장황한 설명이 끝나고 나서야 확대경과 줄자를 꺼내들고 조사에 착수할 수 있었네. 먼저 책상 뒤편의 벽난로부터 살펴보았지. 아직 온기가 남은 잿더미가 수북이 쌓여 있더군.

"포레스터 부인, 도일 경이 추위를 많이 탔나 봅니다. 요즘 날씨에도 항상 벽난로를 피웁니까?"

"아뇨, 어제저녁에만 비가 와서 눅눅하다며 피워달라고 하셨어요."

"그렇군요."

도일 경은 벽난로를 등지고 책상에 앉아 원고를 집필하던 중 당한 모습이었지. 책상 위에 놓인 왼손은 죽음의 순간을 묘사하려는 듯 백조깃펜을 꼭 거머쥐었고, 머리는 앞에 놓인 미황색 종이 뭉치를 문진처럼 누르고 있더군. 피가 번진 종이에는 큼직한 글씨로 '빈집의 모험'이라는 제목과 그 아래로 단 한 줄의 본문이 씌어 있었지. '로널드 아데어 도령이 기이하고 이해할 수 없는 방식으로 살해당하여 런던 전역을 들쑤셔놓고……' 그가 이승에서 쓴 최후의 문장이 자신의 죽음과 어울려 그로테스크한 광경을 연출하더군. 내용으로 봐서 그 탐정소설 연재를 다시 시작하려던 참이었던 게지. 그렇다면 현실과 허구를 꼼꼼하게 접합하는 놀라운 착란 능력을 지닌 열혈 독자들은 용의자에서 제외해도 될 걸세. 도일 경은 자신이 죽인 탐정을 다시 살려내려는 순간에 당했으니까. 오히려 살인범은 그 탐정이 부활하는 것을 극렬히 반대하는 자가 아니었을까?

책상 위는 깔끔하게 정리되어 있었네. 종이 뭉치의 오른편에는 작은 잉크병이, 머리맡에는 예의 그 가죽 칼집이 놓여 있었지. 행방불명된 칼집의 주인은 약 15센티 길이의 단도로 날의 너비도 도일 경 목의 자상과 일치하더군. 자상 각도로 보자면 범인은 도일 경의 뒤에 선 채로 글을 쓰고 있던 그를 찌른 걸세.

범인의 위치에 서보니 밖에서 보았던 창문이 정면으로 눈에 들어오더군. 약 3미터 거리였어. 그런데 덧문만 잠겨 있고 안쪽 유리창문은 활짝 열린 채였네.

"경위, 처음부터 저 덧문은 잠긴 상태에서 안쪽 창문만 열려 있었습니까?"

"예, 모든 것이 저희가 도착했을 때 그대로입니다. 저는 완벽하게 현장을 보존했습니다."

현장을 보존한 건지 멍하니 손 놓고 있던 건지는 모르겠지만, 나로서는 다행스러운 일이었네. 창가에는 보조 탁자가 놓였고 그 밑에 아령이 하나만 있더군. 방을 둘러보았지만 짝이 되는 아령 하나는 찾지 못했네. 왓슨, 언젠가 내가 했던 말 기억하나? 아령을 하나만 들고 운동하는 건 매우 안 좋은 습관이라고. 몸이 불균형하게 발달하면서 척추가 금방 휘어지고 말 걸세.

참나무로 된 양쪽 덧문의 한가운데에는 다이아몬드 모양으로 손 하나가 간신히 들어갈 만한 통풍 구멍이 뚫려 있었지. 확대경으로 구멍 주변을 살펴보니 오른쪽 다이아몬드의 하단 모서리에 나무 조각이 조금 떨어져 나갔더군. 주변과 달리 밝은 색인 것을 보니 최근에 떨어져 나간 흔적이었어. 서서히 윤곽이 잡히기 시작했네. 나는 사냥개처럼 엎드려 창문과 책상 사이의 바닥을 확대경으로 꼼꼼히 살펴보았지. 예상대로 양탄자 위에서 핏방울 몇 개를 발견할 수 있었네. 핏방울은 정확히 도일 경 목의 상처와 덧문의 구멍을 잇는 일직선상에 떨어져 있더군. 나의 가설을 확인해주는 마지막 단서였지. 몸을 일으키니 마틴 경위와 주근깨 경관, 포레스터 부인이 삼인조 코러스처럼 나란히 서서 나를 물끄러미 쳐다보더군.

"천재는 수고로움을 무한히 감당해낼 수 있는 능력이라는 말이 있습니다. 형편없는 정의이긴 하지만 탐정의 일에는 들어맞는 얘기죠."

주근깨 경관만이 열성적으로 고개를 끄덕여주더군.

"부인, 혹시 최근에 도일 경이 불안해하거나 우울증 증세를 보이지는 않았나요?"

"아뇨, 도일 선생님은 점잖으면서도 쾌활한 신사분이셨죠. 최근에도 마찬가지였고요."

"흠, 알 수 없군. 알 수가 없어."

"역시, 이번 사건은 홈즈 선생에게도 무리인가요?"

내 혼잣말에 마틴 경위는 은근히 기뻐하는 기색을 감추려고도 않더군. 사건의 전모를 파악한 것은 아니었지만, 이 시골 경위에게 더 이상 헛된 기대는 심어주지 않기로 했네.

"경위, 범인은 약 190센티미터의 키에 혈색이 좋은 거구의 사내입니다. 오른손잡이고 운동으로 근육이 꽤 발달한 것 같군요. 머리를 단정하게 빗어넘겼고 근사한 은색 콧수염을 길렀습니다."

마틴 경위는 깜짝 놀라 허둥지둥 수첩을 꺼내더니 열심히 펜을 놀리더군. 다시 한 번 말해달라는 표정으로 내 얼굴을 흘끔거리면서. 맙소사, 여기서는 유머 감각을 밭에서 재배라도 해야 갖추는 모양일세. 하는 수 없이 좀더 결정적인 힌트를 주었다네.

"서두를 필요는 없습니다. 그는 지금 근사한 장미목 책상에 피를 흘리며 쓰러져 있으니까요. 아, 성이 'D'로 시작한다는 것도 적어두시죠."

마틴 경위는 그제야 손을 멈추고 나와 쓰러진 도일 경을 번갈아 쳐다보더군.

"지금 도일 경이 자살을 했다는 말입니까?"

"오, 알아채셨군요. 역시 경위는 재치가 번뜩입니다그려."

경위의 얼굴이 벌겋게 일그러졌다네.

"홈즈 선생님, 저도 나름대로 조사를 했습니다. 피가 흐른 흔적으로 봤을 때 도일 경은 책상에 앉아 있다가 칼에 찔려 즉사한 것이 분명합니다."

"훌륭합니다. 저도 그렇게 생각합니다."

"그렇다면 문제의 칼은 어디 있습니까?"

"저 구멍을 통해 밖으로 던졌습니다."

나는 손가락으로 덧문을 가리켰네. 마틴 경위는 어리둥절한 표정으로 눈치를 살피더군.

"농담이시죠?"

"경위, 나는 재치가 뛰어난 편은 아니지만 그렇게 형편없는 농담은 하지 않습니다."

"홈즈 선생님, 그러니까 도일 경은 책상에 앉아 칼로 자신의 경동맥을 찌른 후, 피를 철철 흘리며 저 조그만 구멍으로 정확하게 칼을 던져넣었군요. 서커스단 칼잡이처럼."

경위는 자신이 매우 위트 있게 항의했다는 듯 만족스런 표정이었네.

"도일 경에게 그런 진기한 재주까지 있었다고는 생각하지 않습니다. 좀더 능률적인 방법을 썼겠죠."

"능률적인 방법?"

"경관, 포레스터 부인에게 갈퀴를 빌려 저 창문 아래 냇물 바닥을 훑어보게. 아령 하나가 떨어져 있을 테니 건져 오게나. 아, 아령에 연결된 줄에 칼이 매달려 있을 테니 함께 가져오면 좋겠네."

주근깨 경관은 바람처럼 달려 내려갔지. 왓슨, 빤한 추리를 부연해서 자네의 지성을 모독할 마음은 없네만, 기록을 위해 마틴 경위에게 했던 설명을 간단히 옮겨놓겠네. 처음 이 사건은 기이한 수수께끼처럼 보였지만 조금만 생각해보면 단순한 트릭이었어. 내가 늘 말하지 않았나. 여러 가지 추론 중에서 불가능한 것을 빼고 남는 것이, 비록 아무리 그럴듯하지 않더라도, 진실일세. 문과 창문이 안쪽에서 잠긴 방에서 시체가 발견되었다면 가능성은 세 가지뿐이야. 범인이 벽난로 굴뚝으로 드나들었거나, 범인이 달아난 뒤 피살자가 그를 보호하기 위해 문과 창문을 잠근 후 죽었거나, 아니면 처음부터 달아날 범인 따위는 없었던 게지. 어제 벽난로를 피웠다니 첫번째 가설은 배제해도 좋을 걸세. 도일 경의 상처와 핏자국으로 봤을 때 두번째 가설도 무리일 테고. 그렇다면 자연스럽게 도일 경은 혼자 있었고 스스로 목숨을 끊었다는 추론이 가능하지. 하지만 무슨 이유에서인지 그는 흉기를 없애버림으로써 자살을 은폐하려고 했네. 어떤 방법으로 흉기를 처리했을까?

하나뿐인 아령과 덧문이 단서를 제공했다네. 바로 옆에 물이 있는 조건에서 무거운 물건 하나가 없어졌다면 그것이 무엇을 의미하겠나. 탐정소설 작가로서 나름 기지를 발휘한 거야. 칼과 아령을 3미터 이상의 줄로 연결하고, 덧문 구멍을 통해 아령을 창밖으로 늘어뜨린 상태에서, 책상에 앉아 자신의 목을 찌른 거지. 도일 경이 죽는 순간, 칼은 카펫 위에 몇 개의 핏방울을 떨어뜨리며 날아가 덧문의 다이아몬드 구멍 모서리에 작은 흠집을 낸 후 냇물 속으로 떨어졌던 걸세.

내가 이런 추리를 발전시킬 수 있었던 최초의 단서가 무엇이었는지 한번 맞혀보겠나? 바로 책상 위의 잉크병이었어. 위대한 동물학자가 뼈 하나만 가지고도 동물의 전체 모습을 묘사해낼 수 있듯이, 위대한 탐정은 하나의 단서를 통해 사건의 연쇄를 정확하게 그려낼 수 있어야 하네. 도일 경은 깃펜을 왼손에 쥐고 있었지만 잉크병은 종이의 오른쪽에 있었지. 잉크를 묻히기도 불편하고 종이에 잉크 방울을 흘릴 염려도 있는데 왜 굳이 그렇게 배치했을까? 잉크병의 위치는 도일 경이 원래 오른손잡이라는 것과 오른손으로 다른 일을 하기 위해 펜을 왼손으로 옮겨 쥐었다는 걸 설명해준다네. 무거운 아령이 매달린 칼로 경동맥을 정확히 찔러야 했으니 왼손으로 하는 것은 무리였겠지. 도일 경은 꽤 치밀한 연출을 했지만 펜을 옮겨 쥐면서 잉크병에까지 생각이 미치지는 못했던 거야.

어떤가, 정말 아름답고 완벽한 논리 아닌가. 상상력을 과학적으로 사용하는 추리의 진수를 보여주는 과정일세. 한 점 의문도 허용하지 않는 깔끔한 마무리. 그런데 말이야, 이 모든 게 엉터리였어. 엉터리! 그때 생각을 하면 나의 미련함을 지금도 용서할 수가 없군. 너무 깔끔한 진행을 의심했어야 했는데…… 왓슨, 자네가 정직한 사람이라면 나의 성공담 옆에 이날의 실패도 나란히 기록해주게. 그럼 이후에 벌어진 일을 말해주겠네.

내가 설명을 마치고 포레스터 부인에게 혹시 새 하숙인을 구할 생각인지, 언제 요리 솜씨를 한번 볼 수 있을지 묻고 있는데, 주근깨 경관이 떨떠름한 얼굴로 올라오더군.

"홈즈 선생님…… 말씀대로 아령이 나오기는 했는데, 이게……"

경관의 손에 들린 것을 보고 나는 너무 놀라 그대로 차링크로스까지 날아갈 뻔했네. 자네가 옆에 있었다면 아마도 셜록 홈즈 최고의 얼빠진 표정을 목격했을 걸세. 아령에는 예상대로 줄이 묶여 있었지. 하지만 줄의 다른 쪽 끝에는 칼 대신 국자가 매달려 있더군. 국자! 스튜나 닭고기 카레를 뜰 때 사용하는 그 국자 말일세. 내 머릿속 다락방은 지진이 난 것처럼 뒤죽박죽 헝클어졌네. 포레스터 부인이 전날 주방에서 사라진 국자라며 펄쩍 뛰었고, 시골 경위는 런던의 명탐정을 비웃을 기회를 놓치지 않더군.

"홈즈 선생님, 역시 훌륭하십니다. 막간을 이용해서 국자 납치 사건을 해결하셨군요."

왓슨, 앞으로 내가 능력을 과신하여 성급한 결론을 내리거나 사건 수사에 최선을 다하지 않는다고 여겨질 때가 있거든, 내 귀에 살짝 '국자'라고 속삭여주게. 그럼 나는 자네에게 한없이 감사할 걸세.

그래, 전부 도일 경의 함정이었어. 잉크병부터 시작해서 깃펜, 벽난로, 아령, 덧문의 홈집, 핏자국 등 내가 전개했던 추리 과정을 교묘하게 유도해놓고 국자로 뒤통수를 친 거지. 나는 그 함정에 보기 좋게 걸려들었고. 현실 세계 최고 탐정인 내가 어설픈 탐정소설 작가에게 제대로 한 방 먹은 거야. 책상 위에 엎드려 있는 도일 경을 돌아보는 순간, 난 분명히 보았다네. 그의 뒤틀린 입술이 명백히 비꼬는 표정으로 미소 짓는 것을. 분한 마음을 넘어 오싹하게 소름이 끼치더군.

도일 경이 어떻게 그렇게까지 내 관찰과 추리를 미리 예측할 수 있었을까? 지금까지도 의문이라네. 마치 내 머릿속을 훤히 꿰뚫고 있는 것처럼 사고의 물길이 흘러갈 수로를 한 치의 오차도 없이 정교하게 파놓았어. 어쨌든 1라운드는 나의 일방적인 열세를 인정할 수밖에 없었네. 레프트 카운터 한 방에 다리가 풀린 거야. 일단 코너로 돌아가 정신을 수습하고 2라운드를 준비해야 했지. 국자를 찾아줘서 고맙다는 포레스터 부인의 인사를 뒤로하고 서둘러 사건 현장을 빠져나왔네.

여보게, 이 사건은 가장 균형 잡힌 정신도 일시적인 암흑 상태에 빠질 수 있다는 걸 보여주는 사례로 활용될 수 있을 걸세. 인간은 누구나 실수를 저지르지만 위대한 정신은 그것을 스스로 깨닫고 바로잡는다는 차이가 있지. 나는 일체의 선입견을 배제하고 사건을 처음부터 되짚어보았네.

나의 첫번째 실수는 지나치게 방법론적 해결에 집착한 것이었어. 자살이라는 극한의 상황에서 왜 그런 연극 무대를 꾸몄는지, 도일 경의 의도를 외면한 채 성급하게 결론을 내렸던 걸세. 왓슨, 우리가 사물을 관찰하고 추리를 통해 사건을 해결하는 과정의 궁극적인 목적은 인간에 대한 탐구라는 것을 내가 누누이 강조했었지. 그런데 이번에는 내가 그 대원칙을 간과했으니 할 말이 없군.

두번째 실수는 너무도 명확하게 한 방향을 가리키는 단서들에 현혹되어 하나의 단서를 추론 과정에서 제외시켰던 거야. 허위 단서들의 대열에서 벗어난 유일한 곁가지. 그건 바로 도일 경의 실내복 주머니에서 나온 암호문이었다네. 그 암호문 역시 도일 경이 직접 작성하지 않았겠나. 그로기 상태까지 몰린 와중에도 마틴 경위의 양해를 얻어 암호문을 집으로 가져온 건 그나마 다행이었지.

534 C2 13 127 36 31 4 17 21 41 109 293 5 37 26 9 47 171

암호를 해독하는 건 그리 어렵게 보이지 않더군. 이건 분명 어떤 책의 특정 페이지에 있는 단어들을 가리키는 게 틀림없었어. 문제는 그 책을 밝혀내는 것일세. '534'가 페이지라는 실용적인 가설을 세워볼 때 'C2'는 칼럼column이 되겠지. 장chapter을 생각할 수도 있겠지만, 페이지를 이미 밝혀놓고 장이 나오는 것은 의미가 없어. 게다가 534페이지가 제2장인 책은 별로 상상하고 싶지 않군. 책의 제목을 명시하지 않았다는 것은 어디에서나 찾을 수 있는 흔한 책이라는 것을 암시하네. 그럼 한 페이지가 두 개의 칼럼으로 인쇄된 쉽게 접할 수 있는 책이 무엇일까? 자네, 지금 성경을 생각하고 있겠지. 아닐세. 성경은 판본이 다양하기 때문에 암호책으로 사용하기엔 불가능하지. 즉 534페이지가 모두 동일한 내용인 규격화된 책이라는 단서를 하나 더 추가해야 된다네. 그건 바로 연감이야. 서가에서 『휘태커 연감』을 꺼냈지. 534페이지의 두번째 칼럼은 영국령 인도의 자원과 무역에 관한 내용이더군. 13번째 단어는 '고무나무.' 별로 순조로운 출발은 아니었지. 127번째 단어는 '수액.' 최소한 말은 되는 것 같더군. 36번째 단어는 '콘돔.' 확실히 망했다는 것을 알 수 있었네.

도자기 파이프에 불을 붙이고 암호문을 다시 꼼꼼히 들여다보았지. 책상에 있던 미황색 종이, 종이의 삼분지 일을 물들인 핏자국, 군데군데 물에 젖어 번진 잉크…… 이 암호문을 실내복 주머니에 넣어둔 것도 치밀한 자살 준비의 일환이었을 텐데, 도대체 무슨 내용일까? 아무리 머리를 짜내도 다른 해독 방법은 떠오르지 않았어. 중요한 비밀이 눈앞에 잠자고 있는데 그걸 꿰뚫어보는 게 내 능력 밖이라고 생각하니 정말 미치겠더군. 혹시나 하는 심정으로 숫자를 단어가 아닌 철자로 찾아보았지. 13번째 철자는 't,' 127번째 철자는 'o.' to. 썩 좋은 출발이었지만 방심하지 않았네. 36번째 철자는 's,' 다음은 'h,' …… 'e,' …… 'r,' …… 연결된 열여섯 개의 철자가 또다시 내 뒤통수를 후려치더군.

'To Sherlock Holmes'

'셜록 홈즈에게,' 메시지는 그게 전부였다네. 하지만 그것으로 충분했지. 나는 과거 그 어떤 사건에서도 경험하지 못했던 강렬한 투지가 불타오르는 것을 느꼈네. 주머니에 들어 있던 암호문은 일종의 도전장이었어. "셜록 홈즈 씨, 대단한 명성을 쌓고 계시던데 이 사건도 한번 풀어보시죠." 도일 경도 유럽 최고의 탐정이 요양차 사우스시에 내려와 있다는 소식을 접했겠지. 그리고 의문의 살인 사건이 발생하면 틀림없이 경찰이 나에게 도움을 요청하리라는 것도 예측했을 걸세. (현장에 있던 그 트릭들, 내가 아니라면 도대체 누가 속아 넘어갈 수나 있었겠나.)

암호문을 통해 그가 처음부터 나를 의도적으로 끌어들였다는 걸 알았네. 하지만 여전히 핵심적인 두 가지 의문은 그대로 남았지. 첫째, 도일 경은 어떤 방법으로 자살을 했는가? 둘째, 도대체 왜 자신의 목숨을 담보로 이런 해괴한 장난을 계획한 것인가?

왓슨, 고백하건대 이 사건은 유례를 찾을 수 없을 만큼 특이하고 까다롭다는 것을 인정하지 않을 수 없더군. 나는 가장 독한 검은 담배 30그램과 성냥을 갖다놓고 안락의자에 파묻혔네. 코넌 도일 경은 왜 자살을 했을까? 이게 모든 수수께끼의 시작이야. 어차피 장본인과 체스라도 두며 회포를 풀지 않는 이상 정답을 얻는 것은 불가능하니, 추측해볼 수밖에. 물론 추측 같은 건 사람의 논리력을 파괴하는 악습이란 생각에는 변함이 없네. 하지만 이건 범죄행위가 아닌 극히 사적인 선택의 문제이기 때문에 추리는 잠시 접고 상념에 기댈 수밖에 없지 않겠나. (자살의 범죄적 성격에 대해서는 신의 법정에 맡기기로 하세.)

다행히 도일 경은 쓸 만한 단서를 하나 남겨주었어. 그는 새로운 소설을 통해 자기가 죽인 그 유명한 탐정을 다시 살려내려는 순간에 살해당한 것처럼 현장을 꾸몄지. 그렇다면 그 탐정이 부활하는 것을 극렬히 반대하는 살인 용의자, 그게 바로 자기 자신이라는 메시지가 아니었을까?

수원지를 향해 물길을 거슬러 올라가 보세. 애초에 그는 왜 탐정을 죽였을까? 자신에게 엄청난 부와 명성을 안겨준 인물을 말일세. 이유야 여러 가지로 추측할 수 있겠지. 정상에서 아름답게 떠나고 싶었다거나, 아니면 단순히 밑천이 바닥난 것일 수도 있고, 혹은 부인이 갑자기 폐병에 걸려 요양을 가야 했을지도…… 하지만 그를 자살에까지 이르게 한 연쇄의 시작이라는 점을 감안하면, 보다 내밀한 심리적인 문제가 개입되었으리라 생각하네. 이를테면 열등감 같은 것. 자기 통제력이 부족한 인간들에게는 매우 위험한 감정이지.

도일 경에 대해 추가로 자료를 수집하며 알게 된 사실인데, 정작 그는 자신의 탐정소설을 그리 탐탁지 않게 여겼다더군. 오히려 별도로 발표한 역사소설을 자랑스러워하며 자신이 좀더 진지한 작가로 인정받기를 원했던 모양이야. 하지만 그 탐정의 명성 때문에 역사소설이 주목받지 못한다고 생각했던 것 같네.(그의 역사소설도 읽어본 적은 없지만, 이 사람은 의사로서의 재능이 가장 뛰어나지 않았을까 싶군.) 사람들은 허구 속 탐정에 열광하지만 자신은 그의 창조자로서만 존재할 뿐, 실존적 자아는 희미해진다고 느꼈겠지. 질투와 분노가 이성을 마비시켰을 테고, 급기야 그 탐정이 자신의 등에 달라붙어 상상력과 에너지를 빨아먹는 흡혈귀처럼 보였을 걸세.(멋진 삽화를 하나 넣고 싶군.) 피조물이 점점 현실의 신화가 되어갈수록 창조주는 모든 가능성을 거세당한 채 신전 한구석의 석상으로 굳어간다. 참을 수 없었겠지. 결국 도일 경은 자신의 무기인 펜을 들고 창조주로서 남은 유일한 권리를 행사한 것이 아니었을까?

이후 도일 경은 수많은 독자들로부터 죽은 탐정을 다시 살려내라는 압박에 시달렸지만 침묵으로 일관했네. 그런데 몇 년간이나 의연히 버티다가 왜 이제 와서 그를 부활시키려 했을까? 답은 하나뿐이겠지. 본인이 원했으니까. 그간 도일 경 자신도 탐정을 되살리고 싶은 유혹을 견딜 수 없었던 게야. 애초에 폭포에서 시체도 발견되지 않게 모호하게 처리한 걸 보면 그의 심정도 꽤나 복잡했을 테지. 물론 그 유혹이 현실적인 명성이나 재정 문제만은 아니었다고 믿네. 어쩌면, 자신이 죽인 탐정이 그리웠던 게 아닐까? 내가 모리어티 교수를 그리워하듯이.

비록 등에 달라붙어 피를 빨아먹는 그악스런 흡혈귀였지만, 목덜미에 박힌 날카로운 송곳니조차 자신의 작품이 아닌가. 그가 떨어져 나가자 도일 경 역시 삶의 무게 추를 잃고 권태와 무기력의 밑바닥에서 산송장이 되어갔을 거야. 그러다가 끊이지 않는 독자들의 성원을 핑계 삼아 은근슬쩍 그를 다시 살려내기로 한다. 하지만 이번에는 창조주의 펜으로만 해결되는 단순한 문제가 아니었을 걸세. 민망한 부활절 코미디는 둘째 치고, 그 탐정을 죽이면서까지 지키고자 했던 실존적 자아를 스스로 부정하는 꼴이었으니…… 이 지점에서 그는 딜레마에 빠진 거야. 생존을 건 딜레마. 현실의 제약을 초월한다고 여겼던 가상 세계가 또 하나의 현실이 되어 목을 옥죄어올 때, 자살은 자신이 실체임을 확인할 수 있는 최후의 수단이 아니었을까?

왓슨, 그간 우리는 인간의 복잡성에 대한 많은 사례를 접해

왔지만 이 사건은 그중에서도 매우 독보적인 위치를 차지할 걸세. 작가가 자신이 창조한 인물에 대한 열등감으로 그를 죽이고, 다시 부활한 그가 복수를 하듯 작가를 실제 죽음으로 내몬다. 생각하면 참으로 무익하고 서글픈 순환이 아닐 수 없구먼. 이런, 너무 멀리까지 간 것 같으이. 물론 위의 가설들은 앞서 말한 대로 순전히 나의 추측이며 상념일 뿐일세. 이런 무용한 두뇌 활동을 좋아하지는 않지만, 나를 혼란에 빠뜨릴 정도로 충분한 지적 능력을 보여준 도일 경에 대한 일종의 조문이라고 보면 될 걸세.(따라서 이 부분은 사건 기록에는 넣더라도 발표 시에는 빼는 것이 좋겠네.)

두서없는 상념에 빠져 있다 보니, 자신의 죽음을 미스터리로 만들고 나를 끌어들인 의도가 바로 이런 게 아니었을까 싶더군. 뛰어난 통찰력을 지닌 누군가가 그 미스터리에 도전하는 과정에서 자신의 고뇌에 대해 다만 숙고해주기를 바랐던 걸세. 자기 피조물의 죽음에 광분하는 수많은 대중이 아닌, 코넌 도일의 죽음을 차분히 되새겨줄 단 한 사람. '셜록 홈즈에게,' 그 암호문은 도전장이자 그의 유서이기도 했어. 자살은 그의 마지막 작품이었고 유일한 독자는 셜록 홈즈였지.

내가 도일 경 유언집행자로서의 역할을 얼마나 충실히 이행했는지 모르겠지만, 이로써 두번째 수수께끼는 해결되었다고 여겼네. 하지만 정작 내가 탐정으로서 풀어야 할 첫번째 수수께끼에 대해서는 아무런 진전이 없었지. 그가 자살한 방법을 명확하게 밝혀내고 사건을 해결하는 것이 나의 의무이자 도일 경과의 진정한 승부였네. 이제 두루뭉술한 추측은 접고 정교한 추리를 꺼낼 차례였지. 도일 경이 탐정소설 작가로서 자존심을 걸고 미스터리를 만들었다면, 나는 현실 세계 최고 탐정으로서 자존심을 걸고 그걸 풀고 싶었네. 그게 나를 향해 마지막 유언을 남긴 탁월한 식견에 대한 예의 아니겠나.

이틀 밤을 꼬박 새며 머릿속으로 사건 현장을 샅샅이 훑고 자살 장면을 다양하게 재구성해보았네. 도일 경이 처음부터 나를 겨냥하고 트릭을 만들었기에 눈에 보이는 단서들은 의미가 없었지. 귀납적인 추리가 아닌 뭔가 다른 접근 방법이 필요했어. 사건을 푸는 열쇠는 단 하나, 자살에 사용한 칼은 어디 있는가? 하지만 파이프를 물고 수백, 수천 개의 담배 연기 고리를 만들어 올려도 해결의 실마리는 잡히지 않았네. 생각의 막다른 골목마다 끈에 매달린 국자만 대롱대롱 흔들리더군.

3일째 새벽, 방은 이미 희뿌연 담배 연기로 가득 찼지. 안개 자욱한 런던으로 돌아간 듯한 감흥이 일더군. 베이커 가의 하숙집을 떠올리며 바이올린을 들고 슈베르트의 연가곡 「겨울나그네」를 연주하기 시작했네. 즐겨 연주하던 곡은 아니었지만 머리가 꽁꽁 얼어붙은 탓인지 그 음울한 선율이 생각나더군. 나는 머릿속 다락방을 깨끗이 비웠네. 모든 걸 잊고 네 개 현의 아름다운 떨림에만 몰두했어. 창밖으로 동이 터오고, 잘 벼려진 칼날 같은 햇살이 두터운 담배 연기를 뚫고 거실로 비쳐 들고, 창에 맺힌 이슬이 영롱하게 빛나고, 창에 맺힌 이슬…… 뜨거운 눈물이 눈과 얼음을 녹여…… 4번 가곡 「동결(凍結)」을 연주하던 중, 수수께끼를 풀 수 있는 가설이 슈베르트의 악보를 찢으며 섬광처럼 솟구쳤다네. 허겁지겁 암호문이 적힌 종이를 다시 들여다보았지. 왓슨, 나는 정말이지 유럽 최고의 바보, 한 치 앞도 못 보는 딱정벌레였어. 처음부터 결정적인 단서를 손에 쥐고도 알아채지 못했으니. 오랫동안 쓰지 못해 두뇌에 녹이 앉은 게지.

'셜록 홈즈에게,' 도일 경의 메시지는 그 내용이 전부가 아니었어. 그 종이는 나에게 보내는 도전장이자 자신의 죽음을 되새겨달라는 유서이고, 또한 사건을 해결할 수 있는 결정적인 단서였다네. 실내복 주머니에 들어 있던 종이에 흘러내린 피가 묻은 건 당연한 현상이지. 하지만 왜 물에 젖어 얼룩진 자국이 따로 생겼을까? 그건 피와 시차를 두고 물도 흘러내렸다는 증거야. 생각이 거기에 미치자 현장에 있던 단서들이 나란히 모여 다시 한 방향을 가리키더군.

우리의 정형화된 사고 체계는 빈 칼집을 보면 자동적으로 칼의 존재부터 생각하게 되지. 하지만 그것이 의미하는 바는 말 그대로 빈 칼집, 처음부터 칼은 없었다는 뜻이었어. 도일 경은 밤에 주방의 아이스박스에서 얼음을 꺼내어 칼집에 맞는 얼음 칼을 깎았던 걸세. 끝을 날카롭게 갈았다면 부드러운 목의 피부를 뚫고 경동맥을 찌르기에 충분했을 테지. 아령에 국자를 매달아놓아 넌지시 주방에 눈짓을 보냈지만, 평정심을 잃은 나는 그마저 놓치고 말았던 거야. 봄날 저녁에 왜 습기 핑계를 대며 벽난로를 피워달라고 했겠나. 얼음 칼을 빨리 녹이고 물기를 마르게 하기 위해서였어. 살인 흉기가 녹아 사라졌으니 그야말로 완벽한 미스터리가 될 뻔했지. 도일 경은 조작된 가짜 단서들과 사건을 해결할 수 있는 진짜 단서들을 교묘하게 겹쳐놓고 나와 내기를 한 것이었어. 존재의 딜레마에 마침표를 찍을 무기로 덧없이 녹아 사라지는 얼음 칼을 선택한 아이러니까지…… 감탄할 만한 연출이었어. 나는 새벽 햇살 속에 다시 바이올린을 들고, 이 멋진 희비극의 연출자에게 바흐의 바이올린 콘체르토 E장조로 경의를 표했다네.

이상이 코년 도일 경 사건의 전모일세. 자네도 지금쯤은 신문을 통해 소식을 접했을지 모르겠군. 물론 신문에는 자살인지 타살인지 밝혀지지 않아 사건은 미궁에 빠졌다고 나왔겠지. 그래, 나는 내가 밝혀낸 사실을 마틴 경위에게 알리지 않았네. 어차피 대가를 치러야 할 범인도 없으니 공권력에 대해 의무감을 느낄 필요는 없었지. 마틴 경위가 한동안 머리를 싸매고 고생하겠지만, 자신의 부족한 상상력을 향상시킬 좋은 기회가 되지 않겠나.

왜 그랬느냐고 묻는다면 딱히 대답할 말이 없군. 그냥 바흐의 바이올린 콘체르토를 연주하다가 그러기로 마음먹은 거야.

안 믿을지 모르겠지만, 나도 아주 가끔은 즉흥적인 감상에 의지해 결정을 내리기도 한다네. 도일 경의 죽음은 그가 의도한 대로 기이한 수수께끼로 남는 게 좋겠다는 생각이 들더군. 구름 위에서 신문을 보며 "흠, 홈즈도 별수 없군" 하고 약간의 자부심을 갖는 것도 정신 건강에 도움이 되겠지. 그동안 많이 피곤하지 않았겠나.

솔직히 말하자면, 명쾌하게 수수께끼를 풀어냈건만 뭔가 개운치가 않아. 손톱 밑에 모래알 하나가 끼어 있는 느낌이랄까. 아마도 과정 때문일 걸세. 내가 사건을 풀 수 있었던 결정적인 계기는 햇살에 한순간 반짝, 빛난 이슬 때문이었어. 마침 그때 연주하던 곡이 「동결」이었고. 마침 연주하던 부분의 가사가 '뜨거운 눈물이 눈과 얼음을 녹여'였지. 그 찰나의 순간 내 머릿속에 얼음 칼이 반짝, 빛났던 거야. 단서를 통한 추론 과정을 거치지 않고 그냥 벼락처럼 내리꽂힌 거라네. 이 일련의 우연을 어떻게 해석해야 할까? 자네도 알다시피 이런 직관적인 해결은 나의 방식이 아닐세. 전혀 아니지. 도일 경이 처음에 나를 교묘하게 속였듯이, 이 우연의 일치마저 누군가의 예견된 시나리오라고 의심하는 건 나의 신경과민이겠지? 나에게 보내는 도전장이자 유서이자 단서였던 암호문, '셜록 홈즈에게.' 왜 자꾸 거기에 네번째 의미가 있을지 모른다는 예감이 드는 걸까? 아직 하나의 수수께끼가 더 남은 듯한……

왓슨, 그러니 자네도 이 사건 기록을 지금 발표해서는 안 되네. 내가 이런 꺼림칙한 느낌을 털어내고 나면 자네에게 일러주도록 하지. 이미 충분한 명성에 월계수 잎 하나 더 보탤 기회를 포기한다고 해서 아쉬울 건 없다네. 그보다 훨씬 중요한 걸 얻었으니까. 얼음 칼의 비밀을 풀어낸 그 새벽 이후, 나를 짓눌러온 권태와 무기력은 말끔히 사라졌어. 내 삶에서 그 어떤 폭풍우보다 더 큰 위험을 내포하고 있는 고요한 정적을 깨뜨려준 것이지. 일종의 충격요법이었을까? 자신이 만든 환상의 무게를 이기지 못해 침몰한 도일 경과 자신을 매혹시킬 현실에 목말라 환각제에 의지한 나. 이 양극단의 고뇌는 어딘가 닮아 있지 않나? 다행인지 불행인지, 창조의 재주가 없는 나의 고뇌는 도일 경처럼 고상하고 형이상학적인 과정을 거쳐 자살에 이르지는 못했지만 말일세. 나의 사소한 재주는 역시 사물을 관찰하고 추리하는 것뿐이지. 덕분에 나는 지금 인간의 상상력이 감히 미치지 못하는 속도로 무한히 재창조되는 현실 속에서 다시금 자유를 느낀다네. 도일 경에게는 미안한 얘기지만, 그의 죽음은 내 혈관에 다시 생기 넘치는 피를 돌게 해주는 계기가 되었어.

조만간 이곳 생활을 정리하고 런던으로 돌아갈 예정이네. 런던에 있는 악당들에게는 매우 바람직하지 않은 소식이지. 왓슨, 혹시 그때까지도 환자가 늘어날 기미가 보이지 않는다면 의원을 정리하는 문제를 진지하게 고민해보기 바라네. 고백하건대 내가 변변찮은 성공이나마 거두게 된 것은 자네에게 힘입은 바가 크네. 개중에는 천재성을 가지고 있지는 않지만 천재를 자극

하는 범상치 않은 능력을 발휘하는 이들이 있는 법이지. 자네도 나만큼이나 진부한 삶을 견뎌내는 데 서투르지 않나. 역시 우리에게 필요한 것은 베이커 가 221B번지의 하숙집과 허드슨 부인의 요리와 독한 담배, 그리고 우리를 흥분시켜줄 의뢰인 아니겠나. 그럼 런던에 도착하는 대로 찾아가겠네. 어느 날 길거리에서 괴팍한 노인과 부딪치거든 주의해서 살펴보게. 이 셜록 홈즈는 변장의 명수 아닌가.

1903년 4월 19일
자네의 영원한 벗, 셜록 홈즈

---

* 본 소설의 일부는 코넌 도일의 셜록 홈즈 시리즈 내용을 차용하여 재구성하였으며, 번역서는 『셜록 홈즈 전집』 1~9권(백영미 옮김, 황금가지, 2002)을 참조하였음.

그녀의 매듭

그래, 이렇게 생각을 해보자. 내 안에는 서로 다른 두 개의 삶이 공존한다. 내가 선택한 삶과 선택하지 않은 삶. 선택한 삶 속에서 나는 사람들에 떠밀려 지하철을 타고, 퇴근길에 아메리카노 커피 한 잔을 마시고, 이따금 서점에 서서 인테리어 잡지를 뒤적인다. 어느 날 우연히 지하철 대신 버스를 타거나, 아메리카노 대신 에스프레소를 마시거나, 인테리어 잡지 대신 배낭여행 안내서를 뽑아 들거나, 오랜 이성 친구에게 사랑을 느낄 때, 내 삶은 다시 두 갈래로 갈라진다. 머리가 반으로 갈라진 플라나리아처럼 하나의 몸통에서 뻗어 나온 두 개의 촉수가 제각기 새로운 기억을 축적해간다. 다시 네 개로, 여덟 개로, 열여섯 개로…… 무한 분열하는 촉수들이 꿈틀거리며 저마다의 기억을 주장한다. 서로 몸을 밀치다가 끊어지기도 하고, 두 개의 촉수가 뒤얽혀 매듭으로 묶이기도 하면서. 지금의 내가 선택하지 않았기에 알지 못하는 삶. 알지는 못하지만 그 속엔 변함없이 내가 존재하는…… 그중 하나는, 어쩌면 이런 것이었는지도 모른다.

고등학교 2학년 종업식 날, 한 친구가 머무적거리며 다가왔다. 저기, 부탁이 하나 있는데…… 1년 동안 같은 교실에 있으면서도 말 몇 마디 섞어본 적 없는 애였다. 뜸 들이며 꺼낸 부탁이라는 것도 우리 사이의 완충지대를 침범하지 않는 사소한 용건이었다. 내가 다니는 미술 학원을 소개받고 싶다는. 너도 미대 가려고? 그 애의 투명한 볼이 발긋하게 물들었다. 응, 늦었지만 1년이라도 다녀볼까 하고. 그런데 그쪽으론 잘 몰라서, 아무래도 아는 친구 있으면 좋지 않을까…… 말하는 내내 '아는 친구'의 불안한 시선이 하필 구멍 난 내 스타킹 무릎 언저리를 훑고 다녔다.

우리는 3학년에서 반이 갈렸지만 매일 저녁 미술 학원에서 마주쳤다. 그 애는 학원이 처음일 뿐 재능은 타고난 것 같았다. 실기 고사에 필요한 테크닉을 익히면서 실력은 하루가 다르게 늘었다. 그에 따라 지원 가능 대학의 급수도 점점 상승했다. 동그란 어깨의 경쾌한 움직임에 따라 비너스가 브루투스가 아리아스가 정확한 비례와 입체감을 갖춰가는 모습을, 나는 자꾸만 훔쳐보게 되었다. 그냥 풀어 헤치고 다닌다고 생각했던 그 애의

긴 생머리에 윤기가 흐르기 시작했다.

신참의 실력에 놀란 건 나만이 아니었다. 칭찬이 헤픈 키아누는 마음껏 감탄을 표현했다. 유독 그 애를 지도할 때면 동그란 어깨에 손이 올라가거나 반팔 소매 아래로 드러난 맨살이 달라붙곤 했다. 영화배우 키아누 리브스를 닮았다고 애들이 별명을 붙일 때 나는 말도 안 된다며 코웃음을 쳤었다. 그런데 찬찬히 뜯어보니 부드러운 눈매와 날렵한 턱선이 얼추 비슷하게도 보였다. 넌 왜 이렇게 선이 거칠어졌어? 팔짱을 끼고 뻣뻣이 선 키아누를 올려다보았다. 3학년 됐다고 긴장할 거 없어. 너 정도면 홍대도 충분해. 충분할지는 몰라도, 1학년 때부터 학원에 다녔던 나는 결코 감탄의 대상이 아니었다.

저런 실력이 있으면서 왜 진작 학원에 다니지 않았을까? 그냥 궁금했을 뿐이다. 그래서 그 애와 친하게 지냈던 애들에게 넌지시 물어보았다. 이유는 금세 알 수 있었다. 그 애는 홀어머니와 시장통 옥탑방에서 살았다. 어머니는 시장 소머리국밥집에서 일한다고 했다. 미술 학원 수강료는 한 달 50만 원이 넘었다. 그러자 또 다른 의문이 꼬리를 물었다. 그럼 지금은 어떻게 다닐 수 있는 걸까? 소머리국밥집 사장이 갑자기 월급을 두 배로 올려줄 리도 없을 텐데. 궁금했을 뿐이다. 친구로서.

2학년 내내 함께 생활하면서도 그 애의 별명이 뭔지, 성적은 몇 등이나 했는지, 특별활동은 무슨 반이었는지, 나는 기억하지 못했다. 하지만 이제는 별다른 노력 없이도 많은 걸 알게 되었다. 말할 때 눈을 자주 깜빡인다는 것, 휴대폰 배경 화면에 고갱이나 마티스의 그림을 즐겨 깐다는 것, 흰색 스포츠 브라를 애용한다는 것, 그리고 그 애의 핑크색 티니위니 가방이 이따금 빵빵하게 부풀어 오른다는 것. 분명, 책은 아니었다.

  학원이 끝난 후 그 애의 뒤를 밟았다. 사람들이 똑같은 교복을 입은 두 소녀의 어설픈 탐정놀이를 구경하는 것 같아 괜스레 가슴이 콩닥거렸다. 공원 화장실로 들어간 그 애는 잠시 후 청바지에 베이지색 블라우스 차림으로 나왔다. 눈매만 살짝 강조한 누드 메이크업도 처음은 아닌 것 같았다. 종종걸음으로 시끌벅적한 유흥가를 가로지르더니 후미진 놀이터에서 멈췄다. 연신 두리번거리며 휴대폰을 확인하는 그 애를, 나는 주차된 트럭 뒤에서 훔쳐보았다. 가로등 불빛 아래 오렌지빛 립글로스를 바른 입술이 작은 열대어처럼 떠다녔다. 예상대로, 후줄근한 양복을 걸친 배불뚝이 아저씨가 다가왔다. 둘은 잠시 서서 얘기를 나누다가 곧장 뒷골목의 모텔로 사라졌다. 나는 길 건너편 편의점에서 컵라면을 먹으며 기다렸다.

  40분 후 배불뚝이가 혼자 나왔다. 수족관처럼 불을 밝힌 편의점에서 나와 어둠이 고인 건물 현관에 몸을 숨겼다. 15분쯤 지나 내려온 그 애는 고개를 숙이고 빠른 걸음으로 지하철역을 향했다. 민듯한 어깨 위로 연신 가방을 추어올리면서. 란제리숍 앞을 지나는데 쇼윈도 조명에 언뜻 그 애의 얼굴이 드러났다. 쉽게 잊을 수 없는 표정이었다.

그때, 나는 어떻게 했을까?

성호에 대한 감정이 흔들리기 시작한 건 그가 자신의 연인을 소개하면서부터였다. 올인하고 싶은 여자가 생기면 누님에게 품질 검사부터 받으라고 반 농담으로 다짐을 놓은 건 나였고, 성호는 그 말을 따랐다. 얘는 나를 정말 편한 친구로 여기는구나. 새삼스럽게, 그런 생각이 들었다.

강지민이에요. 오빠한테 얘기 많이 들었어요. 큐빅이 박힌 나비 모양 머리핀으로 한쪽 옆머리를 올려붙인 여자애는 웃을 때마다 눈이 초승달이 되었다. 희고 가녀린 팔목에 500cc 맥주잔이 버거워 보였다. 별로 좋은 얘기 안 나왔을 텐데. 왜요, 오빠가 가장 오래 사귄 베프라고 늘 자랑했는데요. 그래도 불알친구는 아니에요, 라고 성호와 종종 하는 농담을 던지려다 참았다. 에티켓이라는 게 필요한 자리였다. 성호도 내 표정을 읽었는지 웃음을 참으며 눈을 찡긋했다.

두 사람이 패러글라이딩 스쿨에서 만난 이야기, 성호의 어수룩한 첫 데이트 신청, 짜릿했던 동반 비행 체험담에 나중에 애인과 꼭 해보라는 얄궂은 권유까지, 나는 적당히 추임새를 섞어가며 예의 바르게 들었다. 붙임성이 좋으면서도 자기표현이 분명했다. 우리 팀에 새로 들어와 인기를 독차지하고 있는 신입 디자이너처럼. 강지민이 초승달 두 개를 매달고 조잘대는 동안 성호는 넥타이를 느슨하게 풀고 기대앉아 미소만 지었다. 전에 없던 의젓함이 느껴졌다.

어때? 강지민이 화장실 통로 쪽으로 사라지는 걸 확인하고 성호가 물었다. 어려 보이네. 스물셋. 여섯 살 차이면 도둑놈이라 하기는 그렇고, 절도 미수쯤 되겠네. 짜식, 질투하기는. 성호가 지나가는 말로 던진 농담이 귓불을 따끔하게 찔렀다. 귀엽네, 성격도 활달하고. 그래, 저 어린 양을 인도하느라 그간 나를 쌩깠냐? 미안. 선택과 집중이 필요한 시대 아니냐. 쟤 지금은 저래도 정식으로 사귀기 전까진 얼음공주였어. 성깔이 장난 아니야. 오호, 돌아오면 그대로 전해주지. 결혼까지 생각하는 거야? 글쎄, 아직 그런 얘기할 단계는 아니고. 성호는 수줍게 싱글거리며 맥주잔을 들어 건배를 청했다.

강지민이 돌아와 자리에 앉자 이번에는 성호가 화장실에 갔다. 어때요, 성호? 그녀는 2초쯤 생각하고 대답했다. 성호 오빠, 훈남이잖아요. 확실히 제 또래 애들보다 속도 깊고, 대기업 다니는 것도 마음에 들어요. 전 말만 번드르르한 선수 타입은 질색이거든요. 역시 자기표현이 분명했다. 대기업에 다니는 속 깊은 훈남. 왠지 내가 아는 성호는 아닌 것 같았다. 맥주잔을 비우고 호출 버튼을 눌렀다. 친구라고 해도 난 여잔데, 신경 쓰이지 않아요? 그녀도 따라서 잔을 비웠다. 에이, 그러면 오빠가 소개하지도 않았겠죠. 전 남녀 간에도 친구할 수 있다고 생각해요. 두 분 보니까 정말 부러운데요. 똑 부러지는 대답이었다. 친구라는 선을 넘는다면 장난 아닌 성깔을 보게 되리라는 암시까지. 그렇게 이해해주니 고맙네요.

카피가 변경됐어. '컬러가 바뀌면, 추억도 바뀐다.' 이게 메인으로 들어가는 거야. 디자인은 그대로 가는데, 여기 실사로 변하는 부분을 더 다듬어서…… 팀장은 새로 출시되는 디지털 카메라 광고 시안을 손가락으로 짚어가며 설명에 열을 올렸다. 로마의 트레비 분수를 배경으로 남녀가 어깨동무를 하고 찍은 여행 사진이다. 좌측 끝에서 거친 흑백 스케치로 시작되는 사진은 색을 입힌 일러스트로 변하며 남자를 통과하고, 오른쪽 여자 부분은 점점 선명해지는 실사로 완성된다. 여자의 뒤쪽 배경에 검은 머리의 근사한 이태리 남자가 웃으며 그녀를 돌아보고 있다. 차화연 씨, 듣고 있어? 아, 예. 왜 그래? 한가하게 봄 타고 있을 때 아니야. 이번 피티 날아가면 우리 모가지도 같이 딸려가.

휴게실 창밖으로 내려다보이는 공원에는 노란 개나리와 진홍색 철쭉이 탐스러웠다. 꽃그늘을 지나는 사람들까지 울긋불긋 선명한 실사로 물이 들었다. 내 쪽으로 올수록 점점 흑백의 거친 스케치로 변하는 것 같았다. 이런 게 아홉수인가. 작년과 달리 계절의 변화가 스산하게만 다가왔다. 참, 한정아 파혼당한 거 있잖아…… 구석 소파에서 매체팀 여직원 둘이 연예계 가십을 쑥덕거리고 있었다. 눈인사만 주고받고 자판기에 동전을 넣았다. 열 받아서 전 남친이 미니홈피에 데이트 사진을 다 올린 거야. 찐한 것도 많대. 정말? 웬일이니. 몇 번을 얘기했는데도, 자판기 커피는 너무 달았다.

　성호와 나는 골목 끝에 담벼락을 맞댄 이웃집에서 자랐다. 서로의 아버지가 친구였고 서로의 어머니가 친구였고, 동갑내기인 우리도 당연히 친구가 되었다. 초등학교 6년 내내 아이들의 짓궂은 놀림에도 개의치 않고 우리는 함께 등교했다. 사춘기 시절에는 이성에 대한 고민을 허심탄회하게 상담할 수 있는 건전한 창구였고, 대학 진학 후에는 희로애락 어느 경우에도 불러내기 좋은 전천후 술친구였다. 몇 차례 소개팅을 주고받았지만 둘 다 전적은 시원치 않았다. 철원으로 면회를 가서는 애인도 없이 입대해 내가 이 고생이라며 타박을 놓았고, 기말 전시회 때마다 꽃다발을 들고 온 성호는 언제까지 꽃돌이 노릇이냐며 투덜거렸다. 그에게나 나에게나 순수한 이성 친구를 가지고 있다는 건 은근한 자부심이었다. 각자 집에서 독립하고 직장에 묶이면서 전처럼 자주 볼 수는 없었지만, 우리가 오랜 시간 공유해온 기억은 은행 적금처럼 착실히 이자가 붙어갔다. 요즘 적금을 현명한 재테크 수단으로 여기는 사람은 많지 않았다.

　생각해보면 성호와 나 사이에는 늘 보이지 않는 묵계가 존재했다. 우정을 위협할 수 있는 웃자란 감정은 각자 알아서 가지치기할 것. 너무 가까웠기 때문에, 상대방의 이성적 매력을 음미할 수 있는 자격이 애당초 주어지지 않았다. 서로에 대한 감정은 장기간 숙성된 기억의 지배를 받을 수밖에 없었다. 묵계를 지키기 위한 방편으로 우리는 사랑에서만큼은 강렬한 낭만주의적 견해에 의견 일치를 보았다. 사랑이란 시나브로 쌓여 조금씩 데워지는 감정이 아니라, 격정적으로 찾아와 단번에 모든 걸 앗아가는 열병이라고.

얼굴을 익힌 후 성호 커플의 술자리에 몇 번 더 어울렸다. 강지민은 의외로 다소곳한 매력까지 갖춘 아가씨였다. 어린 연인답지 않게 항상 성호의 수저나 술잔을 먼저 챙겨주고, 고개를 끄덕이며 그의 말을 경청하고, 옷차림이나 액세서리도 성호의 취향을 고려했다. 얼음공주는 일단 마음을 열고 나면 지아비를 극진히 섬기는 평강공주가 되는 모양이었다. 혹은 그런 모습을 다분히 나에게 보여주고 싶었거나. 이제 내가 돌볼 테니 그만 신경 끊어도 된다는 신호로. 일을 핑계로 서너 차례 자리를 거절했고, 연락이 뜸해졌다. 정작 내 신경을 긁은 것은 친구를 빼앗겼다는 옹졸한 상실감이 아니었다.

토요일에 데이트 있어? 아니, 기말고사라고 혼자 놀래. 나를 대하는 성호의 목소리는 언제나 한결같았다. 그래서 편안했고, 그래서 아쉬웠다. 불쌍한 것, 내가 거두어주지. 시립미술관에서 콩바스 전시회가 있어. 너도 냉장고만 팔지 말고 문화생활 좀 해라. 오, 프랑스 자유구상회화의 대표 작가 로베르 콩바스 말인가. 어쭈, 제법인데. 지민이 만날수록 느끼는 건데, 참 둘이 취향 비슷해. 삼겹살 고추장에 찍어 먹는 것도 그렇고, 독일 영화 좋아하는 것도 그렇고. 개도 콩바스 꼭 봐야 한대서 지난주에 같이 갔잖아. 으응, 그랬어? 전시회가 무지하게 감동적이었으니 내가 또 가주지. 됐다 싶다. 혼자 놀아.

온종일 뜨겁던 여름 어느 날, 늦은 퇴근길에 시원한 맥주 한 잔이 생각나 〈태(胎)〉에 들렀다. 성호와 자주 찾던 신촌 뒷골목의 카페였다. 어스레한 실내에 드문드문 밝힌 촛불, 자궁 속처럼 아늑한 분위기를 둘 다 좋아했다. 느긋하게 머리를 쓸어 올리며 지하로 통하는 철제 계단을 내려가다가, 발을 멈춰야 했다. 성호와 강지민이 우리의 단골 테이블을 차지하고 있었다. 은은한 촛불의 울타리 안에서 그녀는 성호를 바라보며 나른하게 웃었다. 몸을 돌려 덜컹거리는 철제 계단을 조심스럽게 올라갔다. 강지민이 나를 설핏 본 것도 같았다. 나는 〈태〉에 다른 사람을 데려온 적이 없었다. 밀약 같은 건 없었지만, 둘만의 아지트에 대한 예의라고 생각했다. 성호의 생각은 달랐던 모양이다. 강지민이 내가 미치지 못하는 영역에서 성호를 채워줬다면 훨씬 견디기 쉬웠을 것이다. 하지만 그녀는 나와 성호의 교집합 부분만을 잠식해 들어왔다. 친구가 아닌 연인으로서.

대여섯 살 무렵인가, 성호네 아버지가 새끼 푸들 한 마리를 데려온 적이 있었다. 성호는 '나랑'이라는 이름을 붙여주고 하루 종일 강아지랑 놀았다. 새로운 장난감이 생기면 한동안 푹 빠지는 성격이었다. 나도 털실 뭉치 같은 강아지가 보고 싶었지만 토라졌다는 티를 내기 위해 일부러 놀러가지 않았다. 성호가 다시 나를 찾아온 건, 나랑이에게 손목을 물린 다음 날이었다.

핑크색 티니위니 가방이 부풀어 오르는 날이면 어느새 나는 그 애의 뒤통수를 쫓고 있었다. 이제 조바심치며 탐정놀이를 할 필요는 없었다. 그 애는 늘 같은 화장실에서 옷을 갈아입고 같은 모텔을 이용했으니까. 상대는 대학생으로 보이는 영계부터 어깨가 구부정한 노땅까지 다양했다. 소요되는 시간도 다양했다. 나는 편의점에서 컵라면이나 삼각김밥을 먹으며 묵묵히 기다렸다. 이유는 단 하나, 란제리 숍 앞을 지날 때 한순간 드러나는 그 애의 얼굴을 훔쳐보기 위해서였다.

어두운 거리에서 1초 남짓한 시간에, 나는 무엇을 본 걸까? 우는 듯 웃는 눈매, 화가 난 듯 무심한 이마, 환멸과 환상 사이에서 앙다문 입술, 야누스가 된 여린 소녀…… 순간 그 애는 우리와 다른 세계에 속해 있었다. 그 모습이 왜 그토록 아름답게 느껴졌을까? 쇼윈도 불빛에 불쑥 나타났다가 이내 어둠 속으로 스며드는 사라진 제국의 신에게, 나는 차츰 매혹되어 갔다. 하지만 신을 섬기는 무녀가 되고 싶은 마음은 없었다.

여름방학이 끝나자 입시는 성큼 다가왔다. 점심시간에 한적한 등나무 벤치로 그 애를 불러냈다. 일부러 미술 학원이 아닌 학교를 택했다. 감성과 자율이 아닌 이성과 규율이 지배하는 곳. 저기…… 오해 없이 들어줬으면 좋겠어. 시험 볼 때까지,

네 학원비 내가 빌려주면 안 될까? 부담 갖지 말고 대학 가서 천천히 갚으면 돼. 학원에서 입시 특강 한다고 돈 따블로 타기로 했거든. 부자들이라 대학만 간다고 하면 신경 안 써. 그 애는 동그란 눈을 슴벅거렸다. 네가…… 왜애? 어젯밤 이 대답을 가장 고심해서 짰다. 직접 언급하지 않으면서도 내가 비밀을 알고 있다는 사실을 충분히 눈치챌 수 있는 대답, 수치심을 걷어내고 제안을 수락하면서도 자괴감은 남겨두게 만드는 대답. 우연히 보게 됐어. 네가 그러지 않았으면 좋겠어. ……이제 그럴 필요 없어. 돈 없는 게 죄는 아니니까, 후회할 짓은 하지 말자. ……진작 말하지 그랬어. 친구 좋다는 게 뭐니? 결국 나는 가장 무난하면서도 고상한 답변을 골랐다. 그냥…… 네가 그림에 전념했으면 좋겠어. 뱉어놓고 아차, 싶었다. 의도가 충분히 전달되기엔 너무 애매한 답변 같았다. 얘가 못 알아먹는 거 아냐? 하지만 일찌감치 생활 전선에 뛰어든 탓인지 역시 눈치가 빨랐다. 눈도 깜빡이지 않고 나를 말똥말똥 쳐다보다가, 허물어지듯 내 품으로 엎어져 어깨를 들썩였다. 새끼 토끼 한 마리 정도의 무게밖에 느껴지지 않았다. 나는 토끼의 가녀린 등을 토닥였다. 팔뚝을 파고드는 그 애의 손톱이 너무 아팠다. 뭐라고 웅얼거린 것 같은데 흐느낌에 묻혀 들리지 않았다.

그 애는 내 말대로 그림에만 전념했다. 연필을 놀리는 동그란 어깨의 움직임이 더욱 경쾌해졌다. 키아누는 집중력이 좋아졌다며 그 애의 어깨를 더 자주 두드렸다. 학원이 끝나면 우리는 떡볶이와 순대를 사먹거나 가판에서 머리핀을 구경했다. 평범한 여고생들처럼. 우리는 같은 대학 같은 학과에 지원했다. 그 애는 합격했고, 나는 떨어졌다.

그때, 나는 어떻게 했을까?

흔한 여자 이름을 생각해보았다. 지연, 선미, 민정, 혜영, 현정…… 현정이 좋겠다. 미니홈피 검색창에 '이현정'을 치고 출생 연도는 성호와 동갑으로 했다. 물론 나와도 동갑. 나이가 좀 있는 편이 효과적일 것이다. 총 317명의 이현정이 주르륵 나열되었다. 사진을 많이 올린 홈피를 위주로 하나씩 살펴보았다. 귀여움보다는 성숙하고 관능적인 매력을 풍기는, 같은 여자 입장에서도 흘끔거리게 되는 세련되고 도도한 스타일의…… 적임자를 하나 찾았다. 갸름한 얼굴에 폭이 좁고 도톰한 입술을 가진 이현정. 긴 생머리가 탐스러운 서구형 미인이었다. 마침 짙은 눈썹에 순박한 인상의 남자 친구와 찍은 사진들이 많았다. 성호와 비슷한 체격이었다. 부산 광안대교를 배경으로 남자가 빨간 앙고라 스웨터를 입은 이현정을 뒤에서 꼭 끌어안고 있는 사진으로 정했다. 포토샵을 띄우고 작업을 시작했다. 성호 사진은 지난 추석 때 나와 찍은 것으로 골라놓았다. 장난스럽게 'V'자를 그리고 있는 성호. 어깨동무한 손이 내 어깨를 감싸 안지 못하고 허공에 둥실 떠 있다. 커서를 세심하게 움직여 성호의 얼굴을 잘라냈다.

　처음부터 작정을 한 건 아니었다. 그저 머릿속을 부유하던 몇 가지 일상의 편린들이 한순간 꿰어졌을 뿐이다. 주말을 끼고 상해로 출장을 떠난 성호, 미니홈피 사진 때문에 재벌가에서 파혼당한 여배우, 그리고 〈태〉에서 새치름한 표정으로 나를 비웃던 강지민…… 정말, 한순간이었다.

　별것도 아닌 작업이 세 시간이나 걸렸다. 광안대교를 배경으로 이제 이현정은 성호의 품에 안겼다. 어느 틈엔가 성호의 미소도 변해 있었다. '죽마고우와의 편안한 한때'에서 '연인과의 행복한 한때'로. 성호의 미니홈피 비밀번호를 알아내는 건 어렵지 않았다. 그는 거의 모든 비밀번호를 이름 이니셜과 어릴 적 집 전화번호 뒷자리를 혼합해 사용했다. 미니홈피 사진첩에 합성사진을 올리고 제목을 썼다. 부산에서 현정이와. 스크랩은 허용하지 않았다.

　'사진을 등록하시겠습니까?' 커서를 '확인'에 올려놓고 잠시 망설였다. 강지민이 이 사진을 본다면? 정말 나와 비슷한 성격이라면 말없이 깔끔하게 차버리겠지. 말만 번드르르한 선수 타입의 남자를. 어린 그녀와 티격태격하는 사이 성호도 나에게 느끼는 편안함에 대해 새롭게 생각할 테고. 내가 그녀에게 가질 수 있는 유일한 비교 우위. 그런데 내가 언제부터 이런 사람이 된 거지? 언제부터는, 기억에 짓눌린 감정이 비명을 지를 때부터지. 나의 이상형을 누구보다도 오랫동안 알고 지냈는데, 정작 나에게 기회가 없다는 건 공평하지 않아. 그래도 이건…… 마음이 혼자 일인이역의 연극을 하는 사이 지겹다는 듯 손가락이 털썩, 마우스 버튼을 눌렀다. 확인.

소란스럽던 대화가 뚝 끊겼다. 사진은 이미 100메가의 속도로 성호의 미니홈피에 올라갔다. 볼까? 안 보면 그만이고. 어느덧 창밖은 캄캄해졌다. 멀리 서울타워의 불빛이 안개 속에 흐릿하게 얼비쳤다. 그런데…… 불빛이 가운데 창틀을 기준으로 오른쪽 창을 통해 보였다. 이상하다. 책상 앞에 앉으면 서울타워는 늘 왼쪽 창의 한가운데 위치했던 것 같은데. 집이 살그머니 몸을 틀었나? 남산이 옆으로 한 발짝 움직이기라도 했나? 대체 뭐가 달라진 건지……

성호가 출장에서 돌아오기 전날 미니홈피의 사진을 삭제했다. 그리고 기다렸다. 3주를 채 기다리지 못하고 맥주나 한잔하자고 문자를 보냈다. 마음이 어수선해 도무지 일이 손에 잡히지 않았다. 성호는 눈에 띄게 핼쑥해진 얼굴이었다. 의욕적인 유학파 상무가 새로 오면서 업무가 많아졌다고 했다. 지민 씨는 잘 지내? 지민이…… 헤어졌어. 성호는 맥주를 길게 들이켰다. 출장에서 돌아오자마자 그녀가 일방적으로 결별을 통보했다고 한다. 전화도 안 받고, 문도 안 열어주고, 학교로 찾아가면 투명인간 보듯 무시하고. 성호 말대로, 우린 성향이 비슷했다. 다른 여자를 들먹이며 물고 늘어지는 건 자존심이 용납지 않았으리라. 성호는 그새 다른 남자가 생긴 거라고 넘겨짚었다. 사람 가지고 장난치는 것도 아니고…… 덤덤한 말투였지만 술은 어느새 소주로 바뀌어 있었다. 탁자 위에 빈 술병이 늘어갈수록 성호는 격앙되어 원망과 울분을 토해냈다. 심중을 쉽게 풀어헤치는 성격이 아닌데, 상처가 깊은 모양이었다. 요즘 쉽게 만나고 쉽게들 헤어지잖아. 그만 잊어버려. 도움도 되지 않는 위로의 말을 건넬 때마다 죄책감이 뾰족하게 고개를 쳐들었다. 하지만 내 파렴치한 모략을 실토하고 성호를 포기할 정도는 아니었다. 우리 언제 부산으로 여행이나 가자. 바다 보면서 기분 전환도 할 겸. 성호는 거슴츠레 풀린 눈으로 나를 잠시 쳐다보다가 그래, 하고 소주를 털어 넣었다.

　인사불성이 된 성호를 부축하여 집에 데려다주었다. 술로 이별의 기억을 소독하려는 듯 성호는 계속해서 들이부었다. 택시에서도 욕설을 섞어가며 끝이야, 미안해, 고마워, 두서없이 뇌까렸다. 아파트 주차장에서는 멀쩡히 서 있는 승용차 사이드미러를 발길질로 날려버리기도 했다. 역시 처음 보는 과격한 모습이었다. 침대에 눕히자마자 성호는 곯아떨어졌다. 셔츠와 바지와 양말을 벗기고 이불을 덮어주었다. 침대에 앉아 어린애처럼 쌔근거리는 성호를 잠시 내려다보았다. 흐트러진 머리칼을 손으로 빗어주자 얼굴에 희미하게 미소가 번졌다. 우리의 시간은 앞으로도 함께 흘러갈 거야. 늘 그랬듯이. 허리를 숙여 그의 메마른 입술에 내 입술을 포개었다. 어디선가 태엽 감는 소리가 들렸다.

급하게 서두르지는 않았다. 혼자 차분히 마음을 정리할 시간이 필요할 테니. 마침 겨울을 겨냥한 광고들이 일찌감치 몰려들어 사무실도 한동안 정신없이 돌아갔다. 한 달 정도 지나 성호에게서 먼저 전화가 왔다. 생일 축하한다! 책상 위 달력을 멍하니 쳐다보았다. 너 그럴 줄 알았다. 빨리 바지씨 하나 구해야 내가 졸업하지. 나와, 저녁이나 먹게. 성호의 목소리는 이전의 활기를 되찾은 듯했다. 아니, 또랑또랑한 음색이 이전보다 더 쾌활하게 들렸다.

넓은 홀 중앙에는 사람 키만 한 선인장 셋이 춤을 추듯 팔을 벌리고 서 있었다. 성호 말로는 정통 멕시코 요리를 맛볼 수 있는 몇 안 되는 레스토랑 중 하나라고 했다. 2층 창가 테이블에 앉아 나직하게 흐르는 라틴 리듬에 발장단을 맞추었다. 가을 석양이 노랗게 물든 은행나무에 기대어 나른하게 숨을 골랐다. 가로수 아래를 지나는 행인들도 굳이 발걸음을 재촉하지 않았다. 길 건너편 온통 연보라색으로 꾸며진 액세서리 전문점에서 정장 차림의 남자가 문을 밀고 나왔다. 성호였다. 한 손에는 앙증맞은 연보라색 종이 가방. 입가에 절로 미소가 떠올랐다. 하지만 그 미소가 채 뺨으로 번지기도 전에, 내 얼굴은 석고상처럼 딱딱하게 굳어버렸다. 성호의 뒤를 따라 나온 여자가 다정스레 그의 팔짱을 끼었다. 긴 생머리, 갸름한 얼굴에 작고 도톰한 입술, 같은 여자 입장에서도 흘끔거리게 되는 세련되고 도도한 스타일…… 분명 그녀였다. 이현정이라는 이름을 가진.

둘은 횡단보도 앞에 서서 얘기를 나누었다. 신호등이 파란불로 바뀌자 여자가 아쉬운 듯 팔짱을 풀고, 웃으며 손을 흔들고, 성호가 횡단보도를 건너고, 중간쯤에서 돌아보며 손짓하는 모습을, 나는 눈도 깜빡이지 않고 지켜보았다. 쩽! 날카로운 파열음과 함께 바닥에 유리 파편이 튀었다. 동그랗게 오므린 내 손이 허공을 움켜잡고 있었다. 종업원이 빗자루와 쓰레받기로 유리 파편을 쓸어 모으며 나를 곁눈질했다. 손님, 괜찮으세요? 간신히 고개를 끄덕이고 얼음물을 부탁했다.

물 한 컵을 단숨에 들이켰을 때 성호가 레스토랑으로 들어섰다. 너, 어디 아파? 얼굴이 꼭 처녀귀신 같다. 으응, 어제 야근을 해서…… 성호는 20대 마지막 생일을 감축드린다며 연보라색 종이 가방을 내밀었다. 토파즈로 세공한 노란 장미 펜던트가 달린 목걸이였다. 고맙다고 우물거리고 목걸이를 다시 케이스에 넣었다. 큰맘 먹고 지른 건데 걸어보지도 않냐? 목걸이를 다시 꺼내어 목에 걸었다. 무지근한 중량감이 뒷덜미를 끌어당겼다. 좋다, 어울리네. 역시 내가 안목이 있어. 성호가 메뉴판을 펼쳐 들고 계속 뭐라고 말을 건넸지만 한마디도 귀에 들어오지 않았다. 설마, 닮은 사람이겠지. 아니면 그때 일이 마음에 걸려 헛것을 봤거나. 꿈에 이 사람 저 사람 뒤섞여 등장하듯이…… 성호가 메뉴판 너머로 물끄러미 건너다보고 있었다. 완전 멍잡고 있네. 20대 떠나보내는 게 그렇게 아쉬워? 아니, 어제부터 감기 기운이 좀 있네. 쯧쯧, 요새 감기 지독하다던데. 약은 먹었어? 응. 그런데 성호야, 방금 저기서 어떤 여자랑 있던데…… 어어, 봤구나? 성호는 잠시 당황하는 기색이더니 피식, 웃음을 터뜨렸다. 천천히 얘기하려 했는데…… 실은 새로 만나는 사람 생겼어. 너한텐 차마 입이 안 떨어지더라. 차였다고 울고불고한 지 얼마나 됐다고, 여자에 환장한 놈처럼 보일까봐. 성호는 멋쩍게 웃었다. 하긴 그 덕분에 만났으니, 인연이란 게 참 묘해.

그 묘한 인연은 내가 만취한 성호를 집에 데려다주었던 바로 그날 연결되었다. 이튿날 성호는 숙취로 흐리멍덩한 기억 속에서 자신이 사이드미러를 박살내는 장면이 떠올랐다. 주차장에 내려가 그게 꿈이 아니었음을 확인했고, 즉시 자동차 주인에게 전화를 걸었다. 성호는 그런 애였다. 긴 생머리에 카디건을 걸치고 내려온 여자에게 성호는 정중하게 사과했다. 두 사람은 함께 카센터로 갔고, 내친김에 저녁 식사까지 함께했다. 서로에 대한 호감을 확인한 후부터는 일사천리였다. 역시 사랑은 첫눈에 꽂히는 건가 봐. 어떻게 그렇게 급속도로 진행되었는지 자신도 놀랍다고 했다. 멋대로 자신을 차버린 여자애와 달리 세련되고 성숙한 매력에 편안함을 느꼈다고.

봤으면 알겠네. 낯이 익지 않아? 나는 포크를 떨어뜨릴 뻔했다. 글쎄…… 왜? 알고 봤더니 네 한 해 선배더라고. 시각디자인과 99학번. 네가 재수했으니까 나이는 우리랑 동갑이고. 나 참, 내 연애사에는 왜 항상 네 그림자가 어른거리는 거냐? 이건 또 무슨 소린가. 전혀 안면이 없는 여자였다. 그래? 선배들은 잘 몰라서. 이상하네, 걔는 너를 잘 알던데. 친했다고. 이름이······ 뭔데? 이현정. 생각 안 나?

1년의 재수를 거쳐 같은 대학 같은 학과에 합격했을 때, 누구보다 기뻐한 건 그 애였다. 공부하는 데 방해될까봐 연락도 못 했어. 연락을 기다렸다는 말은, 하지 않았다. 그 애는 빳빳한 수표가 든 봉투를 건넸다. 천천히 줘도 되는데. 아냐, 나 그동안 알바 많이 했어. 그때······ 정말 고마웠어. 입학식도 하기 전부터 그 애는 내 팔짱을 끼고 캠퍼스 투어를 시작으로 학교 앞의 이름난 카페, 분식집, 옷 가게 등을 순회했다. 수강 신청에 대한 정보를 살뜰히 챙겨주고 시험 기간이 되자 일목요연하게 정리된 교수별 족보도 건네주었다. 사람들은 모두 우리를 단짝으로 알았다.
그 애는 내가 알던 다소 침울하고 소극적인 여고생이 아니었다. 쾌활하고 싹싹한 태도로 선후배, 동기 모두에게 호감을 얻었다. 석고상과 정물에서 벗어난 독창적인 작품은 교수님들의 주목을 끌기에 충분했다. 맵시 있게 코디하고 다니는 옷이며 가방, 구두 들도 가격이 만만치 않아 보였다. 정말 알바를 많이 한 모양이었다.
얘기 많이 들었다. 나 문찬혁이야. 그 애의 남자 친구는 짙은 눈썹에 근사한 저음을 가진 3학년 선배였다. 과묵하면서도 농담을 효율적으로 구사하는 센스가 있었다. 신입생 환영회 때 내가 눈을 맞추려 노력했던 그 선배였다. 둘이 고등학교 때부터 단짝이었다며? 해사한 얼굴로 고개를 끄덕이는 그 애를, 나는 겸연쩍게 바라보았다. 우리는 참 취향이 닮았구나. 그리고 너는 항상 나에 앞서 모든 걸 갖는구나.

그 애는 남자 친구도 제쳐두고 나와 붙어 다녔다. 찬혁 선배는 함께 어울리고 싶은 눈치였지만, 그 애는 여자들끼리 할 얘기가 있다며 선을 그었다. 시시껄렁한 잡담 외에 별로 할 얘기는 없었다. 그 애가 살갑게 다가올수록 마음속에는 의혹이 부풀었다. 나를 감시하는 걸까? 자신의 치명적인 비밀을 알고 있기 때문에? 어쩌면 내가 다른 대학에 가기를, 아니 계속 낙방해서 인생 낙오자가 되기를 바라지 않았을까? 자신이 애써 가꿔놓은 꽃밭을 순식간에 망쳐놓을 수 있는 나를…… 그 애가 팔짱을 끼어올 때마다 유심히 들여다보게 되었다. 아름다운 야누스의 얼굴을.

그때, 나는 어떻게 했을까?

사진은 합성한 나조차도 눈치채기 힘들 만큼 자연스러웠다. 두 사람은 내가 레스토랑 2층에서 본 그대로 다정한 연인의 모습이었다. 우리 잘 어울리지? 그녀를 끌어안은 성호가 해죽 웃었다. 여자의 얼굴을 찬찬히 뜯어보았다. 모르는 사람이었다.

정원이 30명뿐이라 99학번 선배라면 거의 모두 알고 지냈다. 이현정이라는 이름도 얼굴도 기억에 없었다. 그런데 나와 친했다니……

블랙홀로 빨려 들어가 휘어진 시공간을 헤매는 기분이었다. 성호를 다시 엉뚱한 여자에게 빼앗겼다는 열패감도 벅찬데, 그 엉뚱한 여자는 내가 임의로 고른 사진 속에서 튀어나왔다. 그러더니 나를 잘 안다고 한다. 혹시 내가 잊고 있던 선배의 이름과 얼굴을 무심결에 고른 건 아닐까? 그렇다 해도 그 여자가 성호와 실제로 연결된 우연은 또 뭔가. 어떻게 꿰맞추려 해도 황당한 삼류 시나리오만 나왔다. 혼자 애태우지 말고 그녀를 만나 속 시원히 확인해보는 게 낫지 않을까? 하지만 선뜻 용기를 내지 못해 미적거리고 있는데, 그녀 쪽에서 먼저 연락이 왔다.

이현정은 우리 회사 로비의 카페에서 기다렸다. 팔짱을 끼고 다리도 꼬고 비딱하게 기대앉은 채 다가가는 나를 빤히 쳐다보았다. 내가 맞은편에 앉을 때까지도 그 자세를 풀지 않았다. 안녕하세요. 성호한테 얘기 들었어요. 이현정 씨라고…… 여자는 고개를 옆으로 돌리며 콧방귀를 뀌었다. 허, 기가 막혀서. 네, 맞습니다, 차화연 씨. 날 기억 못하더라는 얘기를 들었는데, 그러면 섭섭하죠. 얼마나 됐다고. 다짜고짜 시비조로 나왔다. 무슨 얘기를 하는 건지 당황스러웠다. 사진에 대해 알고 있을 리는 없을 텐데…… 초면에 좀 무례하시네요. 댁이 왜 나와 친했다고 하는지 몰라도, 저는 이현정 씨가 기억에 없습니다. 무례,

무례라…… 너한테 그런 단어를 듣게 될 줄은 몰랐네. 하긴, 원래 맞은 놈이 못 잊는 거지. 때린 놈이야 돌아서면 그만이고. 여자가 가면을 쓰듯 표정을 바꿔 생긋방긋거렸다. 그래도 내 이름까지 잊는 건 너무하잖니. 난 네 이름을 듣는 순간 피가 거꾸로 솟았는데 말이야. 이제 간신히 추스르고 사는데, 왜 내 앞에 다시 나타나 상처를 헤집는 걸까. 그녀의 미소가 스멀스멀 기어와 내 손목을 억세게 틀어줘었다. 저기, 무슨 말인지 좀 알아듣게 설명을 해주시죠. 이현정은 어이가 없다는 표정으로 나를 멀거니 건너다보았다. 쯧, 병원은 네가 갔어야 하는 것 같다. 이보세요, 절 언제 봤다고…… 그녀는 대꾸도 않고 옆자리에 벗어두었던 잿빛 숄을 둘렀다. 잘 생각해봐. 그래도 이렇게 또 만난 걸 보면 우리도 보통 인연은 아니잖니. 이현정이 손등으로 윤기 흐르는 생머리를 활짝 펼쳐 숄 위로 빼내고 핸드백을 챙겨 일어설 때까지, 나는 아무 말도 하지 못했다. 참, 내가 골라준 선물 마음에 들어? 노란 장미, 너한테 잘 어울리겠더라고. 하이힐 소리가 또각또각 멀어졌다.

친하게 지냈던 지영 선배를 찾아갔다. 이현정의 주장대로라면 그녀의 동기로 학교를 같이 다녔을 터였다. 의례적인 인사만 몇 마디 주고받은 후 졸업 앨범을 보여 달라고 했다. 시각디자인과를 찾아 넘기는데 반질반질한 종잇장이 자꾸만 손가락에서 미끄러졌다. 화사하게 웃고 있는 졸업생들을 한 명씩 유심히 살펴보았다. 대부분 눈에 익은 얼굴들이었다. 하지만 이현정은 없었다. 이름도, 얼굴도. 퍽, 소리가 날 정도로 요란하게 앨범을 덮었다. 얘는, 갑자기 졸업 앨범은 왜 뒤지고 그래? 아니, 이현정이라는 사람이 내 선배라고 하는데 통 기억이 안 나서. 앨범에도 없네. 언니 혹시 들어본 적 있어? 지영 선배는 커피를 따르던 손을 멈추고 눈을 껌벅였다. 현정이는…… 한참 뒤에 졸업했겠지. 이현정? 그런 사람이 있었다고? 나도 모르게 목소리가 갈라졌다. 지영 선배가 어리둥절한 표정으로 나를 보았다. 화연아, 네가 어떻게…… 현정이를 모르니?

굽이진 2차선 국도를 타고 옥천에서 서울로 올라오고 있었다. 그 애와 찬혁 선배의 부친상에 다녀오는 길이었다. 내가 꼭 가야 하는 자리는 아니었지만, 바람도 쐴 겸 내 승용차로 함께 가자고 고집을 부렸다. 자정 무렵 일어서는 나를 그 애는 미적미적 따라나섰다. 발인 때까지 머물고 싶은 눈치였지만 나는 무시하고 선배들에게 함께 인사를 돌렸다. 줄곧 숙연한 얼굴로 일손을 거들던 그 애는 차에 타자마자 쾌활하게 말을 붙여왔다. 이것도 나에 대한 억지 배려인가 싶어 좀 짜증이 났다. 부슬비가 내리기 시작했다.

진식 오빠, 너한테 관심 있는 거 같더라. 혹시 대시한 적 없었어? 나는 대답을 안 했다. 그 오빠가 너무 신중한 성격이긴 하지. 그래도 사람은 괜찮잖아. 착하고 집도 꽤 산다던데. 관심 없어. 찬혁 오빠라면 모를까. 일부러 어깃장을 놓고 그 애를 곁눈질했다. 미간이 아주 잠깐 찌푸려졌다가 이내 펴졌다. 야누스가 된 여린 소녀…… 이제는 그 매혹적인 표정마저 능히 감출 수 있는 연륜이 쌓인 듯했다. 와이퍼를 2단으로 바꾸며 다시 앞을 보는 순간, 차가 공중으로 기우뚱하게 떴다가 털썩 내려앉았다. 급브레이크를 밟았다. 뭐지? 룸미러에는 어둠을 가로지르는 부슬비만 반득거렸다. 내가 보고 올게. 말릴 틈도 없이 그 애가 문을 열고 뛰쳐나갔다. 종종걸음으로 빗속을 가로지르더니 쪼그려 앉아 뭔가를 들여다보았다. 그 뭔가를 향해 조심스럽게 손을 뻗는 모습을, 룸미러를 통해 지켜보았다. 운전대를 움켜쥔 손등에 핏발이 돋았다.

차로 돌아온 그 애는 비에 젖어 바들바들 떨었다. 안색이 창백했다. 어린앤데…… 죽었어. 텅 빈 창고에서 혼자 쿵쿵 울리는 심장 고동. 머리카락들이 비명을 지르며 한 올 한 올 모공에서 빠져나왔다. 너…… 술 마셨니? 맥, 맥주 두 잔…… 아니 세, 세 잔인가…… 숨쉬기가 힘들었다. 빗줄기가 철창처럼 사방을 에워싸고 속삭였다. 살, 인, 자, 살, 인, 자, 살, 인…… 가자. 그 애가 나직이 내뱉었다. 나는 기다렸다는 듯이 차를 출발시켰다. 목구멍이 바싹 말라 마른침도 제대로 넘어가지 않았다. 나…… 아무것도 못 봤어. 정말…… 혹시 다른 차에 치었던 게 아닐까? 그 애가 두 손으로 얼굴을 감쌌다. 옆에서 검은 형체가 뛰어드는 걸 본 것 같아. 나도 모르게 액셀을 밟은 오른발에 힘이 들어갔다. 그 애의 서늘하게 젖은 손이 내 허벅지에 얹혔다.

화연아, 천천히 가.

 창밖으로 구름과 새들과 낮과 밤이 지나갔다. 나는 방에 틀어박혀 비너스처럼 브루투스처럼 아리아스처럼 굳어갔다. 사람이 눈 뜨고 잔다는 게 빈말이 아님을 알게 되었다. 눈만 감으면 난 부슬비 내리는 옥천의 국도에 드러누워 있었다. 김이 모락모락 올라오는 내장을 드러낸 채로.
 그 애가 빵빵하게 부푼 마트 비닐봉지를 양손에 들고 찾아왔다. 아무 말도 없이 냉장고와 찬장에 먹을거리며 생필품을 차곡차곡 채워 넣었다. 그 애가 설거지를 하고 세탁기를 돌리고 바닥을 쓸고 닦는 모습을, 나는 침대에 걸터앉아 멀뚱히 지켜보았다. 볕이 좋은 날이었다. 빨래 터는 소리가 베란다 타일에 경쾌하게 울렸다. 집안일을 마친 그 애가 옆으로 다가와 나를 품에 안아주었다. 나는 힘없이 허물어졌다. 부드러운 손길이 내 등을 토닥였다. 그 애의 팔뚝을 파고드는 손톱에 나도 모르게 힘이 들어갔다.
 다시 뜬눈으로 며칠이 지났다. 용기를 내어 컴퓨터를 켰다. 그날 이후 지금까지, 옥천에서 뺑소니 사고가 일어났다는 기사는 없었다. 어린애가 차에 치어 죽었다는 기사도. 그 애가 부슬비 속에 쪼그려 앉아 무언가를 들여다보는 모습이 눈에 선했다. 무엇을 보고 있었을까? 죽은 어린아이…… 죽은 개…… 나무토막…… 낙석…… 죽은 어린아이…… 문을 나서기 전 나를 돌아보던 그 애의 눈빛, 깨진 유리 조각처럼 반짝이던 눈빛이 떠올랐다. 그 애는 두 번 다시 내 방을 찾지 않았다.

그때, 나는 어떻게 했을까?

지영 언니는 내가 전혀 알지 못하는 학창 시절 이야기를 들려주었다. 이현정은 싹싹한 성격으로 누구와도 잘 어울렸다. 매 학기 장학금을 탈 정도로 성적이 좋았고, 한 학번 선배인 근사한 남자 친구도 있었다. 모난 점 없이 착실하게 단계를 밟아 미래를 준비하는 평범한 대학생이었다. 고약한 소문 하나가 모든 걸 파탄 내기 전까지. 언제부턴가 그녀가 고등학교 때 원조교제를 했다는 말이 나돌았다. 한 번 훑고 지나가는 험담 수준이 아니었다. 칼국수집에서 일하는 어머니가 학원비와 재료비를 감당할 형편이 아니었다는 배경 지식부터, 구체적인 장소와 액수까지 거론되었다. 급기야 늙수그레한 남자와 모텔로 들어가는 사진까지 학과 홈페이지 게시판에 올라왔다. 머리 모양과 몸피는 비슷했지만, 밤에 멀리서 찍은 핸드폰 사진이라 얼굴을 분간하기는 어려웠다. 하지만 소문은 그런 정황증거만으로도 무럭무럭 자라났다. 내색만 안 했을 뿐 모두들 벼르고 있었다는 듯, 함께 물을 주고 잎을 닦아주며 정성껏 키웠다. '싹싹한 태도'는 금세 '가증스런 위선'과 동의어가 되었다. 반지하에 살면서 구두와 가방은 자주도 바뀐다느니, 요즘 강남 룸살롱에 청순한 이미지의 여대생들이 인기가 좋다느니, 장학금도 교수님들한테 실력 발휘해서 탄 게 아니냐…… 그녀는 차츰 외톨이가 되었고 눈에 띄게 말라갔다. 연인이었던 선배마저 도망치듯 입대한 게 결정타였다.

 반년 만에 이현정은 사나운 투견으로 변해버렸다. 눈에 살기가 감돌았고 누군가 주위에서 귓속말만 해도 달려가 악다구니를 쳤다. 결국 한 사람이 된통 물렸는데, 그게 나였다. 종강 파티 자리에 갑자기 나타난 그녀가 내 머리채를 거머잡고 따귀를 때리며 난동을 부렸다. 네가 그런 거 모를 줄 알아! 이 나쁜 년! 마귀 같은 년! 말리는 후배들을 뿌리치고 탁자를 발로 차고 양손에 소주병을 들고 마구 휘저었다. 니들도 다 똑같은 개새끼들이야! 사람들 머리 위로 소주가 흩뿌려지고 시뻘건 찌개 국물이 사방으로 튀었다. 남학생들이 발악하는 그녀의 팔다리를 틀어잡고 억지로 끌어냈다. 난 옷이 찢기고 머리털이 한 움큼이나 잡아 뽑힌 채 주저앉아 엉엉 울었다고.

 네가 그랬다는 증거는 없었지. 그런데 왜 걔가…… 그때 제정신이 아니었으니까. 그 사건 이후 이현정은 학교를 휴학했다. 병원에 입원해 정신과 치료를 받는다는 소식이 마지막이었다. 자신을 아는 사람들이 모두 졸업한 후에야 조용히 복학해 학업을 마쳤다는 소문은 나중에 들었다고 했다. 너, 정말 기억 안 나? 그때 학과 전체가 떠들썩했잖아. 너도 한동안 쇼크 먹은 상태로…… 지영 언니의 말은 더 이상 귀에 들어오지 않았다. 하나도, 기억에 없는 일이었다. 모두들 연극을 하고 있었다. 누군가 빨간 펜을 들고 내 과거 대본을 제멋대로 첨삭하고 있었다.

이현정에게 전화를 걸었다. 신호음이 울릴 때마다 지레 가슴이 펄떡거렸다. 어때, 기억이 좀 돌아왔니? 당신이 같은 학과를 다녔다는 건 확인했어요. 무슨 일이 있었는지도 대충 들었고. 하지만 저는 모르는 일이에요. 그것 참 편리하네. 부럽다, 네 뇌 구조가. 이봐요, 이현정 씨. 당신이 억울한 일을 당한 건 유감이지만, 나와는 관계가 없어요. 나는 그런 소문을 퍼뜨린 일이 없다고요. 기억이 안 나? 그런 일이 없었으니까요. 아직까지 나도 기억 못하고 있잖아. 말문이 막혔다. 화연아, 그 기분 알아? 수군수군 지껄이는 소리가 하루 종일, 꿈속까지 따라와 들러붙는 기분. 귓속에서 파리 한 마리가 윙윙거리는 것 같아 고막을 파낼 뻔했어. 수화기를 통해 전해지는 그녀의 숨소리가 거칠어졌다. 뒤통수에도 눈이 생기더라. 가는 곳마다 뒤에서 손가락질하는 게 보여. 친구란 인간들도 어색하게 눈길을 돌리고, 믿었던 연인까지 냅다 줄행랑치는데, 기분 참 더럽더라. 내가 소문을 냈다는 증거라도 있나요? 네 눈빛이 증거야. 기가 막혔다. 네가 수시로 찬혁 오빠에게 꼬리 치고 내 험담 늘어놓았다는 거 알아. 그리고 그 헛소문이 퍼지기 직전에 네가 술 취한 척 오빠를 방으로 끌어들였다가 망신당한 일, 내가 모를 줄 알았니? 이봐요, 무슨 그런 말도 안 되는…… 아, 물론 그것도 기억 안 나겠지? 그래, 그만두자. 정작 잊고 싶은 건 난데 자꾸

들춰봐야 뭐하겠어. 그런데 화연아, 너 성호 씨 사랑하지? 갑작스럽게 튀어나온 이름에 대꾸를 못하고 머뭇거렸다. 킥킥거리는 소리가 수화기 너머에서 들려왔다. 우리가 이렇게 조우한 게 단순한 우연은 아니라는 생각이 들어. 성호 씨, 찬혁 오빠랑 너무 닮지 않았니? 외모도 성격도. 처음 봤을 때 깜짝 놀랐다니까. 그러고 보니 사진을 합성할 때 이현정의 옆에 있던, 내가 얼굴을 도려낸 그 남자…… 어쩐지 인상이 낯설지가 않았다. 그런데 성호 씨는 네가 어떤 사람인지 잘 모르는 것 같더라. 30년 지기라고 하면서. 얼굴이 확 달아올랐다. 네가 우리에 대해 뭘 아냐고 소리를 지르고 싶었지만 입술을 꽉 깨물었다. 왜? 또 성호 씨에게 헛소문 속닥거려 훼방 놓을 거니? 화연아, 제발 그러지 말아줘. 나 이 남자는 놓치고 싶지 않아. 하긴 성호 씨는 그런 말에 넘어가 자기 여자를 버릴 사람은 아니더라. 그녀는 생글거리며 나를 가지고 놀았다. 이현정 씨, 뭔가 단단히 오해가 있는 것 같은데, 우리 만나요. 다시 만나서 얘기해요. 무슨 얘기를 해야 좋을지 몰랐지만, 손 놓고 있을 수는 없었다. 성호까지 말려든 마당에. 나는 반 강제로 약속을 정하고 전화를 끊었다.

 이현정의 미니홈피에 다시 들어가 사진을 뒤졌다. 새로운 배역을 맡아 내 과거 속으로 던져진 또 한 사람. 내가 수시로 꼬리를 쳤다는, 성호와 닮은, 찬혁이라는 남자는 찾을 수 없었다. 대신 성호와 최근에 찍은 사진만 가득했다. 노란 은행잎을 공중으로 뿌리는 두 사람, 푸짐한 아이스크림 와플을 맛보기 직전의 두 사람, 눈에 익은 소파에 비스듬히 기대앉은 두 사람, 그리고…… 둘이 부산에도 갔던 모양이다. 광안대교를 배경으로, 성호가 그녀를 다정하게 품에 안은 사진. 빨간 앙고라 스웨터를 입은 그녀를.

지금이라도 성호에게 전부 털어놓아야 하나? 불현듯 너에게 우정이 아닌 사랑을 느꼈다고. 사랑은 그런 거 아니냐고. 격정적으로 찾아와 단번에 모든 걸 앗아가는 열병. 그래서 지민 씨를 떼놓기 위해 합성사진을 만들었는데, 느닷없이 사진 속 여자가 실제로 나타나 네 옆에 있더라고. 그런데 그녀 말이…… 내가 알지도 못하는 과거까지 고백해야 하나? 내 말을 믿어줄까? 나는 통 기억이 나지 않는데 남들이 그러더라고. 사진 한 장이 내 과거를 제멋대로 뜯어고치고 있다고. 사진? 네가 부산에서 빨간 스웨터를 입은 그녀와 찍은 사진이 바로 내가 합성한 거라고. 내가 미쳤다고? 그래, 그런지도 모르겠다고. 이젠 정말, 뭐가 뭔지……

이현정은 약속 장소에 나타나지 않았다. 전화도 받지 않았다. 두 시간을 혼자 기다리다가 돌아왔다. 그녀가 나타나지 않은 이유를 나는 인터넷 뉴스를 통해 알게 되었다. '20대 여성, 만취 상태에서 변심한 애인 몸에 불 질러' 평소 같으면 거들떠보지도 않을 그렇고 그런 치정극이었다. 문제의 20대 여성은 술집에서 전 남자 친구가 새로운 애인과 데이트하는 모습을 목격했다. 두 사람이 연애 시절 자주 드나들던 술집이었고, 새로운 애인은 자신을 만나는 동안 양다리 걸쳤던 그 여자였다. 목격자들에 따르면 만취한 여자가 커플에게 위스키를 마구 뿌리며 난동을 부렸고, 그 와중에 탁자의 촛불이 쓰러졌다. 야구 모자를 눌러쓰고 고개를 푹 숙인 사진 속 피의자를, 나는 단번에 알아볼 수 있었다. 술에서 깨어난 강지민은 자신의 행동을 전혀 기억하지 못했다고 한다.

성호는 얼굴 전체에 붕대를 감고 무균실에 누워 있었다. 안면 피부 대부분이 3도 화상으로 타버렸고 왼쪽 눈은 각막 손상으로 실명되었다. 피부 이식 수술을 몇 차례 실시하겠지만 얼굴은 정상으로 돌아오지 않을 거라고 했다. 함께 입원한 이현정도 더 나을 것 없는 상태였다. 그리고 철창에 갇힌 강지민까지…… 이상하다. 왜 나에게만 아무 일도 일어나지 않는 걸까? 붕대를 친친 동여매고 누워 있는 성호를, 나는 유리벽 뒤에서 바라보았다. 박물관 유리 상자 속에 보관된 미라를 구경하는 관람객처럼. 우리의 시간은 너무 멀리 어긋나버렸다.

화장실로 달려가 차가운 물을 연달아 얼굴에 끼얹었다. 거울 속에서 한 여자가 물기를 머금은 까만 눈동자로 나를 바라보았다. 물방울이 홍조가 고인 뺨을 타고 흘러내려 턱 끝에서 똑똑 떨어졌다. 웃는 듯 우는 눈매, 무심한 듯 화가 난 이마, 환상과 환멸 사이에서 앙다문 입술. 아름답다. 아름다운 그녀가 나에게 미소를 보내며 손을 내밀었다. 나도 마주 손을 내밀었다. 우리의 손끝이 차가운 거울 표면에서 부딪쳤다.

창밖으로 구름과 새들과 낮과 밤이 지나간다. 방에 틀어박혀 종일 컴퓨터로 사진을 합성하며 시간을 보낸다. 흑백의 백일 사진부터 지난 여름휴가 때 친구들과 우도에서 찍은 사진까지. 내 눈과 코와 귀와 입술과 뺨과 머리칼을 잘라내어 내가 모르는, 어쩌면 기억하지 못하는, 타인들의 얼굴에 몰래 하나씩 끼워 넣는다. 수많은 검은 구멍이 수많은 내 얼굴을 메운다. 작업해야 할 사진이 많지만, 시간은 충분하다. 생각, 생각을 해야 한다. 뭐가 잘못된 건지. 처음부터, 찬찬히. 그런데…… 도대체 어디가 처음인지……

고등학교 수학여행에서 찍은 단체 사진을 스캐너에 넣는다. 불국사 대웅전을 배경으로 옹기종기 모여 해맑게 웃고 있는 한 떼의 여고생들이 모니터로 옮겨진다. 똑같은 교복에 새끼손톱만 한 얼굴들은 모두 어슷비슷하게 보인다. 유독 내 뒤에 선 자그마한 친구만이 눈에 띈다. 양손을 내 어깨에 올려놓은 채 고개를 옆으로 돌려 프레임 바깥을 쳐다보고 있다. 모두들 사진기를 응시하던 그때, 이 애는 무엇을 보고 있던 걸까? 그런데…… 누구지? 친했던 애는 아니다. 이름도 얼굴도 기억나지 않는다. 1년 동안 같은 교실에 있으면서도 말 몇 마디 섞어보지 않은 것 같다. 아니, 어쩌면 기억하지 못할 뿐, 이 친구와의 사이에도 꽤나 많은 사연들이 있었을지 모른다. 같은 미술 학원을 다녔다거나, 어느 날 학원이 끝나고 집으로 돌아가는 길에 우연히 원조교제하는 장면을 목격했다거나, 그래서 이 애는 나를…… 그래, 이렇게 생각을 해보자.

그림자 박제

거울…… 거미줄처럼 조각난 거울이 타일 벽에 위태롭게 매달려 있었어요. 수십 개의 눈동자가 나를 빤히 쳐다보는 것 같았습니다. 가운데 움푹 팬 곳엔 동그랗게 핏자국이 말라붙었더군요. 머리카락 몇 올을 품은 허연 살점도 함께. 타일은 온통 노란 해바라기였어요. 해바라기 꽃밭 여기저기에 흩뿌려진 피가 일직선으로 흘러내리며 굳었는데, 그 역겨운 피비린내…… 저는 욕지기가 치밀어 비틀거렸습니다. 옆에서 형사가 부축을 해주며 나직하게 속삭이더군요. 제가 그 남자의 목을 잡고 거울에 밀어붙인 채…… 사정없이 멍키스패너를 휘둘렀다고. 머리를 빈 맥주캔처럼 우그러뜨려놓았다고. 이 손으로 말이죠. 이상해요. 그런데 왜 기억이 안 날까요? 사건 현장을 둘러보아도 도무지 떠오르지가 않아요. 그 순간이, 전혀. 그 남자의 머리를 박살내는 동안 갈라진 거울 파편마다 내 얼굴이 비쳤을 텐데……그때 저는 무얼 보고 있었던 걸까요?

 범행을 부인하는 건 아닙니다. 넷인가 다섯인가, 화장실에 있던 목격자들 진술이 모두 일치한다는데…… 사실이겠죠. 한 명은 그때 제가 잔인하게 웃고 있었다고 진술했더군요. 사람이 아니라 괴물 같았다고. 미친놈이 틀림없다고. 하긴 저라도 그런 광경을 목격했다면 미친놈이라고 생각했을 겁니다. 대형 마트의 공중 화장실에서, 그것도 생전 처음 보는 사람을 멍키스패너로…… 그래서 제가 여기까지 오게 된 것이겠죠. 하지만 이런 번거로운 절차는 필요 없습니다. 경찰에도 얘기했듯이 정신이상을 주장해서 회피할 생각은 없으니까요. 감정을 해보나 마나 저는 멀쩡합니다. 미치지 않았어요. 제 병력도 이미 확인해보셨죠? 예, 깨끗합니다. 미친 사람이 어떻게 9년 동안 회계사로 일했겠습니까? 어떻게 멀쩡히 결혼하고 애까지 낳아 길렀겠어요? 기억이 안 날지언정 그런 식으로 빠져나갈 생각은 없습니다. 비겁하게. 죄를 지었으면, 죗값을 치러야지요. 제리도 늘 그렇게 말했어요. ……제리요? 제리 이야기를 하자면, 음, 먼저 톰부터 소개해야 합니다. 톰에 관해 얘기하자면…… 조금 긴 이야기가 될지도 모르겠네요. 괜찮겠습니까, 선생님? …… 예, 그렇다면 그 다큐멘터리 얘기부터 하는 게 좋겠군요. 그게 시작이었으니까.

지난봄 무렵이니 벌써 1년 가까이 되었네요. 주말에 집에서 혼자 TV를 보는데 다중인격에 대한 다큐멘터리를 하더군요. 「내 안의 또 다른 나」, 뭐 그런 제목이었을 겁니다. 다중인격이라고 많이 알려져 있지만 정식 의학 용어로는 '해리성 정체감 장애'라고 하더군요. 아아, 죄송합니다. 공자님 앞에서 문자를 쓰고 있으니. 아무튼 다중인격의 실제 사례가 무척 흥미롭더라고요. 스릴러 영화에나 나오는 건 줄 알았는데. 물론 환자 본인에게야 엄청난 고통이겠지만, 솔직히 내가 다른 누군가로 변한다는 환상은 매혹적이잖아요. 선생님도 가끔 꿈꿔보지 않나요? ……그렇다니까요. 그 환상을 한 일본인 여성이 카메라 앞에서 적나라하게 실현해 보이더군요. 징징거리는 여섯 살 꼬맹이부터 신경질적인 노처녀, 차분하고 논리적인 중년 부인 등 여섯 개의 서로 다른 인격이 번갈아 나오는데, 처음에는 황당했어요. 저 여자가 혼자 무슨 생쇼를 하나. 하지만 보고 있자니 도저히 쇼라고 생각할 수가 없더군요. 목소리 톤이며 말의 빠르기, 눈빛, 표정, 제스처 등이 순간적으로 변하는데, 완전히 다른 사람이었어요. 제아무리 일류 배우라 한들 그런 연기는 할 수 없을 겁니다.

그녀는 어릴 때 의붓아버지에게 성폭행을 당했더군요. 그 충격 때문에 다른 인격을 만들어 그 뒤에 숨는 것이라고. 프로그램은 환자들의 치유 과정을 보여주고, 피해자를 예방하기 위한 가정과 사회의 역할 등을 강조하며 끝을 맺었습니다. 하지만 저의 뇌리에 남은 건 그녀의 인터뷰 장면뿐이었죠. 하나의 육체 안에 공존하는 여러 인격들이 마치 오디오 CD를 교체하듯 번갈아 들락거리던 모습. 섬뜩하더군요. 섬뜩하면서도 뭔가 낯선 쾌감이 찌르르하게 퍼졌어요. 뜨겁게 달군 철사가 순식간에 온몸의 혈관을 훑고 지나간 것처럼.

며칠 후 시내에 약속이 있어 나갔습니다. 시간이 어중간하게 남더군요. 황사가 뿌연 날이라 근처 백화점으로 들어갔죠. 그날 따라 무슨 바람이 불었는지 평소 취미도 없는 명품관으로 발길이 갔습니다. 명품 매장 직원들은 직감적으로 잠재 고객과 뜨내기 구경꾼을 판별하는 능력이 있는가 봐요. 어느 매장을 들어가건 저에게는 별로 눈길도 주지 않더군요. 뭐, 저도 물건보다는 가격에 감탄하며 시간을 때웠죠. 그러던 중 페라가모 매장에서 검은색 명함 지갑 하나가 눈에 들어왔습니다. 부드러운 송아지 가죽에 심플한 디자인이 세련돼 보이더라고요. 얼마 전 이사님을 모시고 접대 자리에 나갔는데 비닐이 너덜거리는 제 명함 지갑을 보고 어찌나 눈살을 찌푸리시던지. 사실 회계사도 반 영업직이라 스타일에 신경을 써야 하는데, 그게 어디 쉽나요. 그 명함 지갑만 해도 가격이 28만 원이었어요, 28만 원. 헛웃음밖에 안 나오더군요. 손바닥보다 작은 가죽 쪼가리 하나가 제가 걸치고 있던 정장보다 비쌌으니. 있는 치들이라면 몰라도 저 같은 사람에겐 별세계 외계인들이나 쓰는 명함 지갑이었죠. …… 예, 연봉이 적은 편은 아닙니다만, 미국에 송금하고 나면 아파트

대출 이자에 보험료 붓기도 빠듯하죠. 가뜩이나 요즘 환율이 뛰어서.

……말씀 안 드렸던가요? 지금 와이프와 아들 선우는 미국에 있습니다. 조기 유학을 떠났어요. 벌써 2년 됐네요. 초등학교 입학 전에 가는 게 적응하기 좋다고 해서. 사실 저는 내키지 않았습니다. 그 어린 게 낯선 환경에 던져지는 것도 걱정이었고, 저도 가족과 떨어져 지내고 싶지 않았거든요. 자취 생활 청산하고 가정을 꾸리고 싶어 결혼한 건데, 애가 유치원도 마치기 전에 생이별이라니 내키지 않을 수밖에요. 하지만 선우 장래를 위해서라고 와이프가 단호하게 주장하는데 끝까지 반대할 수가 없더군요. 와이프는 제가 처음 감사 나간 거래처에서 만났어요. 여상을 졸업하고 경리팀 사무 보조로 일하고 있었죠. 수수하고 잔정이 많은 여자예요. 중요한 결정은 항상 저를 믿고 따라주었고. 그런데 학업에 미련이 많은지 애 교육 문제만큼은 지나치게 억척스럽더군요. 조기 유학의 위험성에 대한 자료까지 한 뭉치 뽑아 디밀었지만 고집불통이었어요. 당신은 강남 애들이 어떻게 하는지 몰라서 그런다, 이러다 선우만 뒤처져도 좋다는 말이냐…… 어떡합니까. 결국 매달 달러나 부치는 기러기 신세가 되었죠. 그래도 아이 미래를 위해서니까요. 지갑이 있으면 사진을 보여드릴 텐데. 아주 잘생기고 똘똘한 놈이에요. 암 치료제를 개발해서 노벨상을 타겠답니다. 그때까지는 개발이 안 되어야 할 텐데, 하하. 우리 선우에게는, 저보다는 많은 기회가 있

었으면 합니다.

어디까지 했죠? ……아, 명함 지갑. 그 28만 원짜리 가죽 쪼가리를 다시 진열대에 올려놓는데, 문득 이상한 소리가 들리는 겁니다. 훔쳐! 분명 제 가슴 밑바닥 어딘가, 휑한 지하실 같은 곳에서 울리는 소리였어요. 저는 흠칫 놀라 고개를 저었습니다. 훔치다니, 무슨 소리야? 선생님, 제가 크게 내세울 건 없는 인간이지만 이제껏 정당한 길만을 걸어왔다고 자부합니다. 노력한 만큼 얻는 것에 만족했고 남을 속이거나 피해 주는 짓은 절대 하지 않았죠. 그런데 대낮에 백화점에서 물건을 훔치다니. 상상도 할 수 없는 일이었어요. 하지만 지하실에서 올라오는 목소리는 계속해서 저를 몰아붙였습니다. 슬쩍 주머니에 집어넣으면 끝이야. 식은 죽 먹기잖아. 넌 할 수 있어! 자, 어서! 명함 지갑이 그토록 탐이 났던 것도 아닙니다. 뭐, 까짓것 눈 딱 감고 지를 수도 있었죠. 하지만 돈이 문제가 아니었습니다. 그 순간엔 그 목소리가 피할 수 없는 숙명처럼 들렸어요. 내 의지보다 훨씬 거대한 어떤 힘이 보내는 계시.

저는 진열된 상품을 둘러보는 척 주위를 살폈습니다. 스튜어디스처럼 깔끔한 쪽머리를 한 점원은 노신사에게 구두를 보여 주느라 바쁘더군요. 잠재 고객으로 판단했던 모양이죠. 손에 땀이 배고 가슴이 쿵쾅거리기 시작했습니다. 자리를 옮기며 명함 지갑을 재빨리 손아귀에 움켜쥐었어요. 그리고 바지 주머니에 툭, 아령이 하나 떨어지는 것 같더군요. 대담하게도 저는 신상품 구두에 대해 설명하는 점원 옆으로 가서 노신사와 함께 고개를 끄덕이기까지 했죠. 클래식이니 시크한 멋이니 생글거리며 읊어대는데, 심장이 어찌나 요동을 치는지 갈비뼈를 뚫고 튀어나오는 줄 알았어요. 매장을 나오며 점원에게 눈인사를 보낼 때는 터지는 웃음을 참느라 볼에 잔뜩 힘을 줘야 했죠. 머릿속에서 아드레날린이 불꽃놀이를 벌이더군요.

그날 집에 돌아와 훔친 페라가모 명함 지갑을 앞에 놓고 전 극심한 혼돈에 빠졌습니다. 며칠 전 TV에서 보았던 다중인격 환자가 된 심정이었어요. 내가 저지른 짓에 경악하며 내일 당장 이걸 돌려주고 사죄해야 한다는 나. 웬 수선이냐며 주머니 속에 명함 지갑이 떨어지던 순간의 스릴과 쾌감을 잊지 못하는 나. 점차 목청을 높여 드잡이하는 그들을 도저히 같은 사람으로 여길 수 없었습니다. 밤늦도록 혼자 안절부절못하다가 새벽녘에야 거실 소파에서 잠이 들었어요.

한두 시간이나 잤나, 이상한 낌새에 잠을 깼죠. 눈을 뜨기도 전에 무언가 나를 단단히 내리누르고 있다는 걸 느낄 수 있더군요. 손가락 하나 까딱할 수 없도록. 괜찮아, 가위에 눌린 것뿐이야. 힘을 빼고 느긋하게 정신을 집중하면 돼. 마음을 진정시키고 간신히 눈꺼풀을 밀어올리는데…… 허공에 검은 덩어리가 눈에 들어왔습니다. 장마철 성난 먹구름처럼 뭉클거리더군요. 자세히 보니 그건, 파닥거리며 날갯짓하는 나방 떼였어요. 수천, 수만 마리의 검은 나방. 화르륵, 소리와 함께 나방들이 내 몸 위로 쏟아져 내리더니, 마치 썩은 시체에 구더기가 끓는 것처럼…… 온몸이 마비된 채 정신을 잃을 때까지 침묵의 비명만 질러댔습니다.

다음 날 땀으로 범벅이 된 채 일어났어요. 그런데 기분은 더할 나위 없이 상쾌하더군요. 왜, 그런 아침이 있지 않습니까. 녹슨 장막이 걷힌 듯 무슨 일이든 잘 풀릴 것 같은. 전날 일도 공연히 분란을 일으키지 말고 덮어두자고 가볍게 결정했습니다. 다시는 그러지 않으면 된다는 선에서 타협을 본 거죠. 살면서 어쩌다 한 번 저지른 일탈을 가지고 그토록 심각하게 번민했던 제 자신이 우습기까지 하더군요. 정도의 차이일 뿐 누구나 마음속에 여러 가지 얼굴을 품은 채 살아가잖아요. 누구나 한 번쯤 자기 자신으로부터 벗어나고 싶어 하잖아요. 그렇지 않나요, 선생님?

그렇게 스스로를 변호하다 보니, 그걸 적극적으로 개발해보는 것도 재미있겠다 싶더군요. 그래요, 처음에는 순전히 재미로 시작했습니다. 회계사 일이라는 게, 아시잖아요? 직업에 불만이 있다는 건 아닙니다. 적성에도 맞고 연봉도 만족스런 편이죠. 무엇보다 그 명료함을 좋아합니다. 수천억, 수조 원이 굴러가는 기업이라도 재무제표상에서 결국 1원 단위까지 정확하게 균형을 이루는 그 명료함 말이죠. 일이라는 건 쓸데없는 공상의 여지가 없는 게 편해요. 문제는 생활마저 그렇게 된다는 거죠. 눈을 뜨면 시계 보며 샤워를 몇 분 안에 끝내야 하는지부터 계산하고, 접대 술자리에서는 재미도 없는 농담에 녹음기처럼 웃어주고, 퇴근하면 TV 채널이나 돌리다가 잠들고…… 가끔 지하철에서 사람들에 찡겨 검은 차창을 우두커니 마주할 때면, 저 휑한 표정의 남자가 누군가 싶을 때가 있어요. 취미라도 하나 필요했습니다. 밥벌이와 무관하게 내가 살아 꿈틀거린다는 느낌을 줄 수 있는. 그래서 제 안에 다른 사람을 만들어보기로 한 겁니다. 꽤 독특한 취미 아닙니까?

 어떤 사람을 만들어볼까? 막상 멍석 깔고 해보려니 머쓱하더군요. 막막하기도 하고. 하지만 창작의 희열이랄까, 전에 없던 활력이 솟았어요. 작품 구상에 몰두하는 영화감독이나 작가가 된 기분이었죠. 일단은 나의 내부로 침잠하여 모티프가 될 씨앗을 찾는 게 필요했습니다. 똑바로 누워 저를 이완시키고, 머리도 가슴도 진공상태로 비운 채, 한 걸음 한 걸음 계단을 딛고 내려갔어요. 처음 소리가 들렸던 지하실로…… 너무 캄캄해 아무것도 보이지 않더군요. 곰팡내와 눅눅한 습기만 켜켜이 쌓인 그곳에 들창을 내고 한 줄기 달빛을 드리웠습니다. 그리고 몇 시간이고 가만히 지켜보았죠. 허리가 꺾인 채 벽에 눌어붙은 제 그림자와 함께. 그 과정을 매일 밤 반복했어요. 이게 뭐하는 짓인가 싶어 다른 취미를 기웃거릴 즈음, 푸른 달빛 속에 희미한 형체가 어른거리기 시작하더군요. 씨앗을 찾은 거죠.

 그 형체가 온전히 제 모습을 갖추도록 살을 붙여나갔습니다. 조금씩, 조심스럽게. 내 안의 또 다른 나. 태어난 환경이 달랐다가나 인생의 갈림길에서 다른 선택을 했다면, 어쩌면 지금의 내가 되었을지도 모르는 나. 그의 성격과 정서를 빚어가면서 그에 어울리는 말투와 표정, 웃음소리 등을 만들었습니다. 걸음걸이, 앉음새, 눈살을 찌푸리는 모습까지 매일 저녁 전신 거울 앞에서 연습했죠. 처음에는 영 어색하고 억지스러웠지만, 첫 배역을 따낸 신출내기 배우처럼 반복 또 반복해서 역할을 몸에 익혔습니다. 어느 정도 틀이 잡히고 나자 이제는 연습하지 않은 세부까지 자연스럽게 따라 나오더군요. 머리를 빗는 스타일, 수저 잡는 법, 샤워할 때 몸에 비누칠하는 순서…… 빨리감기 버튼을 누른 것처럼 한 사내가 시간을 압축해서 무럭무럭 자라났죠.

그렇게 몇 달의 산고 끝에 탄생한 것이 톰이었습니다. 이름이 이상한가요?『톰 소여의 모험』에서 따온 겁니다. 톰 소여와 허클베리 핀. 뗏목, 무인도, 해적, 동굴, 보물…… 사내애들의 로망 아닙니까? 처음에는 한창수나 김상범 같은 평범한 이름을 붙일까 생각했는데, 왠지 껄끄럽더군요. 설핏 불안한 마음도 들었고. 말씀드렸듯이 이건 놀이일 뿐이었으니까요. 그래서 애완동물 이름 짓듯이 즉흥적으로 정한 겁니다. 톰. 나쁘지 않죠?

톰은 저와 여러모로 다릅니다. 유쾌하다면 유쾌하지만, 뭐랄까, 약간 거칠고 위악적인 면이 있는 친구죠. 입도 걸고 생각보다 행동이 앞서는 타입이에요. 만일 지금 이 자리에 저 대신 톰이 앉아 있다면 선생님 일이 훨씬 피곤해질 겁니다. 이렇게 삐딱하게 앉아서 건들거리며, 눈을 가늘게 뜨고 반 옥타브 정도 높은 목소리로⋯⋯ 어이, 닥터 선생. 거기 후까시 잡고 앉아 내가 사발까는 거 듣고 있으니 재밌나? 좆도 돌팔이 주제에. 씨발, 내 대가리를 검사하겠다고? 닥터 선생, 내가 보기엔 여기보다 그쪽 대가리가 더 문제야. 아까부터 꼭 하고 싶던 얘긴데, 그 쪼다 같은 이 대 팔 헤어스타일 좀 어떻게 해보세요. 하아, 정말이지 보고 있기 힘겨워. ⋯⋯역시 전문가답게 별로 놀라지도 않으시네요. 톰을 잠깐 불러낸 겁니다. 언짢으셨다면 사과드립니다. 천성이 나쁜 친구는 아닌데 말본새가 좀⋯⋯ 제가 톰의 역할을 한 것이긴 해도, 일단 전환되고 나면 톰도 자기만의 세계가 있기 때문에 어쩔 수가 없어요. ⋯⋯물론이죠. 톰이 한 말 전부 기억합니다. 저는 인격 사이가 가로막힌 해리성 정체감 장애 환자가 아니니까요. 헤어스타일, 제가 보기엔 단정하고 좋은데요.

톰을 불러낼 때는 일종의 자기암시로서 저만의 의식을 만들었습니다. 간단합니다. 눈을 감고, 머릿속을 텅 비우고, 차갑고 단단한 대리석 바닥을 상상하는 거예요. 결이 곱고 광택이 아름다운 최고급 대리석. 거기에 동전을 하나 떨어뜨립니다. 몇 차례 튀어 오르던 동전이 자리를 잡고 타닥타닥 양쪽으로 진동을 하죠. 날갯짓하듯이. 진동이 잦아들면서 리듬은 점점 빨라지고, 소리는 점점 작아지고, 마치 시상식에서 긴장감을 고조시키는 북소리처럼⋯⋯ 동전이 딱 멈추는 순간 휙, 전환이 일어납니다.

잠깐이지만 다른 사람이 된다는 건 기대 이상의 활력을 주더군요. 그렇다고 다른 가정이나 직장을 가지고 다른 삶을 사는 것도 아닌데, 그 자체로 재미있더라고요. 갑옷과 투구를 벗어던지고 시원한 강물에 뛰어든 기분이랄까. 특히 톰이 되어 직장 상사나 클라이언트에 대해 거침없이 욕설을 퍼부으면 스트레스 해소에 그만이었어요. 물론 퇴근 후나 주말에 집에서만 했죠. 면전에서 그랬다가는 당장 사회에서 매장되게요. 혼자 톰이 되었다가 내가 되었다가, 낮에 만났던 인간들을 신나게 씹어대다가 차분히 식사 준비를 하고. 관객도 대본도 없이 일인이역 모노드라마를 하는 셈이었죠. 그래도 집이라는 무대는 있었는데, 어느 날 그 작은 무대를 벗어나게 된 겁니다.

거래처 직원들과 회식이 있던 날이었어요. 소주가 달착지근하게 입에 붙는다 싶더니 과음을 했던 모양입니다. 한밤중에 들어와 침대에 뻗었는데 천장이 빙글빙글 돌아가더군요. 불현듯…… 그게 생각나는 겁니다. 그러니까, 성욕 말입니다. 사실 와이프가 떠난 후 몇 번 여자를 사러간 적이 있었어요. 내키지는 않았지만 제가 수도승도 아니고. 그런데 잘 안 되더라고요. 원래 제가 성적으로, 그러니까 낯을 좀 가리는 편이라. 가뜩이나 홀딱 벗은 아가씨가 옆에서 콘돔 만지작거리며 콧소리로 재촉해대지…… 몇 차례 허탕 치고 나니 아예 찾아갈 엄두가 안 나더군요. 어쩌겠어요. 1년에 한두 번 와이프 귀국할 때 외에는 집에서 혼자 해결했죠. 사춘기 소년도 아니고 좀 한심한 기분도 들었지만 그럭저럭 견딜 만했습니다. 간편하고 돈도 절약되고,

무엇보다 양심에 거리낄 일이 없었으니까요.

그런데 그날은 달랐습니다. 단순히 사정을 하고 싶은 게 아니라 그리웠어요. 끈적이며 달라붙는 맨살의 감촉, 미끈거리는 땀방울, 사타구니에서 풍기는 비척지근한 냄새, 그런 게. 하지만 그리우면 뭐합니까. 사창가는 못 가겠고 수완 좋게 애인을 만들어놓기를 했나, 여자 꼬여 하룻밤 즐길 재주는 더더욱 젬병이고. 혼자 다리 사이에 이불 둘둘 말고 누워 있자니 참 서글프더군요. 그때 생각난 게 톰이었어요. 어쩌면 톰이라면…… 저는 눈을 감고 머리를 비운 후, 대리석 바닥에 동전을 떨어뜨렸죠.

톰은 제 궁상을 비웃듯이 너무나 쉽게 그 일을 해내더군요. 옷장 앞에서 한참을 투덜거리다가 신혼여행 때 샀던 헐렁한 히피풍 셔츠에 청바지를 입고 나이트클럽으로 직행했습니다. 밸런타인 12년산 한 병에 시시껄렁한 농담 몇 마디, 그게 다였어요. 21년산 여대생을 간단히 모텔까지 끌어들였죠. 저도 얼마나 놀랐는지. 밤새도록 뒹굴었는데 정말 끝내줬어요. 와이프한테는 미안한 얘기지만, 섹스가 그렇게 황홀할 수 있다는 걸 처음 알았습니다. 그날이 계기가 되었어요. 집에만 갇혀 있던 톰이 자유롭게 나다니게 된 것이.

물론 톰의 밤 외출은 혼자만의 비밀이었습니다. 혹시라도 아는 사람과 마주칠 수 있는 장소는 멀찌감치 피했죠. 복장도 평소와 달라 보이게 신경을 썼고. 외출이 잦아지자 톰은 아예 자기 스타일의 옷을 사들이더군요. 허리를 졸라매는 청색 사파리

재킷이며 요란한 무늬의 실크 셔츠 같은 것들인데, 도무지 제 취향은 아니었죠. 그런 걸 걸치고 머리는 헤어젤로 떡칠을 해서 돌아다녔으니, 와이프와 지나쳤어도 저를 몰라봤을 겁니다. 나가면 술 마시고 춤을 추고 성욕을 푸는 게 일이었죠. 나이트클럽에 싫증이 나자 평소 궁금했던 쇼방, 떡바, 페티시클럽 같은 퇴폐 업소도 두루 섭렵했어요. 인터넷 채팅으로 만난 미시 주부와 정선 카지노로 주말여행도 갔습니다. 하, 꽤 많은 돈을 땄어요. 도박 같은 건 난생 처음이었는데 말입니다.

내가 통제할 수 있는 다중인격. 그건 꽤 편리한 시스템이었습니다. 카드 명세서를 확인할 때마다 뒷골이 쑤셨지만 톰을 끊을 수가 없었어요. 톰은 활력이 넘쳤으니까. 미래 따위는 무시하고 매 순간이 삶의 전부인 것처럼 몸을 맡겼죠. 그게 저와 다른 점이었어요. 그래요, 톰은 분명 저와 달랐습니다. 애초에 다른 개성을 설정하기는 했지만, 그 경계를 넘어 독자적으로 완성되어 갔다고 할까. 처음에는 그저 내가 다른 가면을 하나 쓴다는 기분이었는데, 점점 나와 톰이 분리되어 공존하는 게 느껴졌어요. 클라이언트와 미팅 중에 톰이 뒤에서 이기죽거리기도 하고, 클럽에서 여자를 고를 땐 내가 함께 앉아 품평도 했죠. 무엇보다 놀라웠던 건 신체적인 변화였습니다.

톰은 왼손잡이예요. 양손을 고루 사용하면 뇌가 균형 있게 발달한다기에 오른손잡이인 제가 의도적으로 연습한 거죠. 30년 넘은 습성이 쉽게 바뀌랴 싶어 저도 반신반의하며 시도해본 건데, 톰은 믿기 힘들 정도로 빠르게 적응했습니다. 불과 몇 달 만에 왼손으로 밥을 먹고 카드 전표에 왼손으로 사인을 하고 만취 상태에서 여자의 블라우스 단추도 왼손으로 끄르더군요. 그런데 이상한 점은 제가 양손잡이가 되지는 않았다는 겁니다. 제 자신으로 있을 땐 그대로 왼손 사용이 서툰 오른손잡이이고, 톰은 반대였죠. 그뿐만이 아닙니다. 톰이 담배를 피우기 시작했어요. ……예, 저는 대학 들어가서 잠깐 피웠다가 체질에 안 맞아 끊었습니다. 톰도 처음에는 목이 쓰라리고 속이 메스꺼웠죠. 그런데 차차 몸이 적응을 하더니 이젠 하룻밤에 한 갑 넘게 피워대는 골초가 됐어요. 저는 여전히 담배 냄새만 맡아도 속이 거북했고요. 또 톰이 되었을 땐 힘도 더 세졌어요. 처음엔 기분 탓이겠거니 했는데, 어느 날 톰이 제 키만 한 관음죽 화분을 번쩍 들어 베란다로 옮기는 겁니다. 거실에 그대로 놓인 바퀴 달린 받침대를 보고서야 제가 평소에 그 화분을 어떻게 옮겼는지 떠올렸죠. 또 뭐가 있나…… 아, 식성도 달라졌어요. 저는 채식 위주의 담백한 식단을 좋아하는데 톰은 삼겹살 몇 점을 상추도 없이 밀어 넣고 청양고추를 우걱우걱 씹어대더군요. 만성적인 어깻죽지 통증도 톰일 때는 사라지고, 심지어 꾸는 꿈까지 판이하고. 나에게 천부적인 배우의 끼가 있나? 지금이라도 직업을 바꿔볼까? 그런 생각까지 했다니까요, 하하. 선생님, 그런데 신체적인 변화보다 더 기이한 일이 제게 벌어지고 있었어요. 제리가 나타난 겁니다.

톰과 달리 제리는 자연 발생적으로 태어난 것 같아요. 저도 확실치가 않아 이렇게밖에 말씀드릴 수가 없네요. 언제부턴가 지하실에 태아처럼 조그만 덩어리가 꼼지락거리는 게 느껴졌습니다. 가끔씩 고개를 내밀어 두리번거리는 기척도 났고요. 전 가만히 지켜보기만 했죠. 톰이 태어날 때처럼 차츰 살이 붙어가는 모습을. 녀석은 톰보다 훨씬 빠르게 사람의 형태를 갖추어나가더군요. 제리의 등장은 지금도 의문이에요. 어쩌면 한 번 했던 과정이라 저도 모르게 또 한 명을 뚝딱 만들었던 것도 같고, 어쩌면 톰이 만든 게 아닐까 하는 생각도 들었고. 톰은 모르는 일이라고 딱 잘라 말했습니다만, 눈치가 좀 이상했거든요. 제리라는 이름도 제가 지은 게 아닙니다. 자기 스스로 소개를 하더군요. 나, 나, 나는…… 제, 제리야…… 내, 내 이름…… 제, 제리…… 제리는 말을 심하게 더듬었어요. 또 출생이 그렇듯 제가 아무 때나 동전을 던져 불러낼 수 있는 존재도 아니었죠. 그냥 자기가 원할 때 스르르 나왔어요. 그렇다고 일상생활에 방해가 되지는 않았습니다. 워낙 숫기가 없고 말수도 적은 친구라 자주 들락거리지 않았거든요. 주로 한밤중에 집에 있을 때, 그것도 방해가 될까 항상 주저주저하며 나왔죠. 제리…… 톰과 제리라니, 이것 참. 모험을 사랑하는 소년 톰이 졸지에 멍청한 고양이가 되었죠. 다행히 톰은 별다른 불평을 하지는 않더군요.

 제리의 유일한 취미는 그림 그리기였어요. 어느 날 저에게 스케치북과 크레파스를 사다줄 수 없겠느냐고 하더군요. 고작 그 부탁을 하면서 어찌나 눈치를 보고 뜸을 들이던지. 톰은 48만 원짜리 양가죽 사파리를 보자마자 멋대로 카드부터 꺼냈는데 말입니다. 다음 날 퇴근길에 스케치북과 36색 크레파스를 사왔죠. 입을 실룩거리며 계속 만지작거리는 품이 꽤나 흡족한 기색이더군요. 아무래도 톰이나 저보다는 나이가 한참 어린 것 같았어요. 말투나 생각하는 것도 그렇고, 식성도 과자나 초콜릿, 콜라 같은 걸 좋아했죠. 그 때문인지 제리는 거울 보는 걸 싫어했어요. 같은 또래인 톰이야 참으로 임팩트 없는 세숫대야라고 투덜대는 정도였지만, 제리는 거울에 비친 제 모습에 이질감을 느끼는 것 같았어요. 그래서 밖에 나가는 걸 더 꺼렸는지도 모르죠. ……아뇨, 제리는 오른손잡이였어요. 오른손으로 크레파스를 쥐고 그림을 그렸거든요.

모방은 창조의 어머니다. 제리의 작품 세계를 대변해주는 말입니다. 책의 삽화건 신문 사진이건 광고 전단이건, 눈에 보이는 그림은 모두 따라 그리더군요. 스케치북은 방귀대장 뿡뿡이와 이스터섬의 모아이, 배트를 휘두르는 야구선수, 먹음직스럽게 쌓인 치킨, 영화 포스터 등으로 두서없이 채워졌죠. 스케치북이 넘어갈수록 실력도 부쩍 늘었어요. 특징을 잡아 모사하는 솜씨가 제법이더군요. 거실 소파 위에 걸린 우리 가족사진을 그릴 때에는 특히 선우에게 관심을 보이기도 했어요. 몇 살인지, 어떤 장난감을 좋아하는지, 친구는 많은지, 웬일로 이것저것 질문을 하더라고요. 완성된 그림을 액자에 넣어 사진 옆에 나란히 걸어놓았더니 제리는 쑥스러워하면서도 기뻐하는 눈치였죠.

　제리가 나와 그림을 그릴 때면 톰이 안에서 소란을 피우기도 했습니다. 그렇게 멍청하게 처박혀서 색칠이나 하고 있으니 점점 더 멍청이가 되는 거라는 둥, 꼴값을 청승맞게도 떤다는 둥, 말더듬이 흉내를 내며 조롱하고…… 답답했던 거죠. 톰은 항상 밖으로 나돌고 싶어 안달이었으니까. 그 즈음에는 저도 계속된 음주가무에 지쳐 전처럼 자주 나가지 않았거든요. 유흥비도 적잖이 부담이 되었고. 톰이 그렇게 윽박지르면 제리는 금세 주눅이 들어 크레파스를 주섬주섬 정리하고 들어갔어요. 그렇다고 톰이 악의적으로 제리를 괴롭힌 건 아닙니다. 호통을 치고 면박을 주긴 했지만, 둘 사이에는 내가 모르는 어떤 유대감 같은 게 느껴졌어요. 만화 속의 톰과 제리처럼.

　……제 어린 시절이요? 선생님이 그걸 물어보실 줄 알았습니다. 저에게 어떤 충격적인 트라우마가 있는지 궁금하신 거겠죠. 저도 다중인격에 대해 찾아봤습니다. 대부분 유아기에 겪은 폭력이나 성적 학대가 원인이라고 하더군요. 하지만 역시 나이롱환자라 선생님을 실망시켜드릴 수밖에 없네요. 저는 지극히 평범하고 단란한 가정에서 자랐거든요. 왜, 자기 소개서에 단골로 등장하는 문구 있잖아요. 인자하신 아버지와 자상하신 어머니 사이에서 부유하진 않지만 화목하게 어쩌고저쩌고, 그게 우리 집이었어요. 소파 위에 가족사진이 붙어 있고, 휴일이면 아버지와 뜰에서 축구를 하고, 강아지 해피가 주위를 뛰어다니

고, 어머니는 간식으로 도넛을 만들어주시고. 또 제가 꼬마 때는 만능 스포츠맨이라 친구들 사이에서 인기가 좋았어요. 야구, 축구, 짬뽕, 구슬치기, 뭘 하건 모두들 저와 한편이 되려고 했으니까요. 아, 그때가 그립네요. 아무 걱정 없이 마냥 즐겁던.

······아버지요? 평범한 회사원이셨습니다. ······회사 이름까지는 기억이 안 나네요. 그게······ 부모님은 제가 아홉 살 때 돌아가셨어요. 교통사고로. ······예, 저는 함께 있지 않았습니다. 아마 이웃에 맡겨놓고 어딜 가시던 길이었을 거예요. ······아뇨, 부모님 시신은 보지 못했습니다. 어쩌면 보았는데 기억을 못하는 건지도 모르죠. 그때는 무슨 일이 벌어진 건지 어리둥절했어요. 갑자기 주위가 어수선해지더니 처음 보는 어른들이 나타나 이것저것 물었고, 이리저리 끌려다니다가, 정신을 차려보니 소망원에 있더군요. 성공회에서 운영하는 보육원이었어요. ······글쎄요, 친척들은 기억에 없어요. 가까운 친척이 없었나 보죠. ······예, 저에게 남겨진 재산도 없었습니다. 아홉 살짜리가 유산이나 보험금에 대해 뭘 알겠습니까. 아버지가 빚이 있었는지도 모르죠. 그때 일은 전부 어렴풋합니다. 하지만 그 사고가 있기 전까지 우리 세 식구가 행복하게 지낸 추억만큼은 지금도 생생해요. 누구나 그런 기억 하나쯤 갈무리해놓고 살잖아요. 힘들 때 조금씩 되새김질하면서, 버틸 수 있도록.

아홉 살부터는 줄곧 소망원에서 자랐어요. ······예, 물론 충격이 컸죠. 죽음이 뭔지도 잘 모르는 나이에 갑자기 부모님이 사라지고, 외톨이로 낯선 곳에 던져졌으니. 그래도 제가 인복이 있는 편인지 좋은 분들을 만나 빠르게 안정을 찾을 수 있었습니다. 소망원 선생님들은 물론이고 같은 처지의 원생들도 저를 가족처럼 대해주었어요. 특히 미카엘라 원장 수녀님은 제가 엇나가지 않고 올곧게 자랄 수 있었던 든든한 울타리였죠. 일흔이 가까운 연세에도 그 호탕한 웃음하며, 장난꾸러기 만년 소녀였어요. 축구장에 불쑥 뛰어들어 공을 가로채서는 환상적인 드리블에 이은 왼발 슛을 날리시던 모습이 지금도 생생합니다. 주름이 자글자글한 손으로 저를 위해 기도해주실 때면 두려움은 녹아 사라지고 모든 일이 잘될 것만 같았어요. 이따금 과자를 한 아름 안고 찾아오는 선배들도 자극이 되었어요. 어린 제 눈에도 그들의 표정에는 시련을 이겨낸 자 특유의 긍정 에너지가 충만하더군요. 부러웠어요. 나도 저들처럼 당당한 어른이 되고 싶다. 방법은 하나뿐이었죠. 죽어라 공부에 매달리는 것. 덕분에 전 퇴소와 동시에 원하는 대학에 합격할 수 있었습니다.

 막상 소망원을 나오니 사는 게 만만치 않더군요. 떠날 때 받은 정착금이라야 지하 단칸방 얻기도 빠듯했고. 신입생 때부터 노가다에 우유 배달, 야간 경비, 웨이터 등 안 해본 일이 없습니다. 그땐 다중육체가 되고 싶은 심정이었죠. 대학 생활이라곤 수업만 듣기에도 바빠 엠티나 미팅은커녕 변변한 친구 하나 사귀기도 힘들었어요. 시간이 정신없이 흘러가더군요. 어디에도 기댈 곳이 없는 사람은 말이죠, 억척이가 되거나 낙오자가 되는 수밖에 없습니다. 매사에 한 발짝이라도 밀리면 끝이니까. 그래도 전 억척이가 된 덕에 졸업 전에 공인회계사 시험에 합격할 수 있었죠. 일찌감치 회계법인에 자리도 잡았고. 땀은 눈물을 흘리지 않는다. 그때 자취방 천장에 써 붙여놓았던 글귀가 지금도 제 좌우명입니다.

……아뇨, 퇴소 이후 소망원에는 한 번도 안 갔습니다. 갑자기 그걸 물어보시니 부끄럽네요. 바빴다고 하면 너무 구차한 핑계겠죠? 그렇다고 과거를 숨기기 위해 은혜를 저버리는 모진 놈으로 보지는 마십시오. 저는 보육원 출신임을 감추거나 부끄러워하지 않았습니다. 내겐 고향 같은 곳이었다고 어디서나 당당하게 얘기했어요. 다만, 소망원을 생각하면 그곳에 갈 수밖에 없었던 아픈 기억도 함께 떠오르기 때문에 그랬던 게 아닐까요? 잘 모르겠네요. 그냥 그렇지 않았을까 생각합니다.

어린 시절 얘기를 하다 보니 생각나는 게 있네요. 제리에 대해선 말씀드렸죠? 어느 날 제리에게서 특이한 점을 발견했습니다. 평소처럼 그림을 그리다가 밤이 깊어 욕실로 씻으러 갔어요. 제리인 채로. 수도꼭지를 틀고 손에 물을 받으려는데, 받을 수가 없는 거예요. 떨어지는 물줄기에 손바닥이 아니라 손등을 대고 있었으니까. 손을 뒤집으려 했지만 뼈가 뒤틀리는 느낌이 나면서 잘 안 돌아가는 겁니다. 불현듯 제 머릿속에 오랫동안 잊고 지냈던 한 아이가 떠올랐습니다. 우빈이, 어릴 적 친구였던 강우빈. 진짜 친구는 아니고, 그러니까 상상 친구라고 하죠.

아이들 눈에만 보이는 가상의…… 아, 제가 또 이러네요. 선생님이 더 잘 아실 텐데.

우빈, 순정만화에 나오는 남자 이름 같죠? 아마도 제 이름에 대한 불만 때문에 나름 고민해서 그렇게 지었던가 봐요. 강철수는 너무 흔해서 대충 지은 것 같잖아요. 흔한 이름이면 차라리 철이라고 하든가. 철이는 그래도 「로보트 태권V」와 「은하철도 999」의 주인공 아닙니까. 제 기억으로 어릴 때 상상 친구가 너덧 명 있었는데 우빈이도 그중 하나였어요. 외둥이라 심심했는지 혼자 공상하며 노는 걸 좋아했거든요. …… 예, 친구가 많기는 했지만 하루 종일 친구들과 있을 수는 없잖아요. 아마 집에 있는 동안 소꿉장난하듯이 만들었겠죠. 어른들에게 말 못하는 고민도 서로 털어놓고 신나는 일이 있으면 자랑도 하고. 그러고 보니 저는 꼬마 때부터 이쪽 방면으로 소질을 타고났던 모양입니다.

물론 오래전에 기억 저편으로 사라진 친구들입니다. 그런데 제리의 손을 보고 우빈이를 떠올린 건 그 애도 손에 희귀한 기형이 있었기 때문이에요. '선천성 요척골 유합증'이라고, 팔뚝에 있는 뼈 두 개가 붙어서 아래팔의 회전이 잘 안 되는 기형이죠. 그래서 우빈이는 손바닥을 위로 향하는 동작을 할 수가 없었어요. ……그러게요. 쪼끄만 놈이 야무지게도 상상의 나래를 펼쳤네요. 아마 TV나 백과사전에서 그런 기형에 대해 나온 걸 보고 갖다 붙였겠죠. 왜, 어릴 때일수록 특이한 상상에 끌리지 않습니까.

 혹시 제리가 그 옛날의 우빈이 아닐까? 전혀 황당무계한 억측은 아니라고 생각했어요. 상상 친구가 성인이 되어서도 따라다니는 영화를 본 적도 있거든요. 제목이 뭐였더라? 피비 케이츠가 주연으로 나왔는데…… 생각이 안 나네요. 아무튼 우빈이는 당시 저를 가장 자주 찾아오는 친구였어요. 나는 잊고 지냈지만 절친한 상상 친구였던 우빈이가 내 무의식 속에서 계속 함께 머물렀던 게 아닐까? 어릴 때의 모습을 그대로 간직한 채. 그래서 제리에게 물어봤죠. 우빈이란 애를 아느냐고. 제리는 고개를 세차게 젓더군요. 눈길을 피하며 우물쭈물 얼버무리는 품이 적이 미심쩍긴 했지만, 믿어야죠. 내가 나 자신에게 거짓말할 까닭이 없지 않겠어요?

 과거 얘기를 하느라 한참 돌아왔네요. 제가 어디까지…… 아, 유대감. 톰과 제리, 그리고 나. 우리 세 사람은 한동안 기묘한 동거를 계속했습니다. 거칠고 제멋대로인 한량이 되어 신나게 즐기고, 소심한 자폐증 예술가가 되어 자기만의 세계에서 작품 활동을 하고, 저는 사회생활을 책임지며 그들을 아우르고. 각자가 원하는 대로 지내면서 그 모든 걸 함께 느낄 수 있다는 게 좋았습니다. 그런 게 진정한 교감 아니겠어요? 제리도 차츰 우리에게 마음을 열면서 말주변이 늘었어요. 셋이서 기숙사 룸메이트처럼 드라마를 보며 추임새를 넣고, 밖에서 있었던 일에 대해 의견을 나누고, 저녁 메뉴를 두고 입씨름도 벌이고…… 누군가 그 광경을 봤다면 당장 병원에 전화했겠죠. 하하. 정말 아파트에 세 사람이 사는 것 같았어요. 그 생활이 나쁘지 않았습니다. 무료한 일상 탈출을 위한 취미를 넘어 하나의 가족이 새로 생긴 기분. 그 덕분인지 직장에서도 제가 한결 밝아졌다며 한마디씩 건네더군요. 그래요, 나쁘지 않았어요. 계속 그렇게 지낼 수만 있었다면.

그런데 말입니다, 언제부턴가 우리 주위에 미묘한 이물감이 감지되는 겁니다. 미지의 공간이랄까 미세한 흔들림 같은 게. 소리인지 냄새인지 촉감인지도 모르겠지만, 분명 누군가의 부피만큼 공기가 흐트러진 느낌. 문득 지하실에서 무언가 어른거리기도 했어요. 서둘러 내려가보면 항상 텅 비어 있더군요. 여전히 눅눅한 습기와 곰팡내, 창백한 달빛에 허리 꺾인 제 그림자만 우두커니 벽에 붙어 있고. ……아뇨, 제리 때와는 달랐습니다. 제리는 처음부터 확실한 몸이 있었죠. 물질로서의 존재감. 하지만 이건 뭐랄까, 적막 그 자체가 누군가 내쉰 숨결 같았어요. 방에 스며든 냉장고 소음처럼, 사라지고 나면 더 도드라지는 존재. 톰과 제리에게도 물어봤죠. 혹시 저 아래 다른 누군가가 있지 않느냐고. 톰은 콧방귀를 뀌며 빈정거리더군요. 거기가 무슨 병아리 부화장이냐, 또 하나 찍어낼 생각이면 제리 같은 반푼이 말고 화끈한 글래머가 좋겠다. 제리도 모르겠다며 고개만 저었어요. 자기는 지금 이대로가 좋다고.

처음에는 신경과민이라 생각하고 넘겼습니다. 다중인격 놀이의 부작용인가 싶어 쓴웃음을 지었죠. 하지만 시간이 지날수록 톰과 제리가 저에게 뭔가 감추고 있다는 의심이 들었어요. 괜한 억측이 아닙니다. 하루는 톰이 밖에서 고주망태가 되어 들어왔어요. 몸도 가누지 못하고 여기저기 부딪치다가 그대로 침대에 뻗었죠. 오랜만의 유흥에 기분이 좋았는지 노래도 부르고 꼬부라진 혀로 횡설수설하더군요. 그냥 혼잣말이겠거니 했는데, 듣다 보니 누군가와 킬킬거리며 대화를 나누고 있는 겁니다. 저도 제리도 아닌 누군가와. 정신이 흐리마리한 상태라 내용이 귀에 들어오지는 않았지만, 잠에 빠져들기 직전 그 말만은 똑똑히 들었어요. 겁내지 마, 친구. 분노야말로 순수하고 인간적이지. 자신이 누구인지 가장 잘 알게 해주거든.

다음 날 저는 톰에게 물었습니다. 어제 누구와 얘길 나눈 거냐고. 딱 잡아떼더군요. 자기는 술이 떡이 돼서 바로 잤는데 무슨 헛소리냐. 오히려 웬 잠꼬대를 그렇게 주절주절하냐고 되레 저한테 짜증을 내는 겁니다. 자다가 몇 번이나 깼다고. 너도 듣지 않았느냐고 제리를 추궁했지만 묵묵부답이었어요. 자기는 지금 이대로가 좋다는 말만 반복하더군요. 왠지 겁먹은 음성으로.

그 무렵부터였어요. 우리 사이에 균열이 가기 시작한 게. 발단은 톰의 그 독살스런 입방정이었습니다. 와이프가 이번 겨울방학에는 못 나온다고 연락이 왔어요. 선우가 캐나다의 무슨 교육 프로그램에 참가하기로 했다나. 괜찮다고 했지만 실망이 컸죠. 이번 겨울의 가족 상봉을 무척 고대하고 있었거든요. 애가

스키를 배웠다기에 여름휴가도 안 쓰고 미리 콘도까지 예약해 놓았는데. 병신, 그 말을 믿어? 톰이 대뜸 퉁을 놓더군요. 얼어 죽을 교육 프로그램은 무슨, 양놈 맛을 본 거야. 걔들 자지가 좀 크냐. 너도 온갖 뻘짓거리 하고 다니는데, 네 마누라라고 가랑이에 거미줄 치고 살겠어? 오, 제임스! 오, 마이클! 퍽 미! 더 세게! 하긴 그것도 교육은 교육이지. 말 같지도 않은 소리 집어치우라고 윽박질렀지만 톰은 멈추지 않았습니다. 날이 갈수록 심해졌죠. 원래 말을 함부로 내뱉는 친구였지만 전처럼 짓궂게 비아냥대는 수준이 아니었어요. 거기는 조그만 동양 여자들에 환장한다더라, 지금 네 와이프가 팔뚝만 한 검둥이 거시기를 입이 터져라 빨아대는 장면이 보이지 않느냐, 선우는 마약에 찌들어 감방에서 털북숭이들한테 항문이나 대주는 신세가 될 거라며 애까지 걸고넘어지는데, 정말…… 이유는 모르겠지만 작정하고 저를 흔들어대더군요. 너는 다시는 가족을 만나지 못할 거라고. 개미처럼 허리가 휠 때까지 돈이나 벌어 부치다가 골방에서 반쯤 썩은 시체로 발견될 거라고.

아예 톰을 불러내지 않았습니다. 하지만 속에서 혼자 지껄이는 것까지 막을 수는 없었죠. 키득거리는 비웃음이 넝쿨처럼 타고 올라와 고막 안쪽을 손톱으로 긁어대는데, 마음이 점점 심란해지는 건 어쩔 수 없더군요. 그렇잖아요, 아무리 터무니없는 말이라도 계속 듣다보면 혹시나 싶고, 연상이란 건 자꾸 부정적인 쪽으로만 새끼를 치고. 그럴수록 밖으로 나돌며 술과 환락에 매달리게 되었습니다. 그 순간만큼은 아무 생각 없이 즐길 수 있었으니까요. 그러자니 다시 톰의 힘을 빌릴 수밖에 없더군요. 술에 취한 톰은 더욱 악랄하게 제 불안을 헤집어놓고. 그 우스꽝스런 악순환이 하루가 멀다 하고 반복되는 겁니다. 가학과 피학을 한 몸으로 느끼는 심정, 아십니까? 오른손에 강판을 쥐고 왼손을 갈아대는데, 그걸 멈출 수가 없는 심정 말입니다.

　제리도 차츰 변해갔어요. 여기, 손에 이것 좀 보세요. 화상이에요. 부엌에서 라면을 끓이고 있었는데 제리가 갑자기 나오더니 가스레인지 불길에 손을 밀어 넣은 겁니다. 제가 우격다짐으로 끌어내지 않았다면 손을 다 태워버릴 기세였어요. 누가 나오든 몸은 온전한 상태로 보존하는 게 우리 사이의 불문율이었습니다. 일종의 공공 기물이니까요. 그런데 제리가 그걸 깬 겁니다. 왜 그랬느냐고 물어도 입을 꾹 다물고 대답을 않더군요. 한동안 마음을 여는가 싶었는데 제리는 처음보다 더 폐쇄적이 되어갔어요. 크레파스를 부러뜨릴 듯 꽉 움켜쥐고 그림만 그렸죠. 그런데 일부러 그러는 건지 그림도 점점 엉망이 되어갔어요. 선이 거칠어지고 비례는 맞지 않고 색도 제멋대로고. 마치 처음 미술을 배우는 어린애들처럼 말입니다. 이제는 다른 그림을 모사하지 않고 혼자 창작해서 쓱쓱 그렸는데, 정말 기괴하기 짝이 없더군요. 집이나 사람이 불타는 장면, 펜치로 사람 몸을 조각내는 장면, 두 다리가 없는 대신 날개가 달린 아이…… 누구든 죄를 지었으면 죗값을 치러야 해. 무엇에 씐 듯한 눈빛으로 불쑥 웅얼거릴 때면, 등골이 다 오싹하더라고요.

　우리 집은 더 이상 세 명의 룸메이트가 복작대는 활기찬 기숙사가 아니었어요. 한 감방에 수감된 죄수들처럼 서로 으르렁거리며 신경전을 벌였죠. 불안과 자학에 빠져 연일 폭음에 수면 부족에, 직장 생활도 엉망이 되어갔습니다. 반쯤 얼이 빠져 있다가 느닷없이 히스테리를 부리고, 어처구니없는 실수를 연발했죠. 동료들이 슬금슬금 저를 피하더군요. 위에서도 제 모가지를 노리는 게 뻔히 보였고. 그만 이 놀이를 멈춰야 한다고 생각했지만, 이미 제 마음대로 할 수 있는 상황이 아니었습니다. 제리는 고집불통이 되어 멋대로 들락거렸고 톰마저 제 통제를 벗어나고 있었어요. 동전이 어느새 톰의 손으로 넘어간 것 같더군요. 그저 돈을 벌고 의례적인 사회생활이 필요할 때에만 동전을 던져 나를 불러내는 게 아닌가……

　……예? 우빈이 말입니까? 글쎄요, 워낙 오래전 일이라. 생각을 좀 해보죠. 강우빈, 우빈이는…… 그러고 보니 우빈이가 만화 '톰과 제리'를 좋아했어요. 톰과 제리가 항상 손등을 위로 향하고 있어서 마음에 든다나. 당연한 거죠. 짐승이니까. 아무래도 자기 손의 콤플렉스 때문에 그런 부분을 유심히 살펴보게 되나 봐요. 손…… 그래요, 항상 부르트고 물집이 잡힌 불그스름한 손이 떠오르네요. 여름이고 겨울이고 하루에 수십 번씩 찬물로 박박 문질러댔으니 그럴 수밖에요. 냄새 때문이었어요. 화장실에서 대변을 보고 나면 닦는 게 쉽지 않아 손에 변을 묻히

기 일쑤였죠. 씻고 또 씻어도 자꾸만 냄새가 난다고, 그래서 사람들이 자기를 더 싫어하는 것 같다고. 손의 기형 때문에 우빈이는 많이 힘들어했어요. 연필도 똑바로 못 쥐고 구슬치기 하나 제대로 못하니 친구들에게 늘 따돌림을 당했죠. '손등병신'이라고 놀림을 받고. 어른들도 마찬가지였습니다. 우빈이는 공손하게 양손을 모아 벌리는 동작을 할 수가 없었어요. 사탕이건 거스름돈이건 공책이건, 모든 걸 빼앗듯이 낚아챌 수밖에 없었죠. 사람들은 우빈이를 사납고 예의 없고 탐욕스런 아이라고 지레짐작해버렸어요. 알지도 못하면서.

 이런, 신기하네요. 까맣게 잊고 있던 일들이 새록새록 떠오르네요. 공구 벨트도 생각납니다. 왜, 전기 기사들이 공구를 꽂아 허리에 두르는 가죽 벨트 있지 않습니까. 우빈이 아버지가 동네 전기 기사이자 배관공이자 목수를 겸하는 만능 일꾼이었죠. ……예, 부모까지 다 설정해서 상상했습니다. 제가 성격이 꼼꼼했거든요. 괜히 회계사가 되었겠어요? 우빈이는 아버지가 그 벨트를 차고 철그럭 철그럭 소리를 내며 걷는 모습이 마치 서부영화에 나오는 총잡이 같다고 했어요. 총 대신 드라이버와 펜치 같은 게 꽂혀 있었지만. ……예, 물론이죠. 우빈이가 가장 좋아하는 공구였는걸요. 멍키스패너는 목에 조절 나사가 있어 볼트를 무는 입이 움직이잖아요. 그게 로봇 기계장치처럼 신기했던 거죠. 멍키로 자기 손가락이나 손목을 조여 돌리다가 상처가 나기도 했어요. 고쳐보겠다고 그런 거죠. 아빠가 고장 난

가전제품이나 배수관을 척척 고쳐내는 것처럼.

……예? 하아, 선생님은 저보다 상상 친구인 우빈이에게 더 관심이 많으신 거 같군요. 글쎄요, 그런 것까지야…… 아, 생각나네요. 우빈이는 원래 왼손잡이였어요. 그런데 아버지가 왼손으로 밥을 먹지 못하게 했죠. 재수 없다고. 왼손을 쓸 때마다 식탁 너머에서 큼지막한 손바닥이 날아왔어요. 하지만 갑자기 오른손으로 젓가락질이 되나요. 가뜩이나 손이 그 모양인데. 한동안 아버지 눈치를 살피며 숟가락으로 밥과 국만 퍼먹어야 했죠. ……우빈이 부모요? 원, 우리 부모님도 가물가물한 판에. 우빈이 부모라…… 그게 중요한가요? 제 사건하고는 관계가 없는 것 같은데. ……예예, 생각하고 있습니다. 재촉하지 마세요, 선생님. 나 참, 그게 언제 적 일인데. 우빈이 부모…… 걔 부모는 말이죠…… 쓰레기였어. 인간쓰레기들. 애비는 주정뱅이 망나니에 에미는 줄기차게 맞아서 맛이 살짝 간 상태였지. 허구한 날 치고받고 던지고, 씨발, 멋쟁이 부부였어. 뭐, 다 좋다 이거야. 살다보면 가족끼리 싸울 수도 있고 그렇지, 어떻게 좆나게 화목하게만 살겠어? 안 그래? 그래도 말이야, 애새끼를 병신으로 싸질러놨으면 최소한의 책임은 져야 될 거 아냐. 씨발, 거 뭐냐, 국방의 의무, 세금의 의무, 부모의 의무, 그런 거 있잖아. 애를 학대로 기절할 때까지 후려 패라고 애비가 있는 게 아니잖아. 아주 살에 착착 감기는 게 인디애나 존스 저리 가라야. 그, 그, 그건…… 걔, 걔가 자, 자, 자전거…… 후, 훔

쳤어…… 나, 남의 거…… 후, 훔치면 아, 안 돼…… 미카엘라 수녀님도…… 그, 그랬어. 그 할망구야 늘 씨부리는 직업적 멘트고. 돈이 필요하니깐 훔쳤지. 돈! 머니! 병원에서 수술만 하면 좋아질 거라는데, 씨발, 부모라는 게 하는 말이 돈이 없대요. 술 처먹고 오입할 돈은 있고, 화투판에 꼴아박을 돈은 있고, 응? 애새끼가 왕따를 당하건 손에 똥을 처바르건, 둘 다 전혀 관심이 없었어요. 어쩌겠어? 새 나라의 어린이는 스스로 좆나게 수술비를 법니다. 소, 소, 손…… 그, 그런 건…… 누, 누구 타, 타, 탓…… 아, 냐. 도, 도, 도둑질은 나, 나…… 빠. 걔, 걔가 나, 나쁜…… 지, 짓, 한…… 거, 거야. 하아, 이 새끼 또 찐따 같은 소리 하네. 네가 그러니까 병신 소리 듣는 거야. 그럼 대갈빡에 피도 안 마른 새끼들이 친구를 병신이라고 까는 건 예쁜 짓이냐? 씨발, 애비라는 인간이 혁대에 맞아 기절한 애새끼를 캄캄한 지하실에 밤새 가둬놓는 건 아름다운 짓이야? 쓰레기들. 닥터 선생, 쓰레기는 어떻게 해야 돼? …… 분리수거는 무슨, 소각장에서 화끈하게 태워 없애야지. 큭큭, 결국 새카맣게 타버렸어. 쥐새끼처럼 오그라들었지. 쯧, 그러게 자나 깨나 불조심을 해야 되는데 말이야. 아, 아…… 그…… 그, 그건, 걔, 걔가…… 너, 너무 까, 깜, 깜해…… 깜깜해…… 초, 초, 초를…… 그, 그림, 그림자…… 치, 친구들…… 아, 아…… 그, 그…… 서, 서, 석유…… 아, 아, 안 되는데. 그, 그, 그러면…… 아, 안…… 죄, 죄, 죄…… 지,

지, 지었어. 죄, 죄…… 지으면…… 죄, 죄, 죄…… 어우, 답답해. 씨 씨 씨 씨발, 죗값을 치러야 된다, 이거 아냐. 옳소! 좆나게 맞는 말이다. 죗값을 치른 거지. 모든 게 다 하늘의 뜻이야. 할렐루야!

선생님, 잠깐만요. 머리가 깨질 것 같네요. ……예, 잠깐 숨 좀 돌리면 괜찮겠죠. 이런 적은 처음이에요. 이렇게 제멋대로…… 하아, 역시 제리가 거짓말을 했군요. 우빈이는 알지도 못한다고 하더니. 톰도 마찬가지고. ……예, 우빈이도 저와 비슷한 일을 겪었어요. 어느 날 밤 집에 불이 나서 모든 걸 태워 버렸죠. 자고 있던 그 애의 부모도 함께. 불행한 사고였어요. 교통사고처럼. ……모르겠어요, 우빈이는. 그때 같이 죽은 건지도 모르죠. 시체는 발견되지 않았지만. 아무튼 그 화재 사고 이후 사라졌어요. 다시는 저를 찾아오지 않았습니다. ……예, 맞습니다. 저랑 똑같은 아홉 살 때였어요. 어떻게 아셨죠?

얘기가 길어졌네요. 그날 있었던 일을 말씀드릴게요. 그 마트에는 책을 사려고 들렀습니다. 와이프가 선우 국어와 한자 자습서를 몇 권 보내달라고 했거든요. 휴일이라 아이를 데리고 나온 젊은 부부들이 많더군요. 한창 책을 고르고 있는데 어디서 투박한 말소리가 들리는 겁니다. 네가 잘했어, 잘못했어? 서점 한구석에 목이 굵은 스포츠머리 남자가 대여섯 살쯤 되어 보이는 사내애 앞에 쪼그리고 앉아 있더군요. 한 손으로 뺨을 꼬집어 잡고서. 잘했어, 잘못했어? 응? 집요하게 고해성사를 강요하는 울림이 점점 높아졌습니다. 주위 사람들까지 자신의 과거 죄상을 떠올리는지 덩달아 뜨악한 표정이 되었죠. 자습서를 찾으며 매대를 훑다 보니 저는 그들 바로 옆에 서게 되었어요. 보라색 포대기에 여자애를 들쳐 업은 아주머니가 옆에서 힘없이 남자를 말리더군요. 얼핏 봐도 스포츠머리는 돈푼깨나 있는 행색이었고 아주머니와 아이들은 영 꼬질꼬질한 차림새였죠. 누나가 자꾸 그렇게 감싸고도니깐 애 버르장머리가 이따위잖아! 남자는 아버지가 아니라 외삼촌인 모양이었습니다. 진짜 삼촌인지 뭔지는 모르겠지만. 네가 잘했다는 거야? 남자의 손에 다부지게 힘이 들어갔고 아이의 뺨은 벌겋게 부어올랐죠. 꼬마 녀석도 눈을 내리깐 채 입을 앙다물고 버티는 게 보통 강단이 아니더군요. 포대기에 싸인 애먼 여자애가 오빠 대신 울먹이며 엄마 등을 파고들었죠. 노란 고무줄로 분수처럼 묶어 올린 앞머리가 헝클어졌어요. 스포츠머리가 돌연 꼬마가 옆구리에 끼고 있던 알록달록한 상자를 거칠게 빼앗더니 면전에 대고 흔들어댔습니다. 너 잘못했다고 안 하면 이거 없어. 가서 돈으로 무를 거야. 상자의 투명 창을 통해 덜컹거리는 노란 포클레인이 보였어요. 아이의 눈동자가 흔들리더니 금세 그렁그렁해졌죠. 하지만 옴죽거리는 입술을 앞니로 꽉 깨물더군요. 허, 이 새끼 이거 곤조 부리는 거 봐. 남자가 뺨을 잡은 손을 앞뒤로 흔들자 아이의 얼굴이 힘없이 딸려 다녔습니다. 잘했어, 잘못했어? 빨리 말 안 해! 남자의 목소리는 서점을 쩌렁쩌렁 울릴 정도로 커졌지만 점원들도 고객들도 애써 그쪽을 외면하더군요. 민석아, 삼촌한테 얼른 잘못했다고 하고 자동차 받아야지. 너 저거 그렇게 갖고 싶다고 졸랐잖아. 꼬마 녀석의 얼굴은 갈망과 억울함 사이에서 복잡하게 일그러졌습니다. 아이를 노려보는 남자의 표정도 이미 훈계의 차원을 넘어섰어요. 그쯤 되면 사나이 대 사나이의 자존심 대결이었죠. 하지만 처음부터 상대가 안 되는 싸움 아닙니까. 남자가 뺨을 더 세차게 흔들어대자 아이의 몸은 꼭두각시처럼 춤을 췄어요. 결국 콧잔등을 실룩이더니 와락 눈물을 쏟아내더군요. 잘못했어요, 잘못했어요. 꼬마가 통곡하며 무조건항복을 선언했습니다. 하지만 상대는 그에 만족하지 않더군요. 어쭈, 사내새끼가 울어? 뚝 그쳐. 안 그쳐? 어디서 병신같이 질질 짜고 지랄이야. 아이는 연신 콧물을 들이마시며 눈물을 멈춰보려 했지만, 한 번 터진 울음보가 어디 억지로 닫힙니까? 격하게 흐느끼느라 숨쉬기도 힘들어 보였습니다. 이거 가져가서 뭘 거야. 울면서 땡깡 부리는 놈한테 선물은 무슨 선물이야. 스포츠머리는 아이의 뺨을 집어던지고 일어섰습니다. 작은 소동은 그렇게 끝이 났죠. 선생님, 저는 말입니다...... 그 아이가 끝까지 아무 말도 하지 않기를 바랐습니다. 울지도 말고, 입술을 깨물고 조금만 더 버텨주기를. 그냥 조금만 더.

  갑자기 동전 떨어지는 소리가 나더니 톰이 제멋대로 나왔습니다. 서점에서 나오다니 별일이었죠. 톰은 빠른 걸음으로 서점을 나와 생활용품 매장으로 가더군요. 이봐, 어디 가는 거야?

책을 아직 못 샀어. 책은 좀 이따 고르자고 친구. 급하게 살 게 있어. 톰은 공구를 파는 진열대에서 멍키스패너 하나를 뽑아 들고 계산대로 갔습니다. 12인치짜리 묵직한 놈이었죠. 그건 왜 사는 거야? 싱크대 배수관이 고장 났잖아. 수리하려면 이게 필요해. 무슨 소리야? 싱크대는 멀쩡한데. 그럼 변기가 고장 났나? 씨발, 아무렴 어때. 집에 멍키 하나쯤 있으면 편하다고. 톰은 멍키스패너를 외투 주머니에 쑤셔 넣고 주위를 두리번거리더니 화장실로 들어갔어요. 세면대 선반에 알록달록한 상자가 대번에 눈에 들어왔습니다. 노란 포클레인. 스포츠머리가 거울을 들여다보며 손을 씻고 있더군요. 알 수 없는 불안감에 저는 톰을 불렀습니다. 그런데 톰은 어느새 들어가고 대신 제리가 나와 있는 겁니다. 깜짝 놀랐죠. 제리가 집 밖에서, 그것도 사람들 앞에서 나오기는 처음이었으니까요. 제리는 주춤주춤 스포츠머리에게 다가가더니 손가락 끝으로 그의 어깨를 조심스럽게 두드렸습니다. 그가 멀뚱히 돌아보았죠. 뭐요? 저, 저, 저 포, 포클…… 포클, 레, 레인…… 애, 애, 애, 애한테…… 도, 도, 돌, 돌려…… 주, 주세요. 목까지 벌겋게 상기된 제리는 평소보다 더 심하게 더듬거렸습니다. 스포츠머리는 황당한 표정이더군요. 나 참, 댁이 뭔 상관이요? 그는 돌아서서 종이 타월로 손을 닦더니 상자를 옆구리에 끼었습니다. 그의 어깨를 잡는 제리의 손마디에 힘이 들어가는 게 느껴졌어요. 그, 그, 그거…… 애, 애, 애…… 한테, 도, 도, 돌려…… 주세요. 뭐야, 이 병신 새끼가! 스포츠머리가 제리를 힘껏 밀어젖혔습니다. 제리는, 톰은, 저는, 뒤쪽 타일 벽에 머리를 부딪쳤어요. 아주 세게 부딪쳤는데 아픔은 전혀 느껴지지 않더군요. 오히려 즐거웠어요. 몸속 깊은 곳에서 하얀 액체가 용암처럼 솟구쳐 혈관 구석구석 퍼지는 기분이었어요. 눈앞이 아른거렸죠. 그러다가 잠이 들었어요. ……아뇨, 기절한 게 아니라 잠에 빠져들었어요. 나도, 톰도, 제리도, 아주 나른하고 편안하게. 꿈도 꾸었는걸요. 온통 노랑으로 뒤덮인 해바라기 밭에 누워 있는데, 수많은 나방들이 내 몸에서 솟구쳐 올라, 크고 검은 새가 되어 날아가는 꿈.

얼마나 지났는지, 다시 정신이 돌아왔지만 여전히 꿈을 꾸듯 몽롱했습니다. 화장실을 나와 반질반질한 통로를 걷는 한 남자가 보이더군요. 휘우듬하게 흔들리면서 한 발 한 발 신중하게 내딛는 모습이 첫걸음마를 떼는 어린아이 같았어요. 하지만 사람들은 저승사자라도 본 것처럼 그의 앞에서 외마디 비명을 지르며 갈라졌죠. 그럴 수밖에요. 그의 얼굴이며 손이며 외투며 온통 피 칠갑이었으니까. 사방으로 뛰고 뒤엉켜 넘어지고 주저앉아 울부짖고, 난리도 아니었죠. 도망가지 않은 건 작은 꼬마 하나뿐이었습니다. 빨갛게 충혈된 눈에 뺨에는 시퍼런 멍 자국이 찍힌 꼬마. 둘은 관객이 둘러싼 원형 무대 한가운데 마주 섰어요. 녀석이 남자의 손에 들린 상자를 안 보는 척 곁눈질하는 표정이 재미있더군요. 남자는 꼬마 앞에 한쪽 무릎을 꿇고 앉아 피 묻은 손으로 상자에서 노란 포클레인을 꺼냈습니다. 한 손으로 차체를 잡고 다른 손으로 삽이 달린 긴 팔을 움직여 허공에서 땅을 파는 시늉을 했어요. 우웅 우웅, 입으로 효과음까지 내면서. 꼬마는 남자가 하는 양을 무표정하게 지켜보기만 했죠. 남자가 포클레인을 내밀자 녀석은 코를 훌쩍이며 머뭇거리더군요. 뒷짐을 쥔 손이 엉덩이 위에서 꼼지락거렸죠. 잠시 남자의 눈을 빤히 들여다보던 꼬마가, 주뼛주뼛 두 손을 내밀어 포클레인을 받아 들었어요. 그리고 웃었습니다. 퉁퉁 부은 눈두덩을 환하게 일그러뜨리며 웃었어요. 피가 덕지덕지 묻은 노란 포클레인을 품에 꼭 끌어안고. 선생님도 보셨어야 되는데. 정말이지, 근사한 미소였어요. …… 예? 그때 저는 어디 있었냐고요? 글쎄요…… 그게 중요한가요?

마녀의 스테레오타입에 대한 고찰

휘뚜루마뚜루 세계사 1—

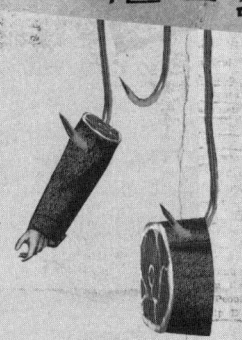

둥근 챙에 뾰족한 고깔모자, 짧은 어깨망토, 앙증맞은 빗자루. 요즘 거리에 나가보면 어렵지 않게 만날 수 있는 패션 아이템들이다. 고깔모자에는 원색의 큼직한 리본을 두르거나 별, 초승달, 박쥐 문양을 수놓았고, 모자챙도 철사로 빳빳하게 세운 것, 펠트 천으로 하늘거리게 만든 것, 카우보이모자처럼 양옆을 둥글게 말아 올린 것 등 다양하다. 패션 소품으로 인기를 끌고 있는 빗자루는 대나무에 수수 다발을 엮은 일반형에서 벗어나 차츰 고가화되는 추세이다. 최근에는 공작새의 꽁지깃으로 비를 매고 자루에 터키석을 장식한 한정판 수제품까지 출시되었다.

시장에서 새로운 트렌드로 급부상하고 있는 일명 '마녀 패션'에 대해 젊은 세대들은 어떤 생각을 가지고 있을까? 인터넷 패션 쇼핑몰을 운영하는 아라디아 양의 얘기를 들어보자.

"작년에 유행했던 고딕 패션이 무채색으로 도시적 섹시미를 강조했다면, 마녀 패션은 전통 소품을 사용하면서도 화사한 색으로 깜찍하게 코디하는 게 특징이에요. 예전에야 마녀라고 하면 생김새도 흉하고 이미지가 안 좋았지만 「마녀 배달부 키키」나 「오쟈마녀 도레미」 「슈가 슈가 룬」[1] 같은 귀엽고 예쁜 캐릭터들이 나오면서 인식이 많이 바뀌었어요. 이젠 마녀라는 걸 굳이 감출 필요도 없고, 고유의 클래식한 멋을 살리면서 개성을 발휘할 수 있어 더 인기를 끄는 것 같아요."

그녀의 말처럼 최근 판타지 열풍에 힘입어 영화나 애니메이션, 온라인 게임 등에는 호의적인 이미지의 마녀들이 많이 등장한다. 쏟아질 듯한 눈망울을 가진 귀여운 마녀, 아찔한 의상을 걸친 팔등신 섹시 마녀, 차밍 스쿨을 100년은 다닌 듯한 우아한 마녀 등등. 또한 세계적으로 흥행에 성공한 「해리 포터」 시리즈에서는 빗자루를 타고 날아다니며 퀴디치 게임을 하는 장면이 영화의 백미로 꼽힌다. 청소년들 사이에서는 이들의 스타일을 모방하는 차원을 넘어 적극적으로 문화 콘텐츠 속 마녀로 진출하려는 경향이 유행처럼 번지고 있다. 이렇듯 마녀라는 아이템은 — 상업적으로 변형된 이미지이기는 하지만 — 어느새 인간

---

[1] 이 간지러운 이름들은 마녀 캐릭터가 등장하는 일본 애니메이션이라고 한다.

세계 속에 친근한 모습으로 자리 잡았다.

불과 몇십 년 전까지만 해도 주로 동화나 만화영화를 통해 알려진 마녀는 지금과 사뭇 달랐다. 큰 매부리코에 검은 고깔모자, 철필로 쇠를 긁는 듯한 웃음소리, 숲 속의 음산한 오두막에서 펄펄 끓는 가마솥에 박쥐 눈알이나 개구리 혓바닥 같은 혐오 식품을 집어넣는 모습이 연상되었다. 그녀들은 백설공주에게 독이 든 사과를 먹인 암살범이자, 일회용 다리를 미끼로 인어공주의 목소리를 빼앗은 협잡꾼이며, 라푼젤을 탑에 불법 감금한 납치범이었다. 동화 속 마녀는 이야기를 위기로 몰아넣고 결말에서 주인공의 행복을 위해 가차 없이 제거되는 어설픈 악당이었다.

그 이전의 마녀는 어땠을까? 시간을 500년 정도만 더 거슬러 올라가보자. 중세 말 근세 초의 마녀는 신이 다스리는 세상을 전복시키려는 악마의 하수인이었다. 눈에 띄는 즉시 태워 없애야 하는 전염병 같은 존재. 마녀 배달부나 퀴디치 게임은커녕 빗자루를 다리 사이에 끼우기만 해도 목숨이 위태롭던 시절이었다.

시대의 흐름에 따라 변해온 스펙트럼 어디쯤에 우리 마녀들의 참된 정체성이 있는 걸까? 결론부터 말하자면, 이 모든 마녀들은 우리와 전혀 관계가 없다. 빗자루나 고깔모자도 '고유의 클래식한 멋'과는 거리가 멀다. 새롭고 독특한 것을 찾아 돌고 도는 패션 트렌드를 두고 일일이 이데올로기를 논하는 것은 공연한 생트집일 것이다. 하지만 자유로운 개성의 추구와 무분별한 맹종은 구별되어야 한다. 마녀들조차 잘못 알고 있는 대중문화 속 마녀의 모습은 인간의 순수 창작품이다. 그것도 전부 폐기되었어야 할 불량품들. 마녀에 대한 이미지가 아무리 호의적으로 바뀐다 하더라도 그 기원은 결국 인간이 우리에게 씌운 굴레일 뿐이다.

 그렇다면 마녀와 인간은 왜 오랜 시간 이토록 기형적인 공존을 할 수밖에 없었을까? 그 대답은 '마녀사냥'이라 불리는 역사적 사건과 그로 인한 마녀의 스테레오타입 형성 과정에서 찾을 수 있다. 본 기고문은 각계 원로들의 생생한 증언을 바탕으로 500년 전 마녀사의 전환점에서 무슨 일이 있었는지 살펴보고, 이를 통해 점점 희미해져가는 우리의 정체성을 되짚어보는 계기를 마련하고자 한다. 본문 중 인터뷰 내용은 각자의 개인 견해임을 전제로 하며, 불필요한 오해의 소지를 없애기 위해 발언 내용을 가감 없이 그대로 실었음을 밝히는 바이다.

 먼저 인간의 역사에 새겨진 마녀사냥의 단편들을 살펴보자. 마녀사냥은 15세기에서 18세기에 걸쳐 유럽 전역에서 지속되었다. 남아 있는 사료가 부실한 관계로 희생자 규모에 대해서는 수만에서 수백만까지 추측만 무성할 뿐이니, 그 중간 어디쯤으로 잡으면 될 것 같다. 1627~29년 뷔르츠부르크 시의 마녀재판 기록에는 8~12세 아동을 포함한 157명의 처형자 명단이 남아 있다. 체계적인 고문으로 악명 높았던 밤베르크 '마녀의 집'에서는 1623~33년까지 최소 600명의 마녀를 불태웠다. 루앙에서는 두 명의 용의자를 고문하는 것으로 시작, 500명이 넘는 마녀를 색출하는 다단계의 진수를 보여주었다. 니콜라스 레미라는 재판관은 재직 기간 동안 약 900명의 마녀를 처형하고도 더 많은 마녀를 지옥으로 보내지 못한 것을 한탄하며 눈을 감았다고 한다. 엘반겐 주교구에서는 극도의 두려움으로 환각에 빠진 주민 수십 명이 스스로 마녀라며 자수하는 사태까지 벌어졌다.

유행은 항상 돈벌이와 연결되기 마련이니 곳곳에서 전문 마녀 사냥꾼도 등장했다. 대표적 인물인 영국의 매튜 홉킨스는 요상한 마녀 판별법을 앞세워 수많은 사람들에게 마녀 낙인을 찍고 큰돈을 벌었다. 그가 애용한 방법 중 하나는 용의자의 손발을 묶고 강물에 던지는 것이었다. 마녀는 세례를 받지 않았으므로 물이 거부한다는 믿음에 따라 물에 뜨면 곧바로 사형을 시켰다. 물에 가라앉으면 마녀 혐의는 벗는 대신 물귀신이 되기 일쑤였다. 홉킨스의 명성이 높아질수록 사람들은 의심의 눈초리를 보내기 시작했다. 마녀를 밝혀내는 그의 '귀신같은' 솜씨야말로 악마의 도움을 받은 것이라는 소문이 퍼졌다. 결국 사람들은 그의 손발을 묶고 강물에 던졌다. 매튜 홉킨스는 물에 동동 뜨는 바람에 교수형을 당했다고 한다.

마녀사냥이 장기간 계속되면서 이를 응용한 독특한 변형 사례들도 보고되었다. 프랑스의 한 수녀원에서는 신부에게 앙심을 품은 수녀들이 악마에 씐 연기를 하며 신부가 자신들에게 마법을 걸었다고 고발했다. 마침 신부를 벼르고 있던 정적들은 기다렸다는 듯이 신부의 발치에 수북이 장작을 쌓고 불을 붙였다. 여기까지는 평범한 범죄 스릴러인데 이후 사건은 급작스럽게 미스터리 스릴러로 전환된다. 지나친 몰입이 실제 악마를 불러들인 것일까? 연극이 끝났음에도 수녀들은 배역에서 헤어나지 못하고 오히려 광증이 더 심해졌다. 아랫도리를 훤히 드러낸 채 돌아다니고, 사람들 앞에서 음탕한 말을 지껄이고, 몸이 뒤틀리고, 혀가 검게 부풀어 오르고…… 말 그대로 혼이 담긴 연기의 진수를 보여준 셈이다.

　중세 말 근세 초를 화끈하게 휩쓸었던 이 광풍의 원인에 대해 많은 인간 학자들이 사회적 문화적 역사적 종교적 정치적 경제적 심리적 분석들을 내놓았다. 지면 관계상 일일이 소개할 수는 없으니 관심 있는 이들은 한번 찾아보기 바란다. 그런가 하면 마녀사냥은 과격한 인구 억제 정책의 일환이었다거나, 장작 수요를 늘리기 위한 나무꾼 조합의 음모였다는 이색적인 주장도 눈에 띈다. 이렇듯 하나의 사건에 대해 다양한 분석이 곁가지를 드리울수록 뿌리에서 솟은 원가지는 가려지기 마련이다. 혹자는 말한다. 과거 특정 시점의 현상을 현재의 세계관으로 판단하는 데에는 한계가 있다고. 당시는 태양이 지구 주위를 돈다는 학설이 정론으로 받아들여지던 시대였다고. 맞는 말이다. 하지만 현재의 우리는 과거 특정 시점 현상들의 집적이라는 점도 잊지 말아야 한다. 태양이 지구 주위를 돌건 토성이 원반던지기

놀이를 하건, 사람을 산 채로 불태우면 뜨겁다는 사실에는 변함이 없다.

그럼 당시 상황에 대해 헤카테 여신의 생생한 증언을 들어보자. 그녀는 마녀사냥이 한창이던 17세기 초, 주변의 만류를 뿌리치고 셰익스피어의 『맥베스』에 마녀들의 우두머리로 출연하는 무모함을 과시하기도 했다.

헤카테 (마법의 여신, 티탄족 페르세스와 아스테리아의 딸)
살벌한 시절이었지. 이건 아무나 걸리기만 하면 꼬챙이에 묶어 구워버리는데, 한 번에 수십 명, 수백 명 보내는 건 일도 아니었어. 그럴 때면 거무죽죽한 연기가 종일 마을 전체를 뒤덮었다네. 마녀가 사악한 마술을 부린다고 세상이 끝장날 것처럼 호들갑을 떨면서, 정작 마술은 자기들이 부리더군. "마녀다!" 소리치면서 손가락으로 가리키기만 하면 사람이 숯덩이로 변하는데 대단한 마술이지 뭐야.

마녀 1 : 가난한 과부나 노파 같은 약자들이 대부분이었어. 만만하니까.
마녀 2 : 잘나가는 높은 사람들이 걸려들기도 했지. 시기하는 자가 많거든.
마녀 3 : 점점 이력이 붙으니 나중엔 휘뚜루마뚜루 마구잡이였지만.

일단 잡히고 나면 선택은 둘 중 하나였어. 빨리 자백하고 화형당하거나 실컷 고문에 시달리고 나서 화형당하거나. 안타까운 일이야. 그런 집단 히스테리가 300년 넘게 지속되었다는 자체가 인간이 영혼의 균형을 상실했다는 증거 아니겠나. 그 때문에 마녀 세계와도 멀어지게 된 거고.

마녀 1 : 균형을 잃었어.
마녀 2 : 맥베스처럼.
마녀 3 : 우리 탓은 아니야.

내가 체면 불구하고『맥베스』에 출연한 것도 더 늦기 전에 마녀계와 인간계의 괴리를 바로잡아야겠다는 사명감 때문이었네. 그런데 메시지가 제대로 전달되지 않은 것 같아. 마치 우리가 순진한 맥베스를 꼬드겨 파멸시킨 것처럼 생각하니 오히려 역효과만 난 건 아닌지…… 사실 전하고 싶은 얘기는 단 한마디였다네.

마녀 1, 2, 3 : (합창으로) 아름다운 것이 더러운 것, 더러운 것이 아름다운 것이다![2]

---

2) 『맥베스』제1막 1장, 마녀들의 노래. 알려지다시피 헤카테 여신은 성격이 야물지 못해 일 처리가 엉성하다는 평을 듣는다. 그녀다운 애매한 암시가 인간들에게 얼마나 공허하게 들렸을지는 짐작하기 어렵지 않다.『맥베스』의 마녀 역할 역시 그녀의 우려대로 역효과만 났다는 의견이 지배적이다.

표현이 다소 투박하긴 하지만, 아마도 헤카테 여신은 신과 마녀와 인간이 함께 어우러져 평화롭게 지내던 시절을 상기시키고 싶었던 듯하다. 사실 평화로웠다고 하기에는 각종 스캔들과 암투가 끊이지 않았다. 자연히 사적인 원한 관계도 복잡하게 얽혔고. 그렇지만 상대방을 조직적으로 꼬챙이에 묶어 굽거나 하지는 않았다. 중요한 건 서로의 존재를 인정하고 공존했다는 점이다. 인간에게 훼손되기 전의 우리 모습, 마녀의 본령을 찾는 첫걸음도 여기서부터 시작된다.

밤의 여신 닉스를 기억하는가. 태초의 혼돈 카오스의 외동딸이자, 헤메라(낮)와 아이테르(창공), 타나토스(죽음), 네메시스(복수), 모이라 자매(운명) 등의 어머니인 그녀는 제우스조차 함부로 대하지 못하는 거물이었다. 우리 마녀들은 바로 그 닉스 여신의 피를 이어받았다. 자연히 몇몇 고위층 마녀들은 올림포스 신들과 동급의 대우를 받았고, 중진급 마녀들은 신을 보좌하는 역할을 맡았다. 그러나 대다수 하급 마녀들은 일찌감치 지상에 터전을 잡고 인간과 어울려 살았다. 몇 대에 걸쳐 살을 섞다 보니 물보다 진하다고 고집하기 어려울 만큼 피가 희석되었고, 외모나 생활 습관도 신보다는 인간에 가까워졌다. 하지만 마녀의 혈통은 타고난 영(靈)적 감수성을 간직하고 있었다. 마녀는 자연과 동물, 인간, 정령 들 사이를 이어주는 기의 흐름을 누구보다도 민감하게 감지할 수 있었다. 이러한 영적 감수성은 신과 인간의 세계에 걸쳐 있는 지정학적 특성과 함께 영욕의 마녀사를 설명해주는 주요 키워드가 된다.

그 시절 우리 마녀들의 업무는 하늘에 있는 704개 별자리의 운행을 관찰하고 통제하는 일이었다.[3] 대부분 별자리들이 지상에서 못 다 푼 사연을 하나씩 간직하고 승천한 이들이었기에 정서적으로 매우 예민한 상태였다. 자칫 사자자리의 꼬리와 처녀자리의 다리가 뒤엉키거나 하면 밤하늘에는 상당히 볼썽사나운 꼴이 연출되었다. 물론 그에 따라 지상의 많은 운명도 뒤죽박죽이 되었다. 이런 사태를 방지하기 위해 하급 마녀들이 매일 밤 관찰 결과를 상부에 보고했고, 선임 마녀들은 데이터를 분석해 별들의 항로를 조정했다. 임기제로 운영되는 마녀의 수장은 별자리 운행 결과를 정기적으로 닉스 여신에게 직접 보고했다.

우주의 질서를 수호하기 위해 보이지 않는 곳에서 묵묵히 일하는 거룩한 별지기. 이게 바로 우리 마녀의 본모습이다. 다만 이 중차대한 임무는 한없이 따분하다는 게 문제였다. 우주의 질서도 좋지만 매일 밤 불침번을 정해 산 위의 작은 신전에서 하늘만 바라보는 일은 무한한 인내심을 요구했다. 목 디스크와 수면 장애, 우울증은 마녀에게 가장 흔한 직업병이었다. 또한 특별한 기술을 요하지 않는 단순 노무직이었기 때문에 업무의 중요성에 비해 대우도 좋지 않았다. 이에 하급 마녀들이 심심풀이

---

[3] 인간세계에서는 국제천문연맹(IAU)이라는 곳에서 총 88개의 별자리를 공인했다는데, 아직 한참 멀었다.

겸 부업으로 선택한 것이 천체의 운행을 통해 인간의 운명이나 미래를 보여주는 점성술이었다.

허구한 날 눈이 빠지게 별을 관찰했으니 점성술을 개발하는 건 그리 어려운 일이 아니었다. 단, 인간들에게 직접적으로 운명을 발설하는 행위는 금기였다. 천기를 누설하는 순간 제우스의 날벼락이 떨어져 연기가 모락모락 나는 통구이가 되었다(비유적인 표현이 아니다). 때문에 마녀들은 애매모호한 상징이나 암시를 통해 인간에게 우주의 뜻을 전했다. 그것을 해석하고 대처하는 일은 인간들 각자의 몫이었다. 운명의 실타래를 헝클어 놓지 않는 선에서 행해지는 점성술 부업은 신들도 알고 있는 공공연한 비밀이었다. 우리의 넉넉지 않은 처지를 감안해 눈감아 주는 측면도 있었고, 가끔은 자신들의 이해관계를 위해 인간에게 오독하기 쉬운 신탁을 흘리는 통로로 악용하기도 했다(당시에는 오이디푸스 같은 청년이 비일비재했다).

점성술 외에도 전문 직업교육을 받은 마녀들은 인간세계 요소요소에서 유익한 활동을 했다. 헤라 여신에게 임신과 출산 심화 교육을 받은 마녀들은 산파로 인기가 높았으며, 아스클레피오스에게 본초학과 약제술을 전수받은 마녀들은 부족한 의사의 역할을 대신하기도 했다. 또한 아기의 장수나 암소의 임신 등 갖가지 기원을 담은 제례를 대행해주는 것도 마녀의 몫이었다. 워낙 신들이 많고 모두 녹록지 않은 성격의 소유자들인지라 적확한 절차에 따라 제를 올리는 것도 쉬운 일이 아니었다. 이렇게 마녀에게 도움을 청하는 이들은 대부분 가난한 서민들이었다. 비록 무료 봉사는 아니었지만, 마녀는 신들의 선의가 인간 세계 구석구석까지 미칠 수 있도록 충실한 가교 역할을 했던 것이다.

물론 마녀에게 항상 긍정적인 면만 있었던 것은 아니다. 극히 일부이기는 했지만, 족집게 점성술을 내세워 폭리를 취하거나 특정 신과의 친분을 과장하여 사기를 치는 사례가 종종 발생했다. 이런 화이트칼라 범죄 외에도 불법 낙태 시술이나 독극물 제조 혐의로 고발되는 경우도 있었다. 인정한다. 마녀라고 해서 모두 착했던 것은 아니다. 굳이 변명을 하자면, 이런 불법 행위는 인간의 간곡한 부탁으로 마지못해 행하게 되는 경우가 대부분이었다. 미혼모가 되어 일생을 손가락질 받으며 살아야 하는 소녀에게 다시 한 번 기회를 주거나, 도끼로 머리가 쪼개져 죽게 될 사람을 온전한 모습으로 죽도록 배려한 것이라고나 할까.

어쨌든 이때까지 마녀와 인간은 우호적인 동반자 관계를 유지했다. 인간들은 마녀를 필요로 했으며 별지기라는—겉으로 보기에 고상하고 낭만적인—우리의 역할을 동경했다. 마녀들도 변덕쟁이 신들의 눈치를 보느니 인간 세상에서 대접받으며 지내는 게 편했다. 그렇다고 당시의 인간들이 마녀를 특별한 존재로 인정한 것은 아니었다. 마녀는 농사나 고기잡이보다 조금 더 전문적인 분야에서 일하는 커리어 우먼일 뿐이었다.

그런데 평화롭던 신—마녀—인간의 관계에 서서히 분열의

싹이 움트기 시작했다. 발단은 판도라의 상자였다.

판도라 Pandora (그리스어로 '모든 선물')

그리스 신화에 나오는 인류 최초의 여자. 프로메테우스의 동생 에피메테우스는 인간을 포함한 동물들에게 생존에 필요한 능력을 고루 부여하는 임무를 맡았다. 그런데 주먹구구로 일을 처리하다 보니 인간에게 줄 것이 아무것도 남지 않았다. 동생의 하소연을 들은 프로메테우스는 신들의 나라에서 불을 훔쳐 인간에게 주었다. 물론 가만히 있을 제우스가 아니었다. 프로메테우스는 코카서스 산에 쇠사슬로 묶여 독수리에게 영원히 간을 쪼이는 형벌을 받는다. 그래도 분이 풀리지 않은 제우스는 불을 날름 받은 인간에게도 벌을 주기로 하고 헤파이스토스에게 흙으로 여자를 빚게 했다. 그렇게 탄생한 것이 재능과 미모를 겸비한 완벽한 여성 판도라였다. 제우스는 판도라를 에피메테우스에게 보내며 상자를 하나 주었다. 절대 열어보지 말라는 다짐과 함께. 판도라의 미모에 반한 에피메테우스는 제우스를 조심하라는 형의 충고도 잊고 그녀를 아내로 맞았다. 그러던 어느 날 판도라가 호기심에 못 이겨 상자를 열어보았고, 안에 있던 질병, 복수, 질투, 분노 등 온갖 악이 튀어나와 인간 세상에 퍼지게 되었다. 그녀가 황급히 뚜껑을 닫았을 때에는 미처 빠져나오지 못한 희망만이 상자에 남아 있었다. 이 이야기는 인류에 악이 퍼지게 된 기원과 그럼에도 언제나 희망은 간직해야 한다는 메시지를 전해준다.

이와 달리 판도라는 제우스가 인간에게 보내는 선물을 운반하는 사자였다는 설도 있다. 이 설에 따르면 상자에는 악이 아니라 아름다움, 사랑, 믿음 등 신들이 가려 뽑은 축복이 담겨 있었다. 하지만 역시 판도라가 부주의하게 상자를 열었다가 다 날아가 사라지고 희망만 남았다는 것이다.

이상이 인간들이 알고 있는 판도라의 상자 이야기이다. 이외에도 세부 내용이 조금씩 다른 몇 가지 버전이 더 존재한다. 그런데 이 스토리, 어딘가 허술하지 않은가? 온갖 악 가운데 생뚱맞게 '희망'은 왜 끼어 있었을까? 위의 두 버전에서 상자를 여는 행위가 왜 한쪽은 내용물이 퍼지는 것이고 다른 쪽은 날아가 사라지는 정반대의 결과를 초래하는가? 제우스는 왜 인간에게 직접 벌을 내리지 않고 굳이 판도라와 에피메테우스를 거쳤을까? 다혈질인 제우스는 몇 단계를 거치는 복잡한 계교를 꾸밀 만큼 치밀하지 못하다. 그가 프로메테우스에게 내린 우악스런 형벌을 생각해보라. 다른 버전들을 보더라도 억지로 짜맞추기 위해 급조한 티가 역력하다.

사실 판도라 이야기는 싱거운 에피소드에 불과한데 인간들이 과도한 의미 부여를 위해 살을 덧붙이다 보니 이렇게 누더기가 된 것이다. 그럼 사실을 바탕으로 사건을 정리해보자. 먼저 판도라의 정체. 판도라는 인류 최초의 여성이 아니다. 그전까지 인류는 남자들만 모여 살았다는 칙칙한 얘기를 믿으라는 건가.[4] 또한 불행을 퍼뜨리는 미끼나 선물을 전하는 사자도 아니었다. 그녀는 신들 사이의 물건 배달 업무를 담당했던, 요즘으로 치면 택배원이었다. '모든 선물'이라는 이름은 택배원에 대한 애칭 정도로 보면 될 것이다. 그녀는 전문 택배원답게 체격이 건장했고 웬만한 남자를 능가하는 완력의 소유자였다. 다음, 상자의 내용물. 그녀는 제우스의 심부름으로 에피메테우스에게 작업에 필요한 원자재를 배달하는 중이었다. 두번째 이야기처럼, 상자에는 악이 아니라 여러 신들이 갹출한 순수한 선이 들어 있었다는 게 정설이다. 이는 몇 단계의 복잡한 가공 과정을 거친 후 인간에게 부여될 예정이었다. 마지막으로 상자의 개봉. 판도라는 직업 정신이 투철한 베테랑 택배원이었다. 고객의 물건을 함부로 열어본다는 건 생각할 수도 없는 일이었다. 상자를 개봉한 것은 에피메테우스의 부인이었다(이 부분에서 판도라가 에피메테우스의 아내로 둔갑한 것으로 보인다). 상자가 배달되었을 때 마침 에피메테우스는 외출 중이었고, 그의 부인이 대신 받아 선물인 줄 알고 열어본 것이다. 순간 가공되지 않은 선의 원액이 튀어나와 인간 세상에 퍼졌다('희망' 관련 이야기는 사실 무근이다). 이게 끝이다. 교훈이나 상징과는 무관한 사소한 실수였을 뿐이다.

---

[4] 여성에게 원죄를 뒤집어씌우기 위해 남성들이 꾸며낸 무리한 각색으로 보인다. 아름답지만 맹한 여자를 불행의 근원으로 만드는 서사는 인간 사회에 널리 퍼져 있다.

문제는 그다음이었다. 상자가 열린 이후 인간들은 순수한 선의 존재를 믿게 되었다. 이것은 베이징 나비의 날갯짓처럼 전혀 예상치 못한 결과를 초래했으니, 신들의 사회에 구조 조정의 칼바람이 몰아친 것이다. 인간들은 점차 강력한 리더십으로 자신들을 이끌어줄 완벽하게 선한 신을 원했다. 신이라면 모름지기 유한한 삶을 넘어설 수 있는 영원의 비전을 제시해주어야 한다는 인식이 확산되었다. 신성한 빛으로 둘러싸인 절대자, 지상의 악을 소탕하는 정의의 사도, 신축 중인 천국 아파트 분양권을 독점한 존재. 그런 신이 있을 턱이 있나. 그러나 인간들은 가끔 불가능한 일을 해내는 뚝심을 보여준다. 마치 오만 신들을 원심분리기에 집어넣고 엑기스를 뽑아낸 듯한, 순도 99.9%의 순결한 신들이 탄생했다. 태생부터 엘리트 코스를 밟아온 이들은 초고속 승진을 거듭하며 세력을 넓혀갔다. 바야흐로 글로벌 경영을 추구하는 무한 경쟁의 시대가 왔건만, 철밥통을 꿰차고 있던 올림포스 신들은 사태의 심각성을 파악하지 못했다.

1차 정리해고 대상자였던 디오니소스에게 당시 상황에 대해 들어보자.

디오니소스 (술의 신, 제우스와 세멜레의 아들)

그게 무슨 신이야, 사이보그지. 감정도 없는 사이보그. 어디서 근본도 없는 것들이 튀어나와 나대는데 말이야. 정말 같잖아서…… 그래도 나는 오픈 마인드를 가진 신이야. 하루는 아후라 마즈다와 아리만[5]인가 하는 친구들을 찾아갔어요. 찾아가서, 선배로서 조언이라도 해주려고 술이나 한잔하자고 먼저 청했지. 아, 그런데 힐끗 한 번 보더니 됐다는 거야. 술 마시면서 인생을 낭비할 시간이 없다나. 이런, 술도 한잔 안 하는 게 무슨 신이냐고. 건방진 것들, 신참이면 신참답게 알아서 찌그러져야지. 고개 빳빳이 쳐들고 꼬나보면서 혀를 끌끌 차는데, 성질 같아서는 그냥 혀뿌리를 확 잡아 뽑아…… 아, 미안하네. 내가 잠시 흥분했나 보군. 인터뷰인데 품위를 지켜야지. 잠깐, 목 좀 축이고. 그런데 사진은 안 찍나? 잡지에 사진도 떡하니 박고 해야 폼이 나지. 음, 어디까지 했더라? 그래, 개네 둘, 함량 미달 쌍둥이. 아무튼 둘이 아주 똑같아. 오만상을 찡그리고 우주를 구원하기 위해 일생일대의 싸움을 벌인다는데, 아니, 멀쩡하게 잘 돌아가고 있는 우주를 두고 저들이 왜 싸우냐고? 코미디도 아주 그런 코미디가 없다니까. 그래도 나는 오픈 마인드를 가진……

 일부러 아침 시간을 정해 찾아갔음에도 디오니소스는 이미 만취 상태였다. 동어반복과 불필요한 사족이 많은 관계로 이하의 발언은 부득이 필자가 요약하여 싣도록 하겠다.
 디오니소스의 주도로 올림포스 신들은 예의도 모르고 외골수

---

5) 조로아스터교의 선신과 악신. 조로아스터교의 사상은 선과 악의 극단적인 이원론과 유일신, 종말론 등을 특징으로 한다. 조로아스터 자체는 세계 종교로 발전하지 못했으나, 짧고 화려한 불꽃으로 연탄을 점화시키는 번개탄처럼 기독교, 이슬람교, 불교 등에 지대한 영향을 미쳤다.

인 새로운 신들에게 '개무시'라는 전략으로 대응했다. 머릿수의 우위를 살려 왕따를 시켜버리면 알아서 사라질 거라는 속 편한 발상이었다. 하지만 사태는 마음먹은 대로 되지 않았다. 인간들은 이들의 극단적인 권위에 매력을 느꼈다. 점차 무결점의 선한 신 한 분만을 모시는 유행이 대대적으로 퍼져나갔다. 오히려 자신들이 단체로 왕따를 당한 것이다.

인간들의 배신은 큰 충격이었다. 충격도 충격이지만 왜 그들이 현세의 삶을 죄악시 하며 천국 아파트 분양권 한 장에 목을 매는지 신들은 납득하기 어려웠다. 모델하우스도 본 적 없으면서(이 부분에서 디오니소스는 인간들은 전부 마조히스트가 틀림없다며 자신의 사디즘과 마조히즘 경험담을 장시간에 걸쳐 들려줬으나, 논점에서 벗어나는 관계로 생략한다). 헤라는 이게 모두 정사(政事)는 돌보지 않고 정사(情事)에만 신경 쓰는 제우스의 리더십 부족 때문이라며 바가지를 긁었고, 아레스는 어떤 놈들인지 싹 쓸어버리면 그만이라며 갑옷부터 챙겼다. 아폴론과 아테나는 자신들에게 신으로서의 카리스마가 부족한 게 아닌지, 자성의 목소리를 내기도 했다. 어쨌든 이제 봄날은 갔다는 사실을 받아들일 수밖에 없었다.

(이상의 내용을 디오니소스는 반나절 동안 여섯 동이의 포도주를 곁들여 얘기했다.)

불행히도 구조 조정은 명예퇴직으로 끝나지 않았다. 명예는 당치도 않은 욕심이었다. 원심분리기로 엑기스를 뽑아내고 나니 찌꺼기가 남는 건 당연한 이치. 인간들은 무결점의 선한 신이 창조한 세상에 횡행하는 악을 설명해줄 존재, 악마가 필요했다. 신의 세계는 이미 약육강식의 피 튀기는 전장으로 변해 있었다. 제로섬 게임. 패자는 모두 악마가 되어야 했다.

절대적인 악의 형상화라고 정의될 수 있는 악마는 당시로서 생소한 개념이었다. 지하 세계를 지배한다는 점에서 명계의 신 하데스와 일맥상통하지 않겠느냐는 추측 정도만 나돌았다. 당사자의 생각은 어땠는지 하데스에게 인터뷰를 요청했으나, 그는 매우 정중하지 않게 거절했다. 인간에게도 악마는 관념으로만 존재할 뿐 피부에 와 닿는 실체가 아니었다. 선한 신을 돋보이게 해줄 악의 진면목을 눈앞에 생생하게 보여주기 위해서는 그럴 듯한 이미지 메이킹이 필요했다. 이렇게 탄생한 전형적인 악마의 모습을 살펴보자.

악마는 주로 산양 또는 염소와 인간이 합쳐진 반인반수(半人半獸)의 형상으로 나온다. 몸은 길고 덥수룩한 털로 뒤덮였고 염소수염과 갈라진 발굽을 가졌다. 머리 양쪽으로 솟은 큰 뿔이 트레이드마크이며 종종 검은 박쥐 날개와 뾰족하고 긴 꼬리가 덧붙여지기도 한다. 손에는 삼지창을 들었고(이를 보고 격분한 포세이돈이 삼지창을 부러뜨렸다는 후문이다) 필요할 때면 까마귀, 두꺼비, 검은 고양이 등의 짐승으로 변신한다.

외모만 봤을 때 누군가 떠오르지 않는가? 바로 목신(牧神)

판Pan이 모델이라는 점은 의심의 여지가 없다. 하고 많은 신들 중 판이 선택된 연유는 대략 짐작이 간다. 그가 음주가무를 즐기는 호색한이란 소문은 이미 인간세계에도 널리 퍼져 있었다. 디오니소스 축제에서도 걸핏하면 주사를 부리고 난동을 일으켜 요주의 인물로 찍힌 지 오래였다. 본인으로서는 적이 억울했을 것이다. 최악으로 봐도 그는 대책 없는 주정꾼에 추저분한 난봉꾼이며 허랑방탕한 한량일 뿐, 악마와는 거리가 멀었다. 악마의 특징에는 거대한 남근이라는 뿌듯한 요소도 포함되었지만, 판에게는 그다지 위로가 되지 않았던 모양이다. 그는 자신이 악을 대표하는 인물의 전속 모델이 되었다는 사실을 접하고 한동안 패닉 상태에 빠졌다. 결국 올림포스 북쪽 늪지대 깊숙이 칩거한 판은 아직까지 나오지 않고 있다. 술에 취해 고래고래 악을 쓰거나 덤불숲에 아무렇게나 쓰러져 잠든 모습을 보았다는 얘기가 이따금 들려올 뿐이다. 목신 판을 쾌활한 터프가이로만 알고 있는 이들이 많은데, 사실 그는 춤과 음악을 사랑하는 섬세하고 여린 감성의 소유자이다.

님프 에코 양의 도움으로 은둔 중인 판을 어렵게 찾아 인터뷰를 시도했다.

판 (목신, 헤르메스와 페넬로페의 아들로 알려졌으나 태생이 불확실함)

그그그그거에⋯⋯ 대대대해서는⋯⋯ 하하하할 마말이⋯⋯

어버버법……

 (판은 극도의 대인기피증과 실어증 증세를 보여 더 이상의 인터뷰는 불가능했다.)

새로운 신들이 주도권을 잡으면서 자연히 마녀와 인간의 관계도 소원해졌다. 마녀는 자신들이 폐기 처분한 불량 신들의 하수인이라는 인식이 확산되었다. 그 무렵부터 인간은 마녀와의 사이에 경계선을 긋고 음침한 이미지를 하나씩 덧씌우기 시작했다. 우리의 섬세한 영적 감수성을 악령과 내통하는 요사스러운 주술로 매도하고, 점성술에 의한 예언은 불길한 저주로 몰아붙였다. 병에 걸려도 더 이상 마녀를 찾지 않았고, 산모가 아이를 사산하거나 기형아를 출산하면 산파인 마녀 탓으로 돌렸다. 유일하게 독극물을 암거래하기 위해 찾아오는 수상한 이들만 꾸준히 늘었다. 오랜 시간 인간세계에서 터전을 다져온 마녀들에게는 당혹스런 상황이 아닐 수 없었다. 아무리 농도가 묽어져도 역시 피는 물보다 진하다는 사실을 마녀들은 뒤늦게 깨달았다. 신들과 조금이라도 연줄이 닿는 이들은 발 빠르게 올림포스에 자리를 마련해 떠났다. 인간계에 남은 마녀들은 점차 마을에서 떨어진 숲 속으로 들어가 유배 아닌 유배 생활을 할 수밖에 없었다.

15세기는 마녀계와 인간계의 괴리가 더 이상 방치할 수 없이 깊어져 어떤 식으로든 결단을 촉구하는 과도기였다. 마녀들은 고모, 조카 지간인 두 원로를 중심으로 분파가 나뉘었다. 메데이아의 친인파(親人派)는 인류와의 공존을 강조하며 지속적인 교류와 자정 노력을 통해 마녀의 새로운 역할을 찾을 것을 주장했다. 반면 키르케가 이끄는 반인파(反人派)는 결연하게 인간계와의 단절을 주장했다. 인간과 마녀의 신뢰는 이미 돌이킬 수 없는 파탄에 이르렀으며, 이참에 마녀들도 신과 인간 양쪽으로부터 독립하여 독자적인 생존을 모색해야 한다는 것이었다. 객관적인 세력은 메데이아 측이 우세했다. 남자가 절대 부족한 마녀계의 특성상, 인간계와의 절연은 곧 무수한 마녀들의 독수공방을 의미한다는 위기감이 공감대를 형성한 것이다.

처음에는 생산적인 토론으로 시작했으나 마녀들이 양분되며 키르케와 메데이아 진영 사이에는 미묘한 긴장감이 감돌았다. 위기를 감지한 헤카테 여신이 애매모호한 전언을 남발하며 중재에 나섰으나 예상대로 아무 효과도 없었다. 분위기가 점점 험악해졌고 하급 마녀들 사이에서는 심심찮게 물리적인 충돌까지 발생했다. 설상가상으로 마녀의 미래에 대한 진지한 논의에 난데없이 키르케와 메데이아의 미모 논쟁이 겹치면서 대립은 이전투구의 양상을 띠어갔다. 메데이아 측에서는 그렇게 인간을 혐오하면서 왜 오디세우스[6]와 살림을 차리고 애까지 낳았느냐

---

6) 이타케의 왕으로 간계가 뛰어나고 방랑벽이 있다. 트로이 전쟁이 끝난 후 귀가할 생각을 않고 여기저기 돌아다니던 중 아이아이아 섬에서 키르케와 만나 사랑에

며 키르케의 이중 잣대를 비난했다. 키르케 측에서는 메데이아를 두고 이아손[7]에게 호되게 당하고도 정신을 못 차리는 '배알도 없는 년'이라는 험한 소리가 공공연하게 오갔다. 인간계와의 관계 정립에 앞서 마녀계가 결딴날 판이었다. 그 와중에 마녀들을 대규모로 화형에 처한다는 흉흉한 소문이 여기저기서 날아들기 시작했다.

키르케는 메데이아가 인간을 끌어들여 자기네 세력을 숙청하는 것이라 의심했다. 한 번 발동이 걸리면 물불 안 가리는 조카의 폭주 기관차 같은 성향을 익히 알고 있던 터였다. 질투에 눈이 뒤집혀 친자식까지 죽였는데 뭔들 못하겠는가. 키르케는 마녀재판이 있다는 소문이 들리면 은밀히 첩보원을 보내 정보를 수집했다. 하지만 체포된 마녀들은 친인파, 반인파, 중도파가 고루 섞여 있었다. 그나마 그들은 극히 일부일 뿐, 마녀라는 죄목으로 처형된 피해자들 대부분은 순수 혈통의 인간이었다. 마

빠졌다. 둘은 약 1년간 동거하며 아들 텔레고노스를 두었다. 오디세우스는 키르케를 떠난 후에도 오기기아 섬에서 님프 칼립소와 무려 7년 동안 동거하며 못 말리는 바람기를 보여준다. 키르케의 인간 혐오증이 6년이라는 동거 기간 차이에서 비롯되었다는 설이 있다. 하지만 그 이전에도 인간을 곧잘 사자나 돼지로 변신시킨 걸 보면 훨씬 뿌리 깊은 감정으로 보아야 할 것이다.

[7] 테살리아 이올코스의 왕자. 패기와 모험심이 넘치는 청년이지만 일만 벌이지 뒷감당을 못한다. 처음부터 끝까지 메데이아의 도움으로 황금 양피를 찾고 숙부를 죽여 아버지의 원수를 갚는 데 성공한다. 하지만 크레온 왕의 딸과 결혼하기 위해 자신의 아이를 둘이나 낳은 메데이아를 버린다. 뚜껑이 열린 메데이아는 왕녀와 자신의 두 아이마저 죽여 이아손에게 복수한다. 부와 권력을 좇아 자신을 뒷바라지해주던 조강지처를 헌신짝처럼 버린 이아손은 멜로드라마 단골 소재의 원형으로 평가된다.

녀사냥의 불길은 전 유럽으로 무섭게 번져갔지만, 인간들은 자기들끼리 서로 마녀라며 죽이고 있었던 것이다. 이 뜬금없는 사태에 마녀들은 당황했다.

친인파의 수장 메데이아는 당시 상황을 이렇게 회상한다.

메데이아 (콜키스의 왕 아이에테스의 딸, 헬리오스의 손녀)

키르케 고모나 나나 뭐가 어떻게 돌아가는 건지 갈피를 잡을 수가 있어야지. 일단 우리는 신사협정을, 아니 숙녀협정을 맺고 함께 상황을 주시했지. 그것도 재판이라고 사형선고를 잘도 내리더군. 흑사병도 마녀 탓이었고, 가뭄이나 홍수도 마녀 탓이었어. 전쟁이 일어나도 마녀 탓, 농민들의 반란도 마녀 탓, 쥐 떼가 나와도 마녀 탓, 남자가 발기부전이 되거나 외도를 해도 마녀 탓, 교회에 불이 나도 마녀 탓, 젖소의 우유가 안 나와도 마녀 탓, 마을이 너무 시끄러워도 마녀 탓, 너무 조용해도 마녀 탓…… 마녀라는 딱지는 역사상 전무후무한 다용도 희생양이었지. 그래, 그들은 마녀를 희생양으로 삼은 거야. 정확히 말하면 마녀라는 환상을. 마녀는 자신들이 증명할 수 없는 능력을 가졌다고 믿었으니 아무 혐의나 뒤집어씌우기 좋았겠지. 그런 능력이 있는 마녀가 왜 얌전히 말뚝에 묶여 타 죽는지는 궁금해하지도 않고. 결국 나도 인간과의 공존 주장을 철회할 수밖에 없었어. 내가 정말 경악했던 건, 그들은 자신이 무슨 짓을 하고 있는지 전혀 알려고 하지 않았다는 거야. 평범한 사람이 혼자 살인을 저질렀다면 평생 후회하고 죄책감에 시달리며 살아가겠지. 하지만 다수에 끼어 살인을 저지를 때는 망설임도 후회도 필요 없었어. 옳은 일을 하고 있다고 믿어버리면 그만이더군. 인간들은 내가 친자식을 죽였다고 피도 눈물도 없는 악녀라고 손가락질하는데, 나는 뚜렷한 목적을 가지고 그런 짓을 저질렀어. 복수라는 목적. 잘했다는 건 아니지만, 적어도 내가 무슨 짓을 하는지는 알고 있었다고.

인간들이 사냥한 것은 마녀가 아니라 '마녀라는 환상'이었다는 메데이아의 말은 의미심장하다. 사태를 냉정히 파악할 혜안이 있었다면 이미 신들의 구조 조정 사태에서 어느 정도 예견할 수 있는 결과였다. 디오니소스의 말처럼 타고난 마조히즘적 성향 때문인지, 인간들은 작은 일에도 신경과민에 가까운 죄책감을 느꼈고 이질적인 존재에 대해서는 극도의 거부감을 보였다. 그들은 자신들의 죄책감을 대신 짊어질, 마조히즘의 억압을 극단의 사디즘으로 해소시켜줄 희생양이 필요했다. 어느 모로 보나 자신들이 울타리 밖으로 몰아낸 마녀라는 존재가 제격이었다. 단, 한가로이 밤하늘 별을 관찰하고 부업으로 점을 쳐주는 투잡족 커리어 우먼이 아니라, 흉측하고 악랄한 악마의 끄나풀로서의 마녀. 인간들은 본격적으로 우리에게 온갖 악의적인 환상을 덧씌우기 시작했다. 그들의 마음속에서 마녀는 점차 기괴하게 일그러져갔다. 그렇게 사람들의 뇌리에 박힌 대표적인 마녀 상을 살펴보자.

마녀는 주로 여성이며 나이가 많은 노파이다. 깡마른 얼굴에는 주름이 자글자글하고 큼직한 매부리코에 항상 음험한 표정을 짓고 있다. 이빨이 숭숭 빠진 틈으로 심한 악취를 내뿜으며 눈에는 희끄무레한 백태가 끼었다. 이따금 절름발이로 나타나기도 하고 괴팍한 성격에 노상 불평을 입에 달고 다닌다. 쉰 목소리로 사람들에게 저주를 퍼부으며 마무리는 높고 앙칼진 웃음으로 장식한다.

아무리 봐도 그리 매력적인 모습은 아니다. 우리 실제 마녀들과도 한참 동떨어진 이미지이고. 물론 위와 같은 마녀들도 있기는 있다. 하지만 그 비율은 인간들 중 지저분하고 괴팍한 불평꾼 노파가 차지하는 비율과 별반 차이가 없을 것이다. 외모에 대한 이런 악의적인 풍문은 젊은 마녀들 사이에서 많은 반감을 불러일으켰다. 하지만 인간들이 상상한 마녀의 활동 내역을 살펴보면 이 정도 외형적인 곡해는 짓궂은 장난에 불과했다.

그들은 마녀를 악마에게 충성을 맹세하고 그 대가로 마술을 부리는 졸개라고 믿었다. 그것도 성욕의 노예인 마녀가 악마의 지칠 줄 모르는 정력과 현란한 테크닉에 홀려 계약을 맺는다는 낯 뜨거운 시나리오가 대부분이었다(악마의 거대한 남근이 여기서 위력을 발휘한다). 이렇게 전속 계약을 맺은 마녀들은 정기적으로 모여 악마를 경배하는 비밀 집회 〈사바스sabbath〉를 거행한다. 사바스에 참석할 때는 빗자루나 부지깽이를 타고 날아가거나 몸에 마법 연고를 바른 후 수탉, 고양이 등으로 변신해 날아가기도 한다.[8] 사바스에서는 십자가를 짓밟으며 배교 의식을 행하고, 숫염소의 모습으로 나타난 악마의 둔부에 입을 맞추어 존경을 표시한다. 이어서 훔쳐온 갓난아기를 제물로 바치고 그 살과 피를 나눠 먹는다. 마지막에는 나체로 춤을 추며 이성, 동성, 부모 형제를 가리지 않고 난교 파티를 벌인다는 것이다. 이런 뜬소문은 지역별로 전승되어온 민간신앙과 융합되어 헤아릴 수 없이 다양한 버전으로 퍼져나갔다. 마녀들은 일일이 해명할 기운도 없었다.

이런 황당무계한 마녀 상이 어떻게 확산되고 고착될 수 있었을까? 시시콜콜한 설명보다는 개별 사례를 하나 살펴보는 게 효과적일 것이다. 아래 사례는 당시 키르케의 비밀 첩보원으로 활동했던 M이 서면으로 보내온 것이다(그녀는 끝내 인터뷰와 실명 공개를 거절했다). 몸에 밴 보안 의식 탓인지 잡지에 게재할 글이라고 미리 밝혔음에도 암호문으로 된 자료를 보내왔다. 부득이 해독 후 약간의 각색을 거쳤음을 밝힌다.

1587년 독일 밤베르크 지방의 한 마을에서 베로니카라는 과부가 마녀 혐의로 고발되었다. 주민들의 증언에 따르면 마을에

---

[8] 마녀들이 사용한 것으로 알려진 연고가 실은 환각제였다는 설이 꾸준히 제기되어 왔다. 환각 상태에서 경험한 유체 이탈과 광란의 축제가 마녀 비행과 사바스로 와전되었다는 주장이다. 이 정도 효능의 연고라면 지금도 솔깃할 사람이 많을 듯 하다.

서 열린 결혼식에 초대받지 못한 베로니카는 식장에 불쑥 나타나 독기 어린 저주의 말을 퍼붓고 돌아갔다. 잠시 후 우박을 동반한 폭풍우가 몰아쳐 결혼식은 엉망이 되었고 농작물도 큰 피해를 입었다는 것이다. 베로니카는 체포되었고 자신의 마녀 혐의를 전면 부인했다. 사명감과 의욕이 넘치던 신임 재판관은 즉시 고문을 시작했다.

우선 발가벗겨 몸의 체모를 모두 제거한 후 악마의 표식을 찾기 위해 온몸을 바늘로 찔러보았다(악마의 표식이 있는 자리는 통증을 느끼지 못한다고 믿었다). 그녀가 여전히 결백을 주장하자 손가락 비틀기, 손을 등 뒤로 묶어 공중으로 들어 올렸다가 패대기치기, 못이 박힌 의자에 앉히고 밑에서 불 지피기, 팔다리 잡아 늘리기 등등의 고문이 이어졌다. 재판관은 이미 그녀를 마녀로 단정한 상태에서 심문을 진행했다. 너는 빗자루를 타고 날아가서 사바스에 참석하였느냐? 으아아아예에에! 너는 거기서 악마에게 세례를 받고 충성을 맹세하는 계약을 맺었느냐? 으아아아예에에! 너는 갓난아기를 제물로 바치고 죽여서 나누어 먹었느냐? 으아아아예에에! 너는 나체로 춤을 추고 난교를 벌였느냐? 으아아아예에에!

재판관은 마녀의 자백 내용이 지침서로 내려온 다른 사례들과 정확히 일치한다는 데 놀라움을 금치 못했다. 일사천리로 재판 기록을 작성하던 그는 지나치게 지침서와 동일하다는 사실이 오히려 꺼림칙했다. 이러면 벌써부터 매너리즘에 빠진 무능한 관리로 보이지 않을까? 재판관은 초주검이 된 베로니카에게로 달려갔다. 깜빡 잊었는데, 혹시 다음 사바스에는 새로운 마녀를 꾀어 데려오라고 하지 않더냐? 으아아아예에에! 그는 마녀의 새로운 행태를 하나 추가하며 자신의 창의적인 업무 수행에 만족했다.

   마녀로 판명된 베로니카는 화형이 결정되었고 재판관은 사바스에서 본 다른 마녀들을 털어놓으라고 추궁했다. 이번에는 고문 대신 화형대에서 몰래 교살을 시켜주겠다는 달콤한 제안과 함께. 잠시 망설이던 베로니카는 가장 먼저 자신을 마녀로 몰아간 수다쟁이 아낙과 늘 자신을 화냥년이라 욕하던 노파, 술만 취하면 아무 집이나 쳐들어가 부녀자를 희롱하는 마을의 골칫거리 건달(죽기 전에 마지막으로 착한 일을 하고 싶었다고), 재판 내내 실실 웃었던 법정 서기 등 총 여덟 명을 지목했다. 재판을 구경하고 있다가 졸지에 피고가 된 이들은 베로니카와 나란히 묶여 불태워졌다. 형이 집행된 후 그들의 재산은 모두 몰수되었다. 당시에는 고문에 들어가는 인건비와 재료비, 감옥의 식대, 자신을 태울 장작 값, 일을 끝낸 관리들의 회식비까지 경비 일체가 마녀 자신의 부담이었기 때문이다.

   사례에서 보듯이 마녀에 대한 왜곡된 편견은 시골 촌부들 사이에서 풍문으로만 전해진 것이 아니었다. 교회와 국가 사법기관이 앞장서서 퍼뜨린 공인된 환상이었다. 소위 사회 지도층이라는 신학자와 재판관 들은 마녀와 악마에 관한 전문 서적을 앞다퉈 펴냈다. 『마녀의 망치 Malleus Maleficarum』는 교황이 내린 교서에 의해 만들어진 대표적인 마녀사냥 지침서로 마녀의 성격과 특성, 식별법, 퇴치법 등을 자세하게 다루었다. 우리 마녀들도 언제 닥칠지 모르는 위험에 대비하여 책을 통해 마녀에 대해 학습하는 촌극이 벌어졌다.

사실 이런 어처구니없는 명예훼손은 지엽적인 해프닝으로 끝날 수도 있었다. 그랬다면 마녀사냥이 300년이라는 시간에 걸쳐 지속되지는 않았을 것이다. 하지만 때마침 15세기 후반은 인류 역사를 진일보시킨 것으로 평가되는 활판인쇄술이 보급된 시기였으니, 실로 절묘한 타이밍이었다. 『마녀의 망치』 등은 장기간 쇄를 거듭하며 초대형 베스트셀러가 되었다. 그들이 만든 마녀는 시대와 국경을 초월하여 널리 퍼졌다. 활판인쇄라는 새로운 매체는 방대한 지식과 정보의 공유를 가능하게 하여 종교개혁과 시민혁명의 기반이 되었고, 방대한 허위와 날조의 공유도 가능하게 하여 마녀사냥의 확산에 공헌했다.

전형적인 마녀 이미지와 관련하여 현재 『오즈의 마법사』 출연으로 생계를 잇고 있는 서쪽마녀를 만나보았다. 분장을 지운 그녀는 그윽한 눈매가 매력적인 단아한 미인이었다.

서쪽마녀 (『오즈의 마법사』에 107년째 출연 중)

저는 직접적인 피해자예요. 저 큰 매부리코 때문에 눈 밑으로 피부 처진 것 좀 보세요. 종일 인상 쓰고 있느라 주름살도 장난 아니게 늘었고. 이 우스꽝스러운 분장에 매일 세 시간을 허비한답니다. 이 꼴을 하고는 남이 신던 구두 하나 뺏으려고 깡통, 허수아비 같은 애들하고 옥신각신하고 있으니, 우습죠? 차라리 단역으로 나오는 동쪽마녀가 부러워요. 걔는 이야기가 시작하자마자 집에 깔려 죽고 발만 잠깐 나오거든요. 도대체 누가 이따위 걸 만들어서…… 사바스 얘기만 해도 그래요. 아시겠지만, 마녀들이 원체 개인주의적이라 몇 명 모이는 것도 꺼리는데 그런 대규모 집회가 어디 있겠어요? 집단 성교야 개인 취향이니까 그렇다 치고, 염소 똥구멍에 입 맞추는 건 심하지 않나요? 더럽게. 또 빗자루를 타고 날아다닌다니, 두 손 들었어요. 이 빗자루를 저기 탁자 사이에 걸쳐놓고 한번 올라타보세요. 10초도 못 버틸 걸요? 그런데도 요즘 청소년들이 마녀 패션이라고 빗자루 들고 돌아다니는 거 보면, 착잡해요. 하긴 남 말할 처지가 아니죠. 저부터 이런 엉터리 마녀에 기생하고 있으니…… 일 끝나고 들어갈 때면 항상 회의가 들어요. 요즘은 속죄하는 마음으로 밤마다 시를 쓴답니다. 두 얼굴로 살아야 하는 제 고뇌와 마녀의 시원에 대한 그리움을 표현하고 싶은데, 쉽지 않네요. 그래도 차곡차곡 모아서 책으로 남겨두고 싶어요. 먼 훗날에라도 『오즈의 마법사』 서쪽마녀의 참모습을 사람들이 알 수 있도록.

많은 이들이 똑같은 상상을 하게 되면 그건 더 이상 상상이 아니다. 인간들이 상상 속에서 만든 마녀를 처형하는 과정이 반복될수록 그 마녀는 점차 현실이 되어갔다. 고문과 허위 자백을 통해, 소문을 통해, 두려움을 통해, 물렁한 점토를 주물러 인형을 빚듯 매부리코에 고깔모자를 쓴 마녀는 뚜렷한 형상을 갖추어갔다. 그리고 불을 지펴 굽자 단단한 도자기 인형이 되었다. 벽에 던지면 날카로운 파편으로 산산이 부서지는.

우리 원조 마녀들은 인간들의 의식 속에서 희미해졌고 흉악하게 변한 마녀의 허상만이 덩그러니 남겨졌다. 마녀계 최대 위기로 평가되었던 키르케 파와 메데이아 파의 대립도 흐지부지 끝나고 마녀들은 사분오열되었다. 이미 신들마저 퇴출된 마당에 우리가 기댈 곳은 없었다. 메데이아의 주장대로 마녀는 인간들과 명목상의 공존을 계속하게 되었지만, 이것이 그녀가 원한 새로운 역할은 아니었을 것이다. 키르케 역시 마녀들의 독자적인 생존은커녕 굴욕적인 멍에를 쓰게 된 현실에 크게 낙담했다. 그녀는 모든 대외활동을 중단하고 자신의 고향 아이아이아 섬으로 낙향하여 사자와 돼지를 치며 조용히 지내고 있다.

키르케는 전화 인터뷰를 통해 당시 마녀 화형식을 직접 목격했던 경험담을 들려주었다.

키르케 (헬리오스와 페르세의 딸)

사람 몸뚱이가 완전히 타서 새카만 숯덩이로 변하는 데 얼마나 걸릴 것 같나? 거의 한 시간 가까이 걸려. 말뚝에 묶여 죽는 순간까지 느끼는 고통과 공포를 상상해봐. 가장 큰 자비는 목에 화약을 담은 조그만 주머니를 걸어주거나 불길이 솟구칠 때 창으로 찔러 죽여주는 거야. 하지만 그런 건 관객들이 좋아하지 않았지. 특별석에 앉은 귀빈들이나 광장을 가득 메운 평민들 모두 생생한 쇼를 원했으니까. 살가죽과 지방이 타는 노린내가 솔솔 퍼지고, 불길과 연기를 뚫고 터져 나오는 단말마의 비명…… 사람들은 흥분해서 소리를 지르고 박수를 치는 거야. 시원하게 맥주를 들이켜고 휘파람을 불고 돌을 집어던지고. 불에 반쯤 탄 마녀가 모두 지옥에나 떨어지라고 울부짖으면 열광은 극에 달하지. 자신의 친척이나 이웃이 눈앞에서 불태워져 잿가루로 흩날리지만, 그들을 동정하거나 눈물을 흘리지 않았어. 절대 그럴 수 없었지. 그건 자신들의 잘못을 인정하는 것이니까. 자신들이 죄인이 되지 않기 위해서는 말뚝에 묶인 자가 진짜 마녀가 되어야 했으니까. 후대 인간들은 온갖 역사적 배경을 갖다 붙여 마녀사냥을 시대가 낳은 특수한 비극으로 설명하지만, 한 가지는 잊지 말아야 해. 사냥이 진행될수록 인간들은 형벌 자체를 즐기고 있었다는 거야. 광장에 모인 군중들의 눈을 보면 느낄 수 있었지. 그들의 영혼 밑바닥에 가라앉은 찌꺼기가 하나로 뭉쳐 술렁이는 걸……

마녀사냥의 열기는 17세기 후반으로 접어들면서 쇠퇴하기 시작했다. 지역에 따라 차이는 있지만 18세기 후반에는 신대륙을 포함한 거의 모든 지역에서 원시적인 화형식은 사라졌다. 쇠퇴 원인에 대해서도 많은 인간 학자들이 사회적 문화적 역사적 종교적 정치적 경제적 심리적 분석들을 내놓았으나, 역시 지면 관계상 생략한다. 우리가 보기에는 '할 만큼 했다'는 한마디로도 충분하다.

지나간 사실은 시간 속에 마모되어 사라지지만, 한 번 형성된 환상은 쉽게 허물어지지 않는다. 죽은 것은 인간들이었으나 상처는 우리 마녀의 몫이었다. 광풍이 사그라지고 합리적 이성의 시대가 도래하자 사람들은 언제 그랬느냐는 듯이 마술이나 마녀에 대한 믿음 자체를 비웃고 조롱했다(너무 비웃으니 외려 섭섭하기도 했다). 그럼에도 고집스럽게 자신들이 만든 환상만은 폐기하지 않았다. 온갖 잡동사니가 결합되어 만들어진 마녀는 굳건히 살아남아 빗자루를 타고 동화, 소설, 영화 속을 누볐다. 소탕해야 할 악마의 하녀라는 인식은 완화된 대신 매부리코와 고깔모자, 빗자루 같은 특징만 강조된 우스꽝스런 캐리커처로. 이야기 속 마녀들은 아무런 계보도 개연성도 없이 오로지 악행을 저지르기 위한 존재로 등장한다. "여기서 누군가 주인공을 방해하며 위기로 몰아넣는 게 좋겠는데요." "그래? 그럼 마녀 하나 집어넣지." 대충 이런 식이다. 서두에서 살펴본 대로, 하나의 캐릭터로 자리 잡은 마녀는 다양한 문화 콘텐츠를 통해 지속적으로 확대 재생산되고 있다.

이것이 오늘날 고유의 전통으로 착각하고 있는 마녀의 스테레오타입이 형성된 과정이다. 마녀 패션의 필수품인 고깔모자는 그 유래조차 불분명하다. 짐승의 뿔이나 남근을 상징하는 고대 원뿔형 모자에서 유래했다는 설, 단순히 희화화하기 위해 궁정의 어릿광대 모자를 변형해 씌웠다는 설, 중세 시대 이단을 화형에 처할 때 지옥 그림으로 장식된 고깔모자를 씌워 형장에 끌고 가는 데에서 유래했다는 설 등 분분하다. 어느 설이 사실이건, 자랑스럽게 머리에 뒤집어쓰고 싶은가? 빗자루가 마녀의 상징물이 된 연유는 의외로 간단하다. 마녀가 주로 여자로 설정되었기 때문이다. 하늘을 날기에는 평소 손에 익은 빗자루가 편할 것이라는 매우 일차원적인 연상이다. 즉, 집에서 청소나 하던 여편네가…… 이 정도 의미로 생각하면 될 것이다. 패션 소품으로 들고 나가기 전에 한 번쯤 되새겨보기 바란다.

가을밤에 고개를 들어 머리 위 하늘을 보라. 페가수스자리와 안드로메다자리 사이에 아홉 개의 별이 북극성을 향해 두 팔을 벌린 형상으로 은은하게 빛나고 있을 것이다. 닉스 여신이 별지기로서의 공로를 인정하여 우리에게 하사한 별자리, 704번 마녀자리이다. 우리 마녀들이 과거처럼 신, 인간과 조화롭게 어울려 살아가기는 힘들 것이다. 냉정하게 말해 그런 날은 다시 오지 않는다. 하지만 밤하늘에 아홉 개의 마녀자리 별이 빛나는 동안은 카오스의 딸, 닉스 여신의 피를 이어받은 별지기로서의 자긍심을 기억하기 바란다. 별자리는 우리의 운명을 만드는 게 아니다. 우리가 나아갈 길을 밝혀줄 뿐.

만일 우리가 현실에 안주하여 인간들이 기형적으로 만들어낸 마녀 상에 맞춰 살아간다면, 그건 대단히 위험한 선택이 아닐 수 없다. 인간의 광기는 언제든지 또 폭발할 수 있다. 중세 말의 그때처럼 명분도 없는 전쟁이 빈발할 때, 원인 모를 질병과 자연재해가 덮칠 때, 사회가 불안하고 시기와 차별이 만연할 때, 그들은 또다시 희생양을 찾기 시작할 것이다. 처음보다 두 번째가 쉬운 법. 제2의 마녀사냥이 시작된다면, 이번 사냥감은 그들이 길들여놓은 진짜 마녀, 바로 우리가 될 것이다.

(월간 『마녀 스타킹』 2007년 12월호, 재수록)

마리아, 그런데 말이야

마리아라는 별명을 가진 그녀를 한 번도 만나본 적은 없다. 사실, 그녀의 이름도 모른다. 수연이가 한두 번 언급했겠지만 아마 흘려들었을 것이다. 하지만 나는 마리아에 대해 꽤 많은 걸 알고 있다. 구릿빛 피부에 마른 편이라는 것, 기름한 종아리 덕분에 실제보다 키가 더 커 보이고 '옷발'이 잘 받는다는 것, 남자 앞에서는 고개를 왼쪽으로 살짝 기울이고 대화한다는 것, 목요일 퇴근 후에는 백화점 문화센터에서 벨리댄스 강습을 받는다는 것, 회식 자리는 칼같이 1차로 끝낸다는 것, 세 명의 남자를 동시에 만나며 애정을 분산투자한다는 것, 결혼 날짜만 잡으면 직장을 때려치울 예정이라는 것, 그녀의 '~요' 발음은 '요'와 '용'과 '영'의 삼각 무게중심을 절묘하게 파고들며 남자들에게는 애교를, 여자들에게는 짜증을 선사한다는 것…… 이렇게 하나둘 떠올리다 보면 그녀가 무척 친근하게 느껴진다. 앞으로도 만날 일은 없겠지만.

타인은 지옥이다. 사르트르는 주말 이마트에서 장을 본 후에 이 말을 떠올렸음이 틀림없다. 진열대 사이마다 신호등이 고장 난 사거리처럼 쇼핑 카트가 뒤엉켰고, 꼬맹이들과 타임세일을 외치는 점원들이 사방에서 요란하게 경적을 울려댔다. 머릿속 쇼핑 리스트는 갈가리 찢겨 날아간 지 오래였다. 야구 중계 시간에 맞추려면 눈에 익은 식료품만 대충 주워 담고 서둘러 탈출해야 했다. 낡은 소파와 차가운 하이네켄과 콤비네이션 피자가 기다리는 보금자리로.

즉석식품 진열대를 훑으며 가는데 모퉁이를 돌아 나타난 젊은 여자가 내 카트를 정면으로 막아섰다. 이 난장판에서 우아하게 레이디 퍼스트라도 주장하는 건지 여자는 멀거니 버티고 서서 움직이려 하지 않았다. 별수 없이 옆으로 돌아가려는데 갑자기 밀려든 카트의 물결에 우왕좌왕 갇혀버리고 말았다. 저기, 성민 오빠…… 아니세요? 그제야 여자의 얼굴을 자세히 보았다. 어, 너…… 수연이구나.

우리는 역시 소란스럽기 짝이 없는 푸드코트로 가서 배스킨 라빈스 아이스크림을 먹었다. 각자 차를 가지고 왔기에 자리를 옮기기도 여의치 않았다. 나 졸업하고 6년 만인가? 그러네요. 6년의 시간은 명함을 교환하면서 간략히 메웠다. 오, 영어학원에서 학생들 가르치는구나. 와, 오빠는 방송국 촬영감독이네요. 머리를 어깨 위로 드리우고 가볍게 화장한 수연이를 알아보지 못한 것도 당연했다. 내 기억 속의 그녀는 항상 화장기 없는 민얼굴에 포니테일 머리, 청바지 차림의 털털한 모습이었다. 어쩌다 머리 풀고 치마라도 입고 오는 날이면, 사람들은 장난기 섞인 찬사 대신 무슨 일 있냐고 진지하게 묻곤 했다. 개인적으로는 중성적 매력이 엿보이던 예전 스타일에 한 표 던지고 싶었지만, 물론 그런 얘기는 하지 않았다.

영어 강사와 촬영감독이 아무 연관도 없는 업무 얘기를 잠시 나누고, 협상하듯 서로가 알고 있는 동아리 사람들 소식을 주고받았다. 결혼은 했냐고 물었더니 내년 봄에 식을 올릴 예정이라고 했다. 남자가 미국 지사로 발령받아 함께 떠난다고. 얼결에 역시 봄은 만물이 짝짓기 하는 훌륭한 계절이라는 둥의 단정치 못한 말로 축하를 대신했다. 다행히 수연이는 조금 웃어줬다. 결혼했냐고 묻기에 지난봄에 이혼하고 나서는 생각이 없다고 했다. 아이스크림은 적절한 선택이었다. 질척하게 녹으며 '커어트!' 사인을 보내주었으니까.

지은과 세훈은 소나기를 피해 플라타너스 아래로 뛰어든다. 한가로이 동물원을 거닐던 사람들도 사방으로 흩어진다. 방사장의 새끼 코끼리만이 코를 말아 올리고 신나게 발을 구른다. 보아뱀이 정말 코끼리를 삼킬 수 있을까요? 지은의 진지한 표정에 세훈은 웃음을 터뜨린다. 눈길이 마주치며 웃음기가 사라지고, 세훈이 비에 젖은 지은의 머리칼을 쓸어 넘긴다. 뜨거워지는 두 사람의 눈빛. 하지만 눈앞에 어른거리는 옛사랑의 그림자에 세훈은 머뭇거리다. 지은의 얼굴에도 유학 중인 약혼자에 대한 죄책감이 스며든다. 그들의 망설임을 씻어 내리듯 굵어진 빗줄기가 플라타너스 잎을 때린다. 둘의 입술이 자석처럼 서로를 끌어당기고, 진한 키스…… 또 게시판 난리 나겠군.

커어트! 오오케이! 살수차 스톱! 남 피디의 외침에 지은과 세훈은 황급히 상대를 밀쳐냈다. 보란 듯이 얼굴을 찡그리며 손등으로 입술을 문지르는 애틋한 연인. 으휴, 저 싸가지들. 남 피디가 입속말로 웅얼거렸다. 두 배우는 귀엽지도 않은 생트집, 어깃장, 옹고집을 앞세워 계속 냉전 중이었다. 한창 잘나가는 남녀 톱스타를 주인공으로 캐스팅할 때부터 순탄치 않으리라 예상은 했었다. 스케줄 문제로 몇 차례 기 싸움을 벌이더니 사사건건 으르렁거리며 촬영장 분위기를 뒤숭숭하게 만들었다. 설상가상 한창 잘나가는 작가까지 매번 아슬아슬하게 쪽대본을 날려 드라마를 피 말리는 생방송으로 만들어가고 있었다. 그나마 한창 잘나가는 시청률이 유일한 위안거리였다.

장비를 정리하는데 수연이에게서 전화가 왔다. 데면데면하게 돌아서는 그녀에게 연락하라고 말은 했지만, 정말 할 줄은 몰랐다. 그냥요…… 보고 싶은 영화가 있는데, 혹시 일요일에 시간 괜찮아요? 마트에서 만났을 때보다 한결 밝은 목소리였다. 시간은 괜찮은데, 무슨 용건 있는 건 아니고? 왜요? 용건 없으면 오랜만에 만난 선배하고 영화도 못 보나? 그녀는 어색하게 웃었다. 맞는 말이었다. 안 그래야지, 하면서도 자꾸 사람들 말이나 행동의 이면을 탐색하게 된다. 더구나 방송국 일을 한다고 하면 성가시게 구는 사람들이 종종 있었다. 누구 사인 좀 받아달라, 방청권 얻어줄 수 없느냐 등등. 거절하면 거드름을 피우는 것 같고 들어주자니 여기저기 아쉬운 소리 해야 되는 번거로운 부탁들. 이제는 아예 대놓고 거드름을 피우며 거절한다.

수연이는 카페 창가에 앉아 노트북 자판을 두드리고 있었다. 왔어요? 애들 시험지 만드느라고요. 민트색 카디건에 단정하게 받쳐 입은 흰 스커트. 무슨 일 있냐고 진지하게 물을 뻔했다. 참, 재밌는 거 보여줄까요? 그녀는 노트북을 끄려다 말고 어떤 영문 사이트에 접속했다. 왼쪽 상단에 'Family Watchdog'이라는 글자와 함께 큼직한 불도그 로고가 나타났다. 늘어진 주름에 눈이 반쯤 감긴 불도그는 억센 경비견이 아니라 만사가 귀찮은 정육점 주인처럼 보였다. 지역을 LA로 선택하고 숫자로 된 코드를 넣자 화면에 지도가 떴다. 지도에는 빨간색 노란색 파란색 초록색 점들이 개미 떼처럼 가득했다. 여기가 내년에 LA에서 살 아파트예요. 그녀는 새끼손톱으로 지도 한가운데 개집처럼 생긴 아이콘을 가리켰다. 저 점들은 뭐야? 성범죄자들. 미국에는 집 주변에 어떤 전과자들이 사는지 확인할 수 있는 이런 사이트가 있더라고요. 대단하죠? 그녀 말대로 화면 좌측에 색색의 점들에 대한 범례가 나와 있었다. 빨강은 아동 성범죄, 노랑은 강간, 파랑은 성폭력, 초록은 기타 잡범. 자세한 정보도 나와요. 수연이가 집 근처의 노란색 점 하나를 클릭하자 새로운 창이 뜨며 파바로티처럼 수염을 기른 히스패닉이 나를 노려보았다. 후안 라몬 로페즈라는 강간범의 주소와 전과 기록, 나이, 키, 몸무게, 흉터와 문신 위치까지 자세하게 나왔다. 로페즈 씨는 마취제를 이용한 강간과 14세 이하 아동에게 폭력으로 구강성교를 강요한 죄목이었다. 대단하네. 직접 마우스를 잡고 몇 개의 점을 클릭해보았다. 레이몬드 싱어, 도일 스미스, 미구엘 에르난데스, 데이비드 킴…… 태평양 건너에 사는 아동 성범죄자, 강간범, 성폭력범, 기타 잡범들이 쇼핑몰 상품처럼 눈앞에 떴다. 척 봐도 범죄형인 자가 있었고 순박한 이웃집 아저씨처럼 보이는 자도 있었다. 하긴 수연이에게는 모두 이웃집 아저씨가 될 사람들이었다. 흘끗 돌아본 그녀의 얼굴은 딱딱하게 굳은 것 같기도 했고 빙글거리며 냉소를 머금은 것 같기도 했다. 너무 터프한 동네 아니야? LA에서 이 정도면 안전한 곳이래요. 코리아타운 부근으로 가면 점에 가려 지도가 안 보일 지경이에요. 흐음, 그렇군. 원색의 점들에 둘러싸인 그녀의 집. 세계적인 대도시 한복판의 아파트가 아니라 들짐승이 우글대는 숲 속의 허술한 오두막처럼 보였다.

  수연이가 고른 영화는 「수면의 과학」이라는 프랑스 영화였다.

지루한 다큐멘터리가 아닐까 걱정했는데, 다큐멘터리와는 거리가 멀었고 전혀 지루하지도 않았다. 어땠어요? 간만에 마음에 쏙 드는 영화네. 수연이도 미소를 지으며 고개를 끄덕였다. 우리는 저녁 먹는 내내 맞장구를 쳐가며 영화 속 스테판과 스테파니에 대한 얘기를 나눴다. 사실 달리 할 얘기도 없었다. 수연이는 TV에 관심이 없는지 사인이나 방청권은커녕 내가 촬영 중인 한창 잘나가는 드라마도 안 보는 모양이었다. 제목은 들어본 것 같은데…… 그녀는 겸연쩍은 낯빛으로 말끝을 흐렸다. 덕분에 지은과 세훈의 카메라 밖 신경전, 촬영장 에피소드 등 의욕적으로 준비한 수십 개의 토크가 통편집되어 날아갔다. 우리는 식당을 나와 세종문화회관 근처를 잠시 배회했다. 잎이 무성한 플라타너스는 웬만한 소나기는 너끈히 막아줄 것 같았다. 하지만 하늘은 구름 한 점 없이 맑았다. 지하철 타고 가세요? 응. 너는? 난 버스. 정류장에서 버스에 오르던 수연이가 뒤를 돌아보았다. 저기…… 또 연락해도 돼요?

수연이는 대학 만화 동아리 후배였다. 그 애가 활동할 때 나는 술자리나 기웃거리는 복학생 선배였기에 같이 MT를 가거나 밤새워 작품전을 준비했던 추억은 없었다. 내 기억으로 수연이는 조용하고 내구성 강한 스타일이었다. 있는 듯 없는 듯 술자리를 끝까지 지키는 바람직한 후배. 영문과였지만 무라카미 하루키나 마루야마 겐지 등의 일본 소설을 즐겨 읽었고, 등산을 좋아하는데 다리가 너무 튼튼해져서 걱정이라며 멋쩍게 푸념하곤 했다. 그 정도나마 기억하는 건, 사실 수연이에게 한때 흑심을 품었던 적이 있기 때문이다. 심각하게는 아니고 딱 몽당연필 크기 정도의 흑심. 딱히 어떤 점에 반했다기보다는 마주칠 때마다 동전 저금하듯 조금씩 쌓이는 감정이었다. 그러나 내 돼지저금통 연정은 어느 겨울의 술자리 이후 수취인불명 도장이 찍혀 반송함에 던져졌다.

그날따라 유독 시무룩한 표정으로 연신 잔을 비우던 수연이가 왈칵 울음을 터뜨렸다. 짝사랑의 아픔 때문이랍니다. 수연이 동기의 설명이었다. 남자가 있었구나. 나는 씁쓸하게 술잔을 비웠다. 요즘 세상에 짝사랑 때문에 울다니, 멸종 위기의 순정파로구나 생각하면서. 그런데 동기는 어이없다는 투로 코웃음을 쳤다. 정말 미쳤나 봐, 그 사이코를…… 그 사이코는 영문과 조교라고 했다. 교수들에게 아부로 붙어살면서 학생들에게는 성깔 더럽고 인정머리 없기로 악명이 자자하다는 설명이었다. 게다가 제법 반반한 얼굴로 반 동거하는 애인까지 있으면서 틈만 나면 여기저기 껄떡거리는 화상이라나. 아무리 제 눈에 안경이라지만 얘는 당장 라식 수술부터 받아야 한다며 동기는 목청을 높였다. 그러거나 말거나 수연이는 탁자에 엎드려 꺽꺽 소리가 날 정도로 서럽게 울었다. 어찌나 시원스럽게 울어 젖히는지, 사랑의 아픔에 대한 연민보다는 카타르시스의 쾌감이 느껴질 정도였다.

그날 이후 며칠 동아리방에 출근하며 수연이를 살폈다. 후배들은 가볍게 넘겼지만, 한순간 허물어지던 그 애의 낯선 모습이 영 마음에 걸렸다. 하지만 괜한 걱정이었다. 수연이는 언제 그랬냐는 듯이 본래의 차분하고 꿋꿋한 포니테일로 돌아가 있었다. 나도 안심하고 시시껄렁한 농담이나 던지는 복학생 선배로 돌아갔다. 수연이의 이상형이 '제법 반반한 얼굴' 빼고는 나와 동떨어진 타입이라는 걸 확인한 덕분에 불필요한 수고를 덜 수 있었다.

수연이와 나는 자연스럽게 일주일에 한두 번 만나 저녁을 먹었다. 보고 싶은 영화나 전시회가 있으면 주말에 약속을 잡기도 했다. 주로 수연이가 연락을 해왔다. 내가 데이트 시간 다 뺏는 거 아니에요? 맞아. 아가씨들이 한수연 암살단을 결성하려는 움직임이 있어. 멋진데요, 내가 누군가의 표적이 되다니. 별게 다 멋지다. 실은 나도 그녀와의 데이트 아닌 데이트가 싫지 않았다. 혼자 끼니를 해결하는 일이 익숙하긴 했지만 성가신 부작용으로 고생하던 참이었다. 먹는 동안 음식 외에 달리 집중할 일이 없다 보니 미각이 기형적으로 발달한 것이다. 자연히 메뉴 선택이나 맛의 평가에 지나치게 까다로워졌다. 다행히 데이트 비슷한 거라도 하는 동안은 설렁탕 소금 간도 제대로 못 보던 원래의 미각으로 돌아갔다. 촬영도 없고 술 약속도 없는 날이면 휴대폰에서 수연이 번호를 찾게 되었다.

그렇다고 반송함을 뒤져 너덜너덜해진 수취인불명 봉투를 다시 끄집어낸 것은 아니었다. 상대가 결혼을 앞둔 후배라는 점이 오히려 편했다. 서로의 속마음을 기웃거리거나 멜로물과 에로물의 적절한 배합을 찾기 위해 머리 굴릴 필요가 없었다. 그런 건 한수연 암살단 멤버들과 하는 일이었다. 건전한 이혼남은 그렇다 치고, 수연이는 왜 계속 나를 만날까? 이따금 궁금했다. 애도 미각이 기형적으로 발달했나? 결혼할 남자가 무지하게 바쁜가? '이럴 때 남자는 이혼을 꿈꾼다' 같은 특강을 바라는 건가? 내가 매력적이기 때문이라고 순수하게 받아들이지 못하고 어느새 또 탐색을 하고 있었다.

짚이는 게 있긴 했다. 새내기 이혼남과 예비 신부가 만나면 가장 피하는 대화 주제가 바로 결혼이었다. 상대방의 상처를 들쑤시거나 희망을 박살내고 싶은 사디스틱한 취미가 없다면 말이다. 결혼이란 이제 사랑이라는 전력을 공급하지 않고도 관계가 유지되도록 하는 무동력 면도기 같은 것이라거나, 일단 하면 어떻게든 살아진다는 친구들 너스레는 다 뻥이라는 따위의 말을 예비 신부에게 하고 싶지는 않았다. 어쩌면 수연이도 결혼 문제에 대해 굳이 속내를 터놓거나 미화해서 대답할 필요 없는, 더불어 침묵할 수 있는 친구를 원한 게 아니었을까? 그렇다면 내가 경력 사원으로서 적임자이기는 했다.

자주 만나다 보니 사소한 문제가 하나 생겼다. 어쩌면 사소하지 않은, 만남 자체에 존재론적 의문을 제기하는 중대한 문제로 볼 수도 있었다. 바로 할 말이 없다는 것. 수연이나 나나 말 밑천을 탄창 가득 채워놓고 반자동으로 쏴대는 스타일은 아니었다. 더구나 지뢰밭을 걷듯 결혼과 연결될 수 있는 말머리는 요리조리 피해가다 보니, 대화는 불어터진 칼국수처럼 뚝뚝 끊기기 일쑤였다. 마주 앉은 사람과 시선을 맞추지 않는 수연이의 버릇도 여전했다. 그런 그녀를 빤히 쳐다보면 괜히 채근하는 것 같아 나도 눈길이 조심스러웠다. 특별한 화제가 없으면 우리는 눈알 굴리기 시합을 하는 로봇처럼 멀뚱히 앉아 있기 일쑤였다. 덕분에 커피빈의 정식 명칭은 'The Coffee Bean & Tea Leaf'라거나, 스타벅스 로고의 인어는 목이 거의 없고 머리 위 왕관에 별이 붙어 있다는 것, 빕스보다는 베니건스에 귀여운 아가씨들이 많이 일한다는 것 등등, 별로 유용하지 않은 상식을 차곡차곡 쌓아갔다.

  그때 혜성처럼 등장한 구원투수가 있었으니, 그녀의 이름은 마리아였다. 저기, 우리 학원에 저랑 동갑인 선생님이 있는데요…… 마르지 않는 가십의 유전, 입방아의 순교자, 마리아의 탄생 설화가 시작되는 순간이었다. 그 동갑내기 선생님은 학원 최고의 뉴스메이커였다. 휴게실에서는 매일 그녀의 복음을 전파하는 찬양 대회가 열렸다. ○○○ 선생 말이야, 어제 퇴근하는데…… ○○○ 선생 말이야, 글쎄, 아까 점심시간에…… ○○○ 선생 말이야…… ○○○ 선생은 결국 '마리아'라는 성스러운 별명을 얻게 되었다. 수연이도 눈알 굴리기 시합이 시작될 조짐이 보이면 타임을 외치고 마리아를 마운드에 올렸다. 마리아 얘기를 할 때만큼은 그녀도 눈을 반짝이며 제법 수다스러워졌다.

처음에는 알지도 못하는 여자가 보라색 꽃무늬 스타킹을 신고 왔다거나, 50만 원짜리 벨리댄스 의상 구입한 얘기를 내가 왜 듣고 있어야 하나, 좀 한심스럽기도 했다. 하지만 뻔하다고 구시렁대면서도 다음 얘기가 궁금해지는 게 드라마의 매력 아닌가. 어느새 나도 마리아의 활약상에 적극적으로 추임새를 넣게 되었다. 소식이 뜸할 때는 내가 먼저 그녀의 근황을 묻기도 했다. 마리아는 롤플레잉 게임 속 캐릭터처럼 하나둘 아이템을 획득하며 성장해갔다. 우리는 공동 유저가 되어 그녀의 일거수일투족에 대해 이러쿵저러쿵 품평을 했고, 각종 상황에 그녀를 투입하여 시뮬레이션해보기도 했다. 그 장면에서 여주인공이 너무 답답하지 않아요? 음, 마리아라면 어떻게 했을까? 머리를 맞대고 시시덕거릴 얘깃거리가 있다는 건 그만큼 우리를 가까운 공모자로 만들어주었다.

우리의 마리아는 일면 순진하고 일면 앙큼하고 일면 맹하고 일면 뻔뻔하고 일면 곰살궂고 일면 요망스러운, 꽤나 복잡다단한 캐릭터였다. 남자들 앞에서 그녀는 사근사근 잘 웃고 알랑거리는 콧소리를 능숙하게 늘어놓을 줄 아는 애교덩어리였다. 어머, 원장니임, 오늘 넥타이 넘 젊어 보이신다. 사모님이 불안하시겠어요. 여자들 앞에서는 약간 피곤한 음색으로 무심코 흘린다는 듯 자랑을 늘어놓는 푼수덩어리였다. 어제 백화점에서 산 원피스인데요, 너무 비싸게 샀나 봐. 조금만 있으면 세일인데, 나도 바보지. 우리 아저씨가 마음에 든다고 당장 사자고 어찌나 보채는지…… 여자 선생님들은 재빨리 휴게실로 모여들어 찬양 대회를 열었다.

사실 그 정도야 주변에서 희귀한 캐릭터도 아니었다. 마리아 복음의 백미는 그녀의 러브스토리였다. 마리아는 친척 소개로 만난 대기업 대리와 학생 때부터 알고 지낸 외무고시생, 전시회에서 눈이 맞은 한량 사진작가를 동시에 만나고 있었다. 우리는 그들을 각각 대리, 외무, 사진이라고 불렀다. 대리는 나이 차이가 있는 편이라 아저씨라 불리지만, 그에 비례하는 재력을 갖추었고, 앞으로도 안정적인 성장이 보장된 우량주였다. 외무는 오래 사귄 정과 고시라는 한 방, 그에 이은 폼나는 외국 생활이 놓치기 아까운 패였다. 다만 벌써 사수 중이라 그 '한 방'의 유효기간이 문제였다. 사진은 훤칠한 키에 이국적 마스크, 사탕발림과 보헤미안 기질로 그녀를 유혹했다. 가난하고 장래 계획이 전혀 없다는 점도 보헤미안다웠다. 하지만 마리아의 러브스토리에 성급하게 '문어발'이라는 냄새 고약한 이름을 붙이지는 말자. 그녀는 위기를 기회로 바꿀 줄 아는 실로 창의적인 CEO였다.

마리아는 세 남자를 만나는 사실을 주위에 굳이 비밀로 하지 않았고—오히려 고민 상담을 빙자하여 박진감 넘치는 생중계를 했다—세 남자도 서로의 존재에 대해 어느 정도 알고 있었다. 그런 요상한 관계가 가능한 이유는 세 남자에게 각각의 성격과 상황에 맞는 맞춤형 전술을 사용했기 때문이다. 대리에게 마리아는 단지 과거의 인연을 냉정하게 끊지 못해 자신의 프러포즈에 한숨짓는, 외모만큼이나 마음도 여린 '착한 여자'였다. 외무에게는 자신의 무능력 때문에 연인이 갈등을 겪는다는 자괴감을 심어주어 공부에 매진하게 만들었다. 사진의 경우는 자기 입으로 항상 쿨한 인생, 쿨한 연애를 주창했기 때문에 몇 명의 경쟁자건 쿨하게 받아들여야 했다. 모양새는 분명 약삭빠른 여자의 문어발이었지만, 마리아는 어느새 성에 갇혀 용의 감시를 받는 가련한 공주가 되었다. 구출하러 오는 왕자가 세 명일 뿐.

  수연이에게는 그런 수완이 없었다. 다른 애인은 고사하고 친구처럼 만나는 선배마저 상대에게 설득시키지 못했다. 하루는 지나가는 말로 물었다. 결혼 앞두고 이렇게 외간 남자를 자주 만나도 되는 거야? 괜찮아요. 그 사람한테도 얘기했어요, 친한 선배라고. 그 친한 선배가 매력적인 싱글에다 현란한 유머 감각까지 갖췄다는 것도 알아? 이럴 땐 후하게 웃어주면 좋으련만, 수연이는 적이 심각한 표정이 되었다. 저…… 오빠가 한번 만나보실래요? 내가? 화들짝 놀라 하품을 했다. 놀라면 하품을 하는 버릇이 있었다. 그냥, 한번 보는 것도 어떨까 해서…… 나는 식어 빠진 커피를 한 모금 머금고 양 볼을 부풀려가며 입을 헹궜다. 내키지, 않죠? 물론 내키지 않았다. 내 인간관계는 1원 1차 방정식으로 충분했다. x, y 두 개의 변수만 나와도 거쳐야 하는 덧셈, 뺄셈이 영 번거로웠다. 벌써 수연이가 왜 이런 말을 하는지, 그 남자와의 사이에 어떤 심리전이 오갔는지, 계산식을 만들어야 하지 않는가. 그 사람이 보재? 수연이는 흠칫 놀라는 눈치였다. 예? 아아, 내가 하도 친오빠 같은 선배라고 했더니, 결혼 전에 얼굴이라도 익혀놓아야 하지 않겠냐고. 실의에 빠진 이혼남이라고 해도 안심이 안 되나 보네. 하긴 더 불안할 수도 있겠구나. 아뇨, 아뇨, 그런 건 아니고…… 수연이는 귓불까지 벌게져 손사래를 쳤다. 으이그, 농담이다. 그래, 얼마나 멋진 놈을 꿰찼나 한번 보자. 편한 시간 잡아봐. 말을 뱉자마자 후회했다. 수연이가 그렇게 요란하게 반응하지만 않았어도…… 으이그.

김성재라고 합니다. 수연이한테 얘기 많이 들었습니다. 남자는 싹싹하게 인사하며 명함을 건넸다. 한성민입니다. 저도 얘기 많이 들었습니다. 나도 싹싹하게 거짓말하며 명함을 건넸다. 이름 있는 조선 회사의 경영기획실 소속이면 꽤 능력을 인정받는 친구인 모양이었다. 그러니까 성범죄자 쇼핑몰인 미국에도 보내주겠지. 괜찮으시면 저는 소주로 하겠습니다. 요즘 배가 슬슬 나와서. 남자는 별로 나오지도 않은 배를 쓰다듬었다. 같이 소주로 하시죠. 작은 소주잔 두 개와 큰 맥주잔 하나가 연달아 부딪쳤다. 그는 예의를 갖추면서도 활발하게 대화를 주도했다. 술자리에서 남자끼리 격의 없이 어울리는 노하우가 몸에 밴 듯했다. 자기 회사 얘기와 내 방송국 얘기를 적정하게 배분했고, 농담과 다양한 사회적 이슈도 재치 있게 끌어왔다. 직장 상사와 단란주점 마담이 선호하는 타입이었다.

두 병째 소주와 함께 호칭은 금세 형님이 되었다. 수연이는 옆에서 있는 듯 없는 듯 묵묵히 술자리를 지켰다. 마치 호탕한 동창 녀석이 자기 여자 친구를 소개하는 자리 같았다. 호탕한 동창 녀석은 술도 셌다. 꼭 나와 잔을 부딪친 후 원샷을 했고, 세 병째부터 잔을 돌리기 시작했다. 나도 어디 가면 빠지는 술은 아니었다. 무언의 도전을 받아들여 원샷 맞짱을 떴다. 하지만 술병이 오륜기를 넘어 볼링 핀 대형으로 쌓이자, 나는 승부를 포기하고 잔을 꺾기 시작했다. 김성재는 목소리가 살짝 높아졌을 뿐 겉으로는 멀쩡해 보였다. 내 상대가 아니었다.

수연이가 화장실에 갔을 때 그가 의자를 바짝 끌어당겼다. 형님, 수연이가 요새 좀 우울해 보이지 않습니까? 미국으로 가는 것 때문에 그런지, 걱정이네요. 여자들은 결혼 앞두면 심적으로 불안해진다고 하던데, 원래 그런 건가요? 얼씨구, 그런 걸 나한테 물으면 어쩌자는 건가. 하지만 콧등을 찡그리며 안경을 밀어 올리는 표정이 꽤나 진지했기에 나도 진지하게 대꾸해주었다. 글쎄요, 나도 여자가 아니라서…… 어쨌든 인생의 큰 변화니까 기대와 불안이 다 있겠죠. 김성재는 고개를 끄덕였다. 하긴, 남자인 저도 그러니까요. 형님은…… 눈치 빠른 미스터 김, 그제야 멈칫하더니 재빨리 화제를 돌렸다. 수연이 학생 때는 어땠습니까? 학생 때? 음, 진득한 성격이었죠. 착하고 털털하고, 선배들도 다 좋아했어요. 눈이 많이 나빠서 고생하기는 했지만. 아, 전에 라식 수술을 받았다는 얘기는 들었습니다. 하마터면 씹고 있던 주꾸미를 그의 얼굴에 발사하며 웃음을 터뜨릴 뻔했다. 그래도 최근에 형님 만나고부터 한결 밝아진 거 같아 마음이 놓입니다. 그래서 겸사겸사 뵙고 싶었죠. 자, 형님, 한잔 받으시죠. 결혼에 실패한 사람을 만나고 밝아졌다니, 예비 신랑이 마음을 놓아도 되는 상황인지 선뜻 판단이 서지 않았다. 색색의 점들에 포위된 수연이의 작은 오두막이 떠올랐다.

우리는 자정을 넘기기 전에 자리를 정리했다. 지갑을 꺼내는 나를 김성재는 들배지기로 밀어내면서 주인에게 카드를 던지고 빨리 긁으라고 재촉했다. 술에는 장사 없다고, 그도 건들건들 흔들리는 몸을 전후좌우 스텝으로 떠받치느라 바빴다. 악수를 청하는 나를 덥석 끌어안더니 다음에는 둘이 끝까지 가보자며 또 연락하겠다고 했다. 명함을 건넨 걸 후회했다. 수연이는 가볍게 눈인사만 보내고 약혼자의 뒤를 따라 택시 안으로 사라졌다. 잠시 서서 멀어지는 택시 꽁무니를 바라보았다. 만일 여동생이 나를 결박하고 뜨겁게 단 고데기로 가슴팍을 지지며 결혼할 남자를 소개하라고 협박한다면, 협상 카드로 떠올릴 만한 친구였다. 여동생이 없는 게 천만다행이었다.

고생 많았어요. 수연이는 우리의 삼자대면을 그렇게 정리했다. 별말씀을. 나도 재미있었어. 오빠가 마음에 들었나 봐요. 그날 택시에서도 기분이 좋더라고요. 아마도 내가 그리 위협적인 수컷이 아님을 감지했다는 뜻일 테지. 상관없는 일이기는 했지만, 살짝 약이 오르는 건 어쩔 수 없었다. 물론 김성재는 수연이처럼 연락한다는 말을 실천에 옮기지는 않았다. 갑자기 전화해서 보고 싶은 영화가 있다거나 하면 적잖이 난감했을 것이다. 우리도 김성재 얘기를 구태여 입에 올리지 않았다. 그가 아니어도 언제든 마운드에 올릴 수 있는 든든한 구원투수가 있었으니까.

외무는 결국 네번째 낙방의 고배를 마셨다. 비장한 표정으로 '일 년만 더'를 요청하는 외무에게 마리아는 격려를 아끼지 않았다. 꿈을 품은 사람은 결코 꺾이지 않는다고. 그리고 연락을 끊어버렸다. 마리아에게는 폼나는 외국 생활이 날아갔다는 상실감 이전에 자신을 향한 신앙심의 부족으로 보였을 터였다. 왕자 하나가 공부를 못해서 탈락하자 삼국지의 균형이 무너지며 전황은 급박하게 돌아갔다. 사진은 애당초 모둠회 접시를 빛내주는 당근 꽃 장식 성격이 강했고, 대세는 대리에게 기울고 있었다. 기회를 포착한 대리는 자신의 강점을 살려 선물 공세를 퍼붓고 분당 아파트를 보여주고 집에 인사를 시키며 결혼을 당연한 상황으로 몰아갔다. 왜, 그런 거 있잖아요. 아직 잘 모르겠어요, 잘 모르겠어요, 하면서 따라다니며 할 거 다하는. 수연이는 새치름하게 눈을 내리깔고 제법 마리아의 성대모사까지

했다. 생각할 틈을 주지 않고 밀어붙이는 것도 좋은 방법이야. 생각이라는 게 반항아 기질이 있어서 하면 할수록 부정적인 방향으로 뻗대잖아. 그래서 사람들이 지겹도록 떠드는 거겠지. 긍정적인 생각을 가지라고. 오빠는 긍정적인 생각을 가지고 사는 편이에요? 나? 나는, 부정적인 생각을 긍정적으로 받아들이는 편이지. 오, 편하겠는데요. 나도 노력해봐야겠다. 뭐, 노력할 것까지야……

한창 마리아 얘기로 시간을 때우던 중, 우연히 새로운 사실을 알게 되었다. 수연이는 지금의 학원에 다닌 지 1년이 조금 넘었다고 했다. 선입견일지 몰라도, 나는 막연히 그녀가 한 직장에 오래 다녔으리라 생각했다. 그전에는 다른 학원에 있었어? 아뇨, 그냥 회사에 다녔어요. 보험회사에. 보험회사면 괜찮지 않나? 힘들어서 전업한 거야? 예, 뭐, 그런 것도 있고…… 수연이는 말꼬리를 얼버무렸다. 더 이상 묻지 말아달라는 뜻이었다. 불현듯 머릿속 잡동사니 틈바구니에서 무언가 반짝거렸다.

집에 돌아와 동아리 소식통을 자처하는 후배에게 전화를 걸었다. 재작년인가, 녀석이 방송국으로 찾아와 함께 술을 마신 적이 있었다. 만나자마자 브리핑하듯 사람들 소식을 일일이 전해주었는데, 그중 여자 후배의 스캔들 하나가 끼어 있었다. 내 기억이 맞다면 그게 수연이였다. 예, 맞아요, 수연이. 걔가 회사에서 유부남하고 바람이 나가지고 시끄러웠나 봐요. 수연이 쪽에서 적극적이었다고 하는데, 그 자식이야 젊은 처녀가 달라붙으니까 웬 떡이냐 했겠죠. 결국 부인까지 찾아와 난리를 치고, 수연이는 끝까지 사랑 타령만 하고, 완전 드라마 찍었대요. 결국 직장도 그만뒀다나. 걔는 참, 멀쩡한 애가 왜 만날 그러는지 모르겠어요. 비운의 여주인공이 되고 싶은 건지. 그런데 형, 갑자기 수연이는 왜요? 어, 그냥, 사람들 소식도 궁금하고 해서. 아차, 싶었지만 때는 늦었다. 녀석은 이미 언제 끝날지 모를 브리핑에 돌입한 참이었다.

전화를 끊은 후 거실 한편을 차지하고 있는 러닝머신에 올라뛰었다. 뜨끈한 땀방울을 흠뻑 흘리고 싶어졌다. 10분쯤 뛰자 셔츠에 땀이 배기 시작했다. 속도를 더 올렸다. 비운의 여주인공 놀이…… 대개의 여주인공들은 상처를 받을지언정 타인에게 상처를 주지 않는다. 그건 개성 강한 조연의 역할이다. 사랑의 끝자락에서 상처를 주는 쪽이나 받는 쪽이나 괴롭기는 마찬가지겠지만, 받는 쪽이 좀더 능률적으로 괴롭지 않을까? 어떻게든 자기 하나만 추슬러 회복하면 그만일 테니. 남에게 상처 주는 것을 견디지 못하는 사람은 차라리 빨리 회복하는 법을 배우는 게 낫다. 도마뱀 꼬리처럼. 신변에 위협을 느끼면 꼬리를 잘라주고 달아나는 도마뱀. 나름 쿨한 녀석이다. 그런데 어쩌나? 우리 비운의 여주인공은 라식 수술을 했고 자신을 아껴주는 멀쩡한 놈이 하나 걸렸다. 이젠 꼬리만 적당히 잘라주고 달아날 수도 없으니.

러닝머신에서 내려와 책장을 뒤졌다. 왜 뜬금없이 도마뱀이 떠올랐는지 알 것 같았다. 복학하고 받은 동아리 작품집에 신입생 한수연의 한 컷짜리 풍자화가 있었다. 등장인물은 구렁이와 도마뱀. 목에 냅킨을 두르고 포크와 나이프를 쥔 구렁이가 식당 테이블에 앉아 있다. 요리사 복장의 도마뱀이 자신의 꼬리를 구렁이 앞에 놓인 접시에 걸쳐놓고 말한다. '손님, 이제 저를 잡아먹을 것처럼 겁을 주시면 됩니다.'

술이나 한잔해요. 만나자마자 수연이는 박력 있게 한마디 던지고 앞장섰다. 어제 촬영 끝나고 새벽까지 들이마셔 몸이 싸리비처럼 버석거렸지만 감히 거절할 분위기가 아니었다. 우리는 연인들의 행차를 피해 피맛골로 숨어들어가 소주와 두부김치를 시켰다. 겨울로 접어들면서 수연이는 눈에 띄게 예민해졌다. 결혼과 이민 준비로 슬슬 바쁠 시기인데도 전보다 연락이 잦아졌고, 만나면 어딘지 안절부절못하는 모습이었다. 결혼 준비는 오히려 마리아 쪽이 더 기민했다. 그녀는 여전히 '아직 잘 모르겠어요'를 연발하며 이미 백화점에서 패물까지 점찍어둔 정황이 포착되었다.

작정을 하고 나온 듯 수연이는 말도 없이 넙죽넙죽 잔을 비웠다. 틈틈이 안주도 밀어 넣어라. 왜 그래, 무슨 일 있어? 일은요. 우리 예전에도 이렇게 자주 마셨잖아요, 선배니임. 잘도 마신다 싶더니 수연이는 금세 취해버렸다. 혀가 꼬인 채 해죽해죽 웃는 신선한 모습도 보여주었다. 무언가 할 말이 있지 싶었다.

일부러 취기를 빌린 것인지, 수연이는 침을 꿀깍 삼키더니 기어이 나와의 암묵적인 금기를 깨버렸다. 오빠…… 정말 친오빠 같아서 그런 건데요, 딱 한 번만 물어볼게요. 따악 한 번만. 왜 이혼했어요? 흐릿하게 풀린 눈동자로 내 눈을 응시하기 위해 안간힘을 쓰는 게 느껴졌다. 나는 소주잔을 입에 대고 천천히 기울여 마지막 한 방울까지 마셨다. 두부를 정사각형으로 잘라 김치 잎사귀로 선물 포장하듯 꼼꼼하게 쌌다. 입에 넣고 물이 될 때까지 자근자근 씹었다. 와이프가, 바람을 피웠어. 수연이는 고개를 왼쪽으로 갸우뚱 기울인 채 내 얼굴을 빤히 올려다보았다. 그게 다야. 그녀는 무언가 더 묻고 싶은 듯 입술을 오물거리다가 소주를 털어 넣었다. 나는 두 개의 빈 잔에 술을 채웠다. 몇 잔 들어가니 숙취도 가시는 게 슬슬 술이 당기기 시작했다. 수연이가 원한 답은 아니었을지 몰라도, 사실 그게 다였다.

지난겨울, 여의도의 곱창집에서 그 '락커'와 마주 앉게 되었다. 까만 가죽 바지에 뾰족한 뱀가죽 구두, 자동차 스노 체인 같은 목걸이와 해골 반지, 전인권처럼 대책 없이 부풀린 헤어스타일. 그를 가볍게 로커라고 부르는 것은 왠지 실례인 것 같았다. 다짜고짜 찾아온 그 락커가 내 아내를 사랑한다고 했다. 용서를 구하지는 않겠습니다. 사랑은 용서받아야 할 대상이 아니니까요. 말은 그렇게 하면서도 락커는 다소 미안한 기색이었다. '원펀치' 정도는 각오하고 왔는지 어금니를 단단히 깨물고 있어

낯꼴이 더욱 어수선했다. 내가 하품을 하며 술잔을 건네자 그는 당황하는 눈치였다.

홍대 앞 클럽에서 자신의 밴드가 공연하는 날 만났다고 했다. 나와 결혼하기 3개월 전이었다. 둘은 이내 불꽃같은 사랑에 빠져들었다. 그놈의 불꽃이 차라리 청첩장과 웨딩드레스까지 불사르고 타올랐으면 좋았으련만, 그러기에는 화력이 조금 약했던 모양이다. 결혼 후에도 만났느냐고 물었더니 그렇다고 대답하며 다시 어금니를 꽉 깨물었다. 자신이 현실과 불화를 겪는 탓에 일이 이렇게 어긋났지만, 지금이라도 바로잡아 온전한 사랑을 완성하고 싶다고 했다. 다분히 준비한 티가 나는 어색한 멘트였지만, 온전한 사랑이라는 어감은 괜찮았다. 그의 눈이 천진하게 반짝이는 것도 부러웠고. 아내도 같은 생각이냐고 물었더니 그렇다고 했다. 오늘 여기 온 것도 알고 있냐고 물었더니 그렇지는 않다고 했다. 솔직 담백한 록커였다.

반면 내 마음속은 상당히 복잡해졌다. 놀람, 분노, 감탄, 모욕, 허탈, 배신감, 두려움, 짜증...... 군소 정당이 난립한 선거판처럼 저마다 피켓을 흔들며 아우성을 쳤다. 그중 하나는 '황당'이었다. 아내가 록 음악을 좋아했다니! 친구 와이프의 소개로 만나 2년 정도 연애를 했다. 그녀는 플로리스트였고 나는 꽃을 별로 좋아하지 않았지만, 그 점만 빼면 죽이 잘 맞는 편이었다. 아내가 동물보호단체에 냉소적이라는 것과 계란 프라이를 할 때 꼭 뒤집개로 노른자를 터뜨린다는 것, 제레미 아이언스를 좋아하지만 「데미지」에 나온 그의 파격적 알몸 연기를 끔찍하게 여긴다는 것, 초자연현상에 대한 불신과 왕십리 선녀보살에 대한 맹신을 별 어려움 없이 절충한다는 것을 나는 알고 있었다. 하지만 홍대 앞 클럽에서 뱀가죽 구두를 신은 록 밴드의 음악을 듣는 줄은 전혀 몰랐다. 내가 아내를 놀래주려면 누구와 외도를 해야 하나? 레게머리를 한 발레리나? 이런 시답잖은 생각을 하고 있는데, 한구석에 조그만 피켓 하나가 시선을 끌었다. 거기에는 '안도감'이라고 적혀 있었다. 인정하고 싶지 않지만 사실이었다. 부부 싸움 대신 삼키던 한숨, 베란다에서 방향제에 섞여 풍기던 담배 냄새, 오르가슴 언저리에서 어긋나던 눈길, 한밤에 깨면 낯설게 느껴지던 옆자리 체온…… 내 앞의 락커는 소중한 알리바이였다. 모든 게 그놈의 사랑 때문이었다는.

소주 한 병을 나눠 마신 후 락커에게 알았으니 그만 돌아가라고 했다. 어떻게 할 거냐고 묻기에, 이건 내 문제이니 당신이 상관할 바 아니라고 말해줬다. 락커는 오묘한 표정으로 한참이나 고개를 끄덕이다가 스노 체인을 쩔렁이며 돌아갔다. 혼자 남아 소주 한 병을 더 시켰다. 불판에는 까맣게 오그라든 곱창 몇 점이 화재 현장의 변사체처럼 널브러져 있었다.

늘 카메라 뒤쪽에 있었는데, 뒷덜미를 잡혀 드라마 세트 속으로 질질 끌려 들어온 기분이었다. 출생의 비밀을 가진 신데렐라가 교통사고로 기억상실에 걸려 의사인 이복 오빠와 사랑에 빠지지만 자신이 불치병이란 사실을 알게 된다는 식의, 통속과 우연이 열대어처럼 떼 지어 몰려다니는 작위적 현실. 그런데 한쪽 눈을 감고 뷰파인더를 들여다보고 있노라면, 그 작위적 현실이 우리의 참모습에 더 가깝기를 바라는 마음이 들었다. 참모습이란 게 있다면 말이다. 어쨌든 드디어 내 삶에도 드라마틱한 운명의 파도가 들이쳤다.

결혼을 앞두고 클럽에서 만난 롹커와의 불꽃같은 사랑, 그리고 불륜…… 그럭저럭 스토리는 나오는 구도였다. 다만 이 드라마의 주인공은 아내와 롹커였다. 나는 그저 모든 게 안정적인, 현실과 불화를 겪는 언더그라운드 예술가의 손에서 여주인공을 채가는 조연일 뿐이었다. 의사나 회장 아들이면 더 폼이 났으련만. 사랑은 용서받아야 할 대상이 아니니까요. 롹커의 과장된 연기가 떠올라 피식 웃음이 났다. 나는 쿨한 남편이 되기로 했다. 한 쌍의 운명적 연인을 위해 조건 없이 깨끗이 물러나주겠노라고. 드라마야 싱거워지겠지만, 가끔 그런 의외의 조연도 있어야 하지 않겠는가.

주점을 나서자마자 수연이가 벽을 짚고 쪼그려 앉더니 두부와 김치를 게워냈다. 엉거주춤 서서 등을 두드려주는데 피맛골 좁은 골목이 휘청거렸다. 그래, 예전에도 자주 이랬지. 우리는 골목을 나와 인사동으로 접어들었다. 서늘한 바람이 이마까지 차오른 열기를 식혀주었다. 안국동 방향 출구까지 말없이 걷다가 우리는 석장승 옆 돌 벤치에 앉았다. 엉덩이가 시렸다. 누군가 석장승의 볼에 빨간 매직펜으로 하트를 그려놓았다.

초저녁부터 급하게 술만 마시느라 마리아의 안부도 묻지 못한 게 생각났다. 그녀는 이제 단순한 말밑천이 아닌 꼭 챙기고 넘어가야 하는 절친한 친구였다. 마리아는 잘 지내? 스페어타이어도 다 내다버렸겠지, 이제 결혼한대? 대리 아버지가 재촉이 심한가 봐요. 공무원인데 퇴직 전에 아들 결혼시켜야 한다고. 그렇겠지. 홍행 수입이 많이 차이 날 테니. 그런데 마리아는 막상 눈앞에 닥치니 좀 망설여지는 것 같아. 말수도 줄고, 고민하는 눈치예요. 진짜 고민? 음, 아마도. 수연이는 두 손을 입에 대고 입김을 불었다.

마리아 얘기를 하다보면 한 번도 본 적 없는 그녀의 얼굴이 떠오른다. 구릿빛 청순가련형을 기본 틀로 그때그때 나누는 얘기에 따라 이목구비와 인상이 조금씩 달라졌다. 오늘은 전에 없이 수심에 잠긴 모습이다. 턱을 괴고 미간을 잔뜩 찌푸렸다가, 주름살 걱정에 거울을 보며 억지로 다시 펴고, 고즈넉이 입으로만 긴 한숨을 내쉰다. 실제 마리아는 어떻게 생겼을까? 목소리와 걸음걸이는 어떨까? 어떤 매력이 있기에 동시에 세 남자에게 줄을 매달아 구애춤을 추게 하는 걸까?

마리아 한 번 만나보고 싶다. 멍하니 하늘을 올려다보다가 무심코 나온 말이었다. 수연이가 두 손을 입에 붙인 채 눈을 똥그랗게 뜨고 나를 쳐다보았다. 오빠가, 왜요? 왜는, 하도 얘기를 많이 들었더니 궁금해서 그러지. 오빠가 걔를 왜 만나요? 따지듯이 들이미는 목소리에 가시가 돋쳐 있었다. 수연이가 화를 낼 거라고는 꿈에도 생각지 못했다. 이렇게 민감하게 반응할 일인가 싶어 당황스러웠다. 아니…… 그냥 해본 말이야. 내가 그 여자 만날 일은 없지. 적당히 얼버무렸지만 수연이의 날 선 시선은 집요하게 내 눈을 파고들었다. 실로 감당하기 벅찬 눈빛이었다. 푸른 불꽃이 일렁이는 그 애의 눈동자를 들여다보다가 나는 깨달았다. 수연이가 다니는 학원에 '마리아'라는 별명을 가진 동갑내기 선생님은 없다는 걸. 구릿빛 피부에 기름한 종아리를 가진 선생님이나, 벨리댄스를 배우는 선생님이나, 알랑거리기 잘하는 선생님이나, 양다리 비밀 연애를 하는 선생님은 있을지 몰라도, 그 모든 걸 합쳐놓은 마리아는 없다는 걸. 그녀는 실제로 수연이와 나만 아는 롤플레잉 게임 속 캐릭터였다는 걸. 마신 술이 전부 가슴 어귀에 고여 출렁였다. 작은 돛단배 한 척이 노를 저으며 유유히 떠갔다.

그 순간, 한 번도 느껴보지 못한 미치광이 같은 열기가 나를 점령했다. 몸속의 모든 뼈가 빠져나간 듯 푹 꺼질 것 같기도 했고, 엉덩이에서 불을 뿜으며 하늘로 솟아오를 것 같기도 했다. 이 여자와 자고 싶다! 태양을 삼킨 것처럼 뜨겁게 치미는 순수한 욕정이었다. 수연이가 어떻게 되든, 김성재가 어떻게 되든, 둘의 결혼이 어떻게 되든, 내가 알 바 아니었다. 지금 당장 한 마리 불도마뱀이 되어 이 여자의 몸속으로 파고들고 싶은 생각뿐이었다. 내 눈은 이미 근처 하늘에 떠 있는 빨간 모텔 네온사인 하나를 찾았다. 십자가보다 훨씬 가까운 천국의 문으로 보였다.

수연아…… 몰래 심호흡을 몇 번이나 했는데도 바보처럼 목소리가 떨렸다. 수연이는 대답이 없었다. 돌아보니 입에 뭔가를 물고 있었다. 고무줄로 된 까만 머리끈. 손빗질로 머리채를 모아 잡더니 머리끈을 좌우로 몇 차례 돌려 단단히 묶었다. 전문가의 손놀림이었다. 왜요? 이상한 일이었다. 포니테일로 머리를 묶은 그 애를 보자, 냄비 뚜껑을 들썩이며 끓어오르던 욕정이 깨끗이 사라졌다. 아무런 흔적도 없이. 바람이 갑자기 차가워졌다. 왜요, 오빠? ……입 텁텁하지? 아이스크림 먹을래? 가만 있어도 추운데 아이스크림은 무슨. 수연이는 피식 웃으며 맞잡은 손에 입김을 불었다. 나는 손을 뒤로 짚고 고개를 한껏 젖혔다. 지상의 불빛들이 부연 보라색으로 뒤섞여 납빛 밤하늘을 밀어 올리고 있었다. 열탕과 냉탕을 교대로 들락거린 것처럼 몸이 노곤하게 까라졌다.

야속한 아내는 내게 쿨한 남편이 될 기회마저 허용하지 않았다. 그녀는 이혼만은 안 된다며 버텼다. 결혼 전 그 롹커를 몇 차례 만난 건 사실이지만, 그가 일방적으로 따라다닌 것일 뿐 아무 관계도 아니라고 주장했다. 결혼 후에도 만난 사실을 추궁하자 끈질기게 연락이 와서 어쩔 수 없었다고 했다. 깨끗이 정리하기 위해 두어 번 만난 게 전부라고. 믿어주고 싶었지만, 아내의 신들린 연기는 내 마음을 움직이지 못했다. 롹커의 허풍스런 대사가 훨씬 진솔하게 느껴졌다. 아내는 애원했다. 사소한 실수였다고, 자신이 사랑하는 건 나라고, 이대로 끝내고 싶지 않다고…… 주인공은 그러면 안 된다. 또다시 실패할지언정 이따위 허술한 울타리쯤은 가볍게 걷어차고 모험을 떠나야지. 고작 나 같은 인간 앞에서 눈물을 흘리는 멋없는 여자와는 같이 살고 싶지 않았다. 나는 쿨한 남편에서 온도를 한참 낮춰야 했다. 애원하는 아내를 매정하게 내치는 얼음장 같은 남편 역할.

차라리 머리끄덩이 잡고 욕을 해! 나쁜 년이라고 욕하면서 악이라도 쓰라고! 고집 센 앵무새처럼 그만 끝내자는 말만 반복하는 나에게 아내는 악에 받쳐 소리쳤다. 나, 쁜, 년. 소파 등받이에 머리를 얹은 채 한 음절씩 끊어 담담하게 말해줬다. 더 부탁하고 싶은 건 없어? 아내는 피식피식 웃었다. 그래, 내가 끌렸던 게 자기 이런 모습이었어. 그리고 견디기 힘들었던 것도…… 아내는 신혼여행 때 샀던 와인색 기내용 캐리어에 옷가지를 챙겨 집을 나갔다. 떠나는 뒷모습이 민망할 정도로 캐리어는 반질반질 윤이 났다.

여주인공이 짐 싸서 떠나버린 후 거실에 혼자 남은 조연은 무얼 할까? 십중팔구는 진열장에서 위스키를 꺼내어 근사한 유리잔에 따라 벌컥벌컥 들이켠다. 잔을 쥔 손을 부르르 떨다가 벽을 향해 냅다 던진다. 챙그랑! 나도 그렇게 해보고 싶었지만 위스키가 없었다. 냉장고에 캔맥주와 먹다 남은 소주가 전부였다.

대신 아내가 할부로 들여놓은 러닝머신에 올라 뛰었다. 아내가 거실에 꾸며놓은 꽃 장식품들을 보면서. 땀을 쫙 빼고 나면 기분이 좋아져. 아내는 숨을 헐떡이며 나에게도 권했지만 나는 러닝머신이라는 기계를 별로 좋아하지 않았다. 컨베이어 벨트 위를 거꾸로 내달리는 통조림이 되는 기분이었다. 그래도 팬티가 흠뻑 젖을 때까지 뛰고 나니 아내 말대로 기분이 괜찮았다. 유리 파편을 쓸어 담고 걸레로 벽을 닦는 것보다는.

종로에서 진탕 취한 이후 수연이는 연락이 없었다. 나도 막바지 촬영에 일본 로케까지 겹쳐 한동안 정신이 없었다. 그동안 지은과 세훈에게도 많은 일이 있었다. 짧지만 뜨거웠던 사랑, 그리고 이별, 그룹 경영권을 둘러싼 형제간의 갈등, 갑자기 나타난 세훈의 옛사랑과 형의 음모, 지은 약혼자의 불의의 사고와 그로 인해 드러나는 진실, 잇따른 오해와 어긋나는 만남…… 구색 맞춰 우여곡절을 겪지만, 둘은 결국 다시 만난다. 명색이 주인공들 아닌가. 몇 년 후, 일식 조리사와 그룹의 일본 지사장이 되어 우에노 동물원의 코끼리 방사장 앞에서 마주친 지은과 세훈. 아련히 서로를 바라보는 눈가에 부드럽고 환한 웃음이 번진다. 세훈이 코끼리—녀석이 카메라만 돌면 뒤돌아서 항문을 내보이는 바람에 계속 NG가 났다—를 바라보며 지은에게 묻는다. 보아뱀이 정말 코끼리를 삼킬 수 있을까? 먼 길을 돌아 재회한 연인, 서로를 끌어안고 뜨거운 입맞춤을 나눈다. 그리고

'커어트!' 소리와 동시에 인상을 찌푸리며 손등으로 입술을 닦았다.

이국땅 동물원에서 딱 마주치다니, 결국은 또 말도 안 되는 우연으로 끝내는군. 하네다 공항 대기실에서 이런 생각을 하고 있는데, 전처와 딱 마주쳤다. 국제 화훼전시회 참석차 오는 길이라고 했다. 우리는 스낵바에 마주 앉아 아이스크림을 먹었다. 1년 만에 남남으로 만난 아내는 한결 편안해진 얼굴이었다. 쳐다보고 있자니 왠지 자꾸만 웃음이 비어져 나왔다. 그녀도 마찬가지인 듯 말없이 방긋거리기만 했다. 드라마 결말을 알려줬더니 예상대로라며 고개를 끄덕였다. 뢱커와의 일 같은 건 묻지 않았다. 그녀도 굳이 말하고 싶어 하는 눈치는 아니었고. 정작 물어보고 싶은 건 따로 있었다. 아내의 가슴이 분명 전보다 커진 것 같았다. 수술을 했나? 가슴을 내밀고 앉아서 그렇게 보이는 건가? 뽕인가? 궁금한 걸 꾹 참고 있는데, 질문은 아내가 던졌다. 자기, 얼굴에 점 뺐어? 응? 전에 이쪽에 점이 있지 않았나? 그녀는 손가락으로 자신의 왼쪽 광대뼈 부근을 짚었다. 난 그냥 웃고 말았다. 가끔 연락이라도 하자는 말을 끝으로 우리는 악수를 나누고 헤어졌다.

겨울도 끝나가던 어느 날 밤, 수연이에게서 전화가 왔다. TV를 켜놓은 채 소파에서 잠들었다가 비몽사몽간에 전화기를 들었다. 그녀는 다소 들뜬 목소리였다. 저 독일에 가기로 했어요.

독일? 잠결에 잘못 들은 줄 알았다. 미국 아니었어? 그 친구 LA로 발령받았다며. 아, 내가 말을 못했구나. 그동안 많은 일이 있었어요. 저 파혼했어요. 으응, 그랬구나. 수연이가 워낙 예사롭게 말했기 때문에 파혼이 홈쇼핑 주문 취소처럼 가뿐한 일로 들렸다. 그녀는 내가 미처 대꾸할 틈도 주지 않고 그간의 이야기를 쏟아놓았다. 성재 씨와 진지한 대화 끝에 더 늦기 전에 정리하는 게 서로를 위해 최선이라는 데 합의를 보았다. 자신은 도예 공부를 위해 독일로 유학을 가기로 했다. 도예 선생님이 일단 드레스덴의 도자기 공방을 소개해주기로 했다. 쉽지 않겠지만 정규 대학을 거쳐 도자기 마이스터에까지 도전해보겠다. 잠깐, 잠깐만. 도예라니? 너 도예를 했어? 수연이를 만나는 동안 도예 얘기는 전혀 들어본 적이 없었다. 예. 몇 년 됐어요. 취미로 시작했는데, 도자기를 빚고 있으면 마음이 편하고 좋아요. 늘 본격적으로 해보고 싶었지만 용기를 못 냈어요. 하지만 이젠 내가 진짜 원하는 게 뭔지 알게 됐어요. 사람은 역시 좋아하는 일을 하면서 살아야 행복하잖아요. 그거야 뭐, 그렇지…… 선생님 말로는 독일에 가면 세계 각국에서 배우러 오는 사람들이 많대요. 나이 같은 건 문제가 되지 않는대요. 흐음, 그렇구나. 그런데 독일어는 할 줄 알아? 배워야죠. 일단 가서 1년 정도…… 수연이는 흥분이 가시지 않은 목소리로 두서없이 자신의 계획을 늘어놓았다. 나는 여전히 몽롱한 상태로 그래, 그렇구나, 맞장구만 쳤다. 떠나기 전에 한번 보자는 말을 마지막으로 전화가 끊겼다.

　수연이가 내 꿈속에 들어와 한바탕 재잘거리다 돌아간 것 같았다. 냉장고에서 물을 꺼내 마시고 다시 소파에 누웠다. TV에서는 일본에서 30년 만에 펜 돌리기 열풍이 부활했다는 지구촌 소식을 전하고 있었다. 전국 대회가 열리고 문구 회사는 발 빠르게 돌리기 전용 펜을 선보였다. 펜 돌리기는 한때 산만한 행동이라고 눈총을 받았지만, 이제는 기술적 완성도와 독창성이 요구되는 인기 스포츠입니다. 머리가 허연 '일본 펜 돌리기 협회' 회장의 말이었다. 세상에는 참 다양한 협회가 있었다.

　눈을 감았지만 달아난 잠기운은 저만치서 감질나게 꼬리만 흔들 뿐 쉽사리 다가오지 않았다. 파혼. 어감으로는 '이혼'보다 더 파탄에 가까운 느낌을 준다. 물론 심리적으로나 경제적으로나 서류상으로나, 이혼이 훨씬 세다. 이혼이 파혼의 등을 두드려주며 말한다. 용기를 내. 너도 할 수 있어.

　늦게라도 자신의 길을 찾았다면 축하할 일이다. 그런데 느닷없이 도예라니…… 드레스덴의 작은 도자기 공방에서 머리를 동여매고 물레를 돌리는 수연이를 상상해보았다. 자꾸 희미해지는 수연이 대신 구릿빛 피부의 마리아가 등장해 어깨를 움씰거리며 흙을 주물렀다. 못하는 게 없는 여자다. 그러고 보니 그녀의 소식을 미처 물어보지 못했다. 마리아는 대리와 잘되고 있을까? 4월 1일로 날은 잡았는데, 아직 잘 모르겠어요. 여기 청첩장.

잠기운이 슬금슬금 다가와 엉덩이를 뒤로 빼고 내 손가락 끝을 핥았다. 조금만 더 가까이 와라. 목덜미를 확 잡아채줄 테니. 수연이가 직접 구운 도자기 화병을 아내에게 선물한다. 아내는 거기에 노란 들국화를 꽂꽂이한다. 옆에서 롹커가 헤드뱅잉을 하며「돌고 돌고 돌고」를 열창한다. 다시 돌고~ 돌고~ 돌고~ 돌고~ 아내를 만났을 때 그렇게 멀뚱멀뚱할 필요가 없었는데. 혹시 다음에 만나게 되면 방송국에 새로 들어온 여직원 얘기를 해줄 수도 있겠다. 저기, 그 친구 별명이 '마리아'야. 왜 그런 별명이 붙었나 하면 말이야……

괴물을 위한 변명

1

"사람들은 누구나 추한 것을 미워하지. 그러니 어떤 생명체보다도 추한 내가 얼마나 혐오스러울까! 그대, 나의 창조자여, 하물며 당신까지도 자신의 피조물인 나를 혐오하고 멸시하고 있소. 그래도 그대와 나는 둘 중 하나가 죽어야만 풀릴 끈으로 묶여 있소. 〔……〕 삶은 비록 고뇌 덩어리라고 해도 내겐 소중한 것이오. 그러니 난 삶을 지킬 것이오. 명심하시오. 당신은 나를 당신 자신보다 더 강하게 만들었다는 것을."

2

 사빌 부인, 월턴 선장님이 부인께 보낸 장문의 편지들을 벌써 수차례 되풀이해 읽었지만, 피가 차갑게 얼어붙는 듯한 충격과 공포는 쉬이 가시지가 않습니다. 그러면서도 편지를 넣어둔 서랍으로 다시 향하는 손길의 작은 떨림은 또 무엇인지…… 그 무서운 기록이 제 안에 잠들어 있던 무언가를 흔들어 깨웠다는 걸 고백할 수밖에 없군요. 저는 금단의 열매를 탐하는 이브의 심정으로 편지에 언급된 사건들을 여러 날에 걸쳐 수소문했습니다. 이미 상당한 시간이 흐른 후라 쉽지는 않았지만, 빅터 프랑켄슈타인 박사의 행적과 그의 괴물이 저질렀다는 세 건의 끔찍한 살인이 실제로 발생했던 비극임을 확인할 수 있었습니다.
 하지만 박사의 고백을 그대로 신뢰하기에는 풀리지 않는 의문점들이 꼬리를 물었던 것도 사실입니다. 제가 수집한 실제 기록과 편지를 비교해가며 읽는 과정에서 일련의 의문점들은 벽돌처럼 차곡차곡 쌓여 또 다른 상상의 성을 짓더군요. 그 내용에 대해서는 고인이 된 프랑켄슈타인 박사와 부인의 오라버니인 월턴 선장님의 명예에 누가 될 수 있으므로, 저만의 작은 성으로 간직하는 심정을 헤아려주시기 바랍니다. 그래 봤자 호기심 많고 한가한 여인네의 백일몽일 뿐이니까요.
 다소간의 의구심에도 불구하고, 이 편지들이 어떠한 방식으로든 세상에 공개되어야 한다는 부인의 의견에는 전적으로 동감합니다. 하지만 신을 거역한 무도한 기록이 불러올 파장을 생각하면 걱정이 앞서는군요. 저와 마찬가지로 세인들도 품게 될 의문으로 인한 고단한 시달림은 또 어쩌겠습니까. 그래서 저는 이런 생각을 해보았습니다. 이 편지를 소설의 형태로 공개하는 게 어떨까. 저의 미천한 재주로 약간의 각색을 거쳐 발표한다면 허구라는 안전그물에 충격은 상당 부분 상쇄될 것이고, 의문점은 저와 같이 호기심 많은 독자들의 몫으로 남겨져……

——1816년, 메리 셸리가 마거릿 사빌 부인에게 보낸 편지 중

3

괴물은 어떻게 되었을까? 메리 셸리의 소설 『프랑켄슈타인』의 결말을 살펴보자. 괴물은 북극을 탐험하던 월턴 선장의 배에 올라 자신의 창조자 빅터 프랑켄슈타인 박사의 주검을 목도한다. 그를 향해 타오르던 분노도, 철천지원수가 되어 벌였던 추격전도 모두 끝이 났다. 남은 건 메울 수 없는 죄책감과 회한뿐. 괴물은 슬픔에 잠겨 비장하게 선언한다.

"저기 내가 타고 왔던 얼음 뗏목으로 당신 배를 떠나 지구의

최북단까지 갈 것이오. 그곳에서 나의 장례식을 위한 장작을 모아 이 비참한 몸뚱이를 재로 태워버리겠소. 나와 같은 또 다른 존재를 만들고자 하는 호기심 많고 불경스러운, 가련한 이들에게 어떠한 실마리도 남기지 않을 것이오. 나는 죽을 거요. 이제 더는 나를 갉아먹는 고뇌를 느끼는 일도, 충족될 수도 억제할 수도 없는 감정의 희생양이 되는 일도 없을 거요."

외투 자락을 휘날리며 북극해의 어둠 속으로 홀연히 사라지는 괴물. 장작더미 위에서의 화형식이라니. 최저기온이 영하 40도까지 떨어지는 빙하 한복판에서. 지나가던 북극곰이 웃을 일이다. 괴물은 어떻게 되었을까? 재가 되어 사라지지 않은 것은 확실하다. 그의 최후에 대해 사실주의적 관점에서 약간의 추측을 해볼 수 있지 않을까.

지구 최북단에 도달한 괴물은 자신이 호기롭게 내뱉은 선언이 경솔했음을 깨닫는다. 시야가 닿는 곳은 온통 얼음뿐이고 휘몰아치는 눈갈기에 제대로 서 있기조차 힘들다. 하지만 그는 빈말을 하는 성격이 아니다. 어떻게든 자신의 언약을 지키기 위해 뭔가 태울 만한 것이 없을까 빙하 위를 헤맨다. 머리 위에서 영롱한 초록 날개를 활짝 펼치고 있는 오로라를 발견하고 아, 감탄사를 내뱉는 순간, 발밑이 푹 꺼진다. 외마디 비명을 남긴 채 크레바스 속으로 빨려 들어가는 괴물. 물론 그의 가공할 체력과 운동신경이라면 충분히 빠져나올 수 있다. 뒤이어 떨어진 큼직한 얼음덩어리가 후두부를 정통으로 때리지만 않았어도……
빙하 속에 갇혀 얼어붙은 채 많은 시간이 흘러갔다.

　18세기 중엽 영국에서 산업혁명이 시작된 이래 인류는 물질적으로 급속히 풍족해졌다. 반면 지구는 급속히 쇠약해져 병상에서 신음하고 있다. 탄산가스로 오염된 공기, 황폐해진 산림, 구멍이 뚫린 오존층…… 점점 뜨거워지는 체온은 떨어질 생각을 않는다. 교황의 하얀 주케토처럼 정수리를 가리기에 급급한 킬리만자로 만년설이 지구의 피폐한 처지를 상징적으로 보여준다. 지금의 추세라면 수십 년 내에 북극 빙하가 완전히 사라질 것이라는 우울한 전망까지 나온다. 빙하의 감소는 벌써부터 해수면 상승, 기상 이변, 생태계 파괴, 식량 및 식수 부족 등으로 이어져 우리의 삶을 직접적으로 위협하고 있다. 또 지나가다 웃은 죄밖에 없는 북극곰을 노숙자로 만들고, 때로는 크레바스에 파묻힌 조난자를 끄집어내기도 한다.

　큼직한 유빙 하나가 그린란드 해안으로 떠내려 왔다. 얼음이 녹으며 백설기 속 대추처럼 박혀 있던 생명체가 모습을 드러낸다. 푸르뎅뎅하게 언 피부에 조금씩 혈색이 도는가 싶더니 요란한 재채기와 함께 벌떡 몸을 일으키는 괴물. 퀭한 눈으로 주위를 둘러본다. 살갗이 트고 짙은 다크서클이 생기기는 했으나, 놀랍게도 그는 멀쩡히 살아 있었다. 역시 괴물이다. 여기가 어디지? 외투에 붙은 얼음 조각을 털어내다가 안주머니에 금실로 새겨 넣은 이니셜을 발견한다. 'V. F.' 하지만 아무리 쳐다보아도 자신의 이름은 떠오르지 않는다. 뭔가 말을 해보려 했으나 목소리도 제대로 나오지 않는다. 괴물은 몸을 한 번 푸르르 떨고 멀리 보이는 녹색 대지를 향해 터벅터벅 걸음을 옮긴다.

그렇게 괴물은 다시 인간 세계로 돌아와 여전히 우리 곁에 머물고 있다. 자신에 대한 어떠한 실마리도 남기지 않겠다던 결심이 무색하게 영화, 만화, 연극, 뮤지컬, 광고 등 분주하게 얼굴을 내밀더니, 최근에는 생명공학 시대를 맞아 새롭게 주목받는 스타로 부상하고 있다. 하지만 그의 언행불일치를 너무 탓하지는 말자. 냉동 상태에서 뇌 기능 일부가 손상되어 기억을 잃었을 뿐이다. 자신의 과거와 프랑켄슈타인 박사에 대해 그는 아무것도 기억하지 못한다. 박사가 시체에 생명을 불어넣는 실험을 통해 자신을 창조했다는 것도, 실험은 성공했지만 생김새가 너무 추하다는 이유로 버려졌다는 것도, 자신이 그의 가족과 연인을 죽여 복수를 했다는 것도…… 신이 되고자 했던 인간과 인간이 되고 싶었던 괴물. 그들 애증의 숨바꼭질은 아직도 끝나지 않은 듯하다.

4

1993년판 기네스북에 따르면, 1900~93년까지 공포영화에 가장 많이 등장한 캐릭터는 드라큘라(162편)이며 2위가 프랑켄슈타인(112편)이다. 이쯤 되면 20세기 공포영화계는 흡혈귀 백작과 재활용 시체가 맛 좋게 접수한 셈이다. 각각 1897년과 1818년에 소설 주인공으로 탄생한 이들은 일찌감치 원작에서 탈피, 대중문화의 확산과 함께 독자적으로 성장해왔다. 혐오감과 공포로, 반역의 쾌감으로 시대를 초월하여 꾸준한 인기를 누리는 어둠의 자식들. 그들의 현재 모습 속에는 우리가 오랜 시간 투사해온 두려움과 욕망이 소리 없이 숙성되고 있다. 그러나 둘의 활동 양상은 그 신분 격차만큼이나 극명한 대조를 보인다.

드라큘라 백작은 동유럽 뱀파이어 전설의 적자로서 등장할 때마다 카멜레온 같은 연기 변신을 보여준다. 세일러복을 입고 사무라이 검을 휘두르는 여고생으로(「블러드 플러스」), 현란한 테크노 액션을 구사하는 흑인 뱀파이어 사냥꾼으로(「블레이드」), 동물의 피만 먹는 창백한 꽃미남으로(「트와일라잇」), 눈 덮인 스웨덴 작은 마을에 나타난 가녀린 소녀로(「렛 미 인」), 성별과 인종과 연령의 경계를 뛰어넘어 어떤 역할도 자유자재로 소화해낸다. 심지어 「바다에서 온 드라큘라」라는 정체불명의 영화에서는 거대한 뱀파이어 문어가 등장해 종의 경계마저 허물어버린다. 이 뱀파이어 문어는 흡혈 시에 여성의 목덜미가 아닌 더 은밀한 부위를 선호하는데, 흡반 달린 여덟 개의 다리를 어떤 용도로 사용하는지는 상상에 맡기겠다.

반면 몸의 각 부분이 무덤이나 도살장 출신인 프랑켄슈타인은 우직하다 싶을 정도로 고정된 이미지로만 등장한다. 쩍 벌어진 어깨에 누덕누덕 기운 피부, 몽탕한 앞머리, 툭 불거진 넓은 이마, 때꾼한 눈, 짙은 다크서클, 목 양쪽에 튀어나온 전기 단자, 온몸에 깁스를 댄 듯한 어색한 걸음걸이, 포효하는 괴력의 야수. '프랑켄슈타인'이라는 이름을 듣는 순간 사람들의 머리에 떠오르는 이미지는 여기서 크게 벗어나지 않을 것이다. 의상이라도 좀 챙겨주면 좋으련만, 우중충한 검은 재킷에 헐렁한 '기지 바지' 한 벌로 사계절을 버티는 모습은 적이 안쓰러울 정도다. 당사자로서 더욱 억울한 건, 이런 우직함이 전통을 고수하는 클래식한 매력도 아니라는 점이다. 원작의 괴물은 우리가 아는 프랑켄슈타인과 달라도 한참 다르다. 둘이 만난다면 흘끔거리며 데면데면하게 악수를 나눌지도 모를 일이다. 처음 뵙겠습니다. 아, 예……

『프랑켄슈타인』은 캐릭터의 높은 인지도에 비해 원작이 가장 소외된 소설로 꼽힌다. 팝콘을 내뿜으며 비명을 지를 때 일일이 원작을 의식할 필요는 없겠지만, 그래도 본인이 처음 유의미한 존재로 잉태된 자궁이 아닌가. 저자 메리 셸리는 괴물에게 어떤 유전인자를 물려주었을까? 우리는 그동안 프랑켄슈타인에게 무엇을 투사해왔을까? 지조를 지키려다 크레바스에 떨어지고 기억상실증에 걸린 채 우리 곁으로 돌아온 괴물. 따지고 보면 DNA가 좀 복잡할 뿐 그도 우리와 똑같은 인간이다. 휴머니즘을 발휘하여 우직한 단벌 신사에게 잃어버린 과거를 되찾아주자.

5

가장 먼저 눈에 띄는 차이는 괴물의 이름이다.

로보캅, 터미네이터, 가위손, 가제트 형사 등 유명한 사이보그 캐릭터들에게는 종종 '프랑켄슈타인의 후예'라는 꼬리표가 붙는다. 환경보호론자들은 자연법칙을 거스르는 유전자 변형 식품GMO에 대한 경고와 혐오를 표현하기 위해 '프랑켄푸드 Frankenfood'라는 용어를 사용한다. 또한 인간 복제, 유전자 조작, 장기 이종이식, 주문형 아기 등 갖가지 생명윤리 논쟁에서 프랑켄슈타인은 부정적인 시각을 대변하는 유용한 상징이 되었다. 이와 같이 '프랑켄슈타인'이라는 이름은 우리 머릿속에 자연스럽게 시체를 꿰매어 만든 인조인간을 떠올리게 한다.

하지만 소설에서 '프랑켄슈타인'은 괴물을 만든 박사의 이름일 뿐 괴물에게는 이름이 없다. 박사는 괴물이 깨어나는 것을 보자마자 냅다 줄행랑을 쳤기 때문에 이름을 지어줄 틈도 없었다. 그러나 후대인들은 박사의 이름을 괴물에게 물려주어, 지금 이 글에서도 그렇듯이, 박사와 괴물 모두를 지칭하는 것으로 사용하고 있다.

그 과정을 짐작하는 건 어렵지 않다. '현대의 프로메테우스'라는 부제가 보여주듯 소설 『프랑켄슈타인』의 단독 주인공을 꼽자면 박사라고 할 수 있다. 하지만 소설이 영화, 만화 등 다양한 장르로 상품화되는 과정에서 은근슬쩍 주인공이 바뀌었다. 성격이 오락가락하는 유약한 박사 대 한 번 보면 절대 잊을 수 없는 괴력의 터프가이. 그리 어려운 선택이 아니었다. 그에 따라 소설 제목은 점차 박사가 아닌 괴물을 연상시키게 되었다. 이 바쁜 세상에 일일이 '소설 『프랑켄슈타인』에 등장하는 프랑켄슈타인 박사가 시체로 만든 그 괴물'이라고 호명하는 건 너무 번거롭지 않은가.

만일 프랑켄슈타인 박사가 이 사실을 알게 된다면 아마도 관 뚜껑을 박차고 뛰쳐나오지 않을까 싶다. 소설이 끝날 때까지 그는 자신의 피조물에게 악착같이 이름을 부여하지 않았다. 괴물의 정체성을 인정할 수 없었던 것이다. 그놈, 비열한 놈, 더러운 악마, 끔찍한 괴물, 악마 같은 시체, 흉악한 괴물, 소름 끼치는 손님, 유령 같은 놈, 짐승, 분노의 파괴자, 더러운 벌레 같은 놈 등등, 이름을 대체하기 위해 그가 동원한 현란한 어휘들을 감안하면 박사의 심정도 이해 못할 바는 아니다. 주인공 자리까지 빼앗긴 마당에. 그래도 흥분을 가라앉히고 현실을 겸허히 받아들였으면 한다. 침실에서 만들었건 실험실에서 만들었건, 자식은 자식이 아닌가.

그렇다면 박사와 달리 괴물에게 흔쾌히 이름을 붙여준 우리는 그의 정체성을 전적으로 인정한 것일까? 이름은 정체성의 표식인 동시에 타인과의 경계선이다. 익명의 존재, 경계선이 불투명한 존재는 우리를 불편하게 만든다. 호기심과 함께 두려움을 불러일으킨다. 그것에 다가가 만져보고 냄새 맡고 귀를 기울여보는 게 싫다면, 이름을 붙여 창고에 던져버리면 그만이다. 어린아이가 자신의 뒤를 따라오는 크고 검은 형체에 겁을 먹고 달아나다가, 아무리 달려도 떨칠 수 없음을 깨닫고 주저앉아 훌쩍거리다가, 가만히 눈치를 보니 그것이 위험하지는 않은 것 같아 안심하다가, 아이다운 호기심으로 손을 내밀어 말을 걸어보려는 순간⋯⋯ "바보, 그건 그림자야."라고 알려줄 수 있으니까.

두번째 두드러진 차이는 언어 사용 능력이다.

현재 우리 곁에서 활동하고 있는 프랑켄슈타인은 벙어리이다. 인간과 좀비의 중간쯤 되는 모습으로 코끼리 옹알이 같은 괴성만 질러대는 게 고작이다. "우워~ 우워~ 우워워~" 하지만 원작의 괴물은 읽고 쓰고 말할 줄 안다. 아는 정도가 아니라 번듯한 정장만 입혀놓으면 존 그리샴 소설에 변호사로 출연해도 손색없는 달변가이다. 게다가 그 모든 걸 독학으로 깨우칠 정도로 뛰어난 지능을 지녔다.

괴물은 드 라세 가족의 가축우리에 숨어 지내는 동안 그들의 오두막을 훔쳐보며 말과 글을 배웠다. 교재 한 권 없이 불과 두어 달 만에 불어를 완벽하게 습득하는 언어 감각은 가히 천재적이라 하겠다. 그뿐인가. 『젊은 베르테르의 슬픔』을 읽으며 고결한 정신을 찬미하는 감성을 지녔고, 『플루타르크 영웅전』에서는 선과 악, 숭고함과 용기를 가슴 깊이 새긴다. 『실락원』은 그에게 가장 큰 감동을 안겨준 책으로, 전능한 신과 피조물의 관계를 자신의 처지와 비교하며 철학적 사색에 잠기기도 한다.

이렇게 지식과 교양을 쌓은 결과 몽탕베르 정상에서 프랑켄슈타인 박사와 마주쳤을 때에도 괴물은 전혀 밀리지 않는 말발을 보여준다. 차분하고 논리적으로 자신의 견해를 피력하더니 결국 박사를 설득해 요구 사항을 관철시킨다. 오히려 흥분해서 횡설수설 억지만 부린 쪽은 배울 만큼 배운 프랑켄슈타인 박사였다.

이런 달변가가 왜 벙어리가 되었을까? 어쩌면 극심한 무대공포증 탓이 아닌가 싶다. 괴물은 대중 앞에 나서면서부터 언어를 잃어버렸다. 이미 19세기 연극 무대에 설 때부터 벙어리였고, 처음으로 스크린에 등장한 1910년 에디슨 스튜디오의 단편영화에서도 괴물은 말이 없다. 물론 이 작품은 무성영화이기 때문에 등장인물 누구도 말이 없기는 하지만.

우리가 아는 전형적인 괴물의 이미지는 1931년 유니버설 스튜디오의 영화「프랑켄슈타인」에서 빚어졌다. 괴물 역을 맡은 보리스 칼로프의 독특한 분장과 강렬한 눈빛 연기는 지금까지도 프랑켄슈타인의 원형으로 남아 있다. 이후 몇 편의 시리즈를 통해 미친 과학자와 꼽추 조수 이고르, 흉악한 괴물의 삼각 구도가 자리 잡는다. 컴컴한 극장에 들어찬 관객들은 감성이 풍부하고 언변이 뛰어난 거구의 변호사보다는 벙어리 시체 인간이 선사하는 스릴과 공포를 원했다. 괴물은 점차 말이 없는 무자비한 야수로 각인되어 갔다. 아이러니하게도 관음증적 시선을 통해 언어를 습득한 괴물은, 또 다른 관음증적 시선에 의해 언어를 잃어버린 셈이다.

"아마 그들은 내 모습을 보고는 혐오스러움을 느끼겠지만, 부드러운 태도와 친절한 말들로 그들의 호의를 사게 되면 결국엔 나를 사랑하게 될 것이라고 상상했소. 이런 생각에 고무되어 나는 새로운 열정을 가지고 언어의 기술을 터득하는 데 전념했소."

이름을 얻은 대신 언어를 잃어버린 괴물. 존재의 두 가지 층위에서 주고받은 이 거래에 대해 당사자는 어떻게 생각할까? 사실 괴물은 이름을 달라고 투정한 적이 없다. 그는 외투 주머니에 있던 박사의 일기를 통해 자신의 저주받은 탄생 과정을 낱낱이 알고 있었다. 창조주가 느낀 혐오와 공포까지도. 정체성이니 경계선이니 하는 뜬구름 잡는 고민은 애당초 그의 관심사가 아니었다. 그리고 괴물 역시 자신을 탄생시킨 박사를 향해 노예 놈, 폭군, 원수 등의 패륜적 극언을 서슴지 않은 걸 보면, 프랑켄슈타인이라고 불리는 걸 그리 달가워할 것 같지는 않다. 부자지간에 참 아름다운 광경이다.

괴물이 원한 것은 이름이 아니라 함께 얘기를 나누고 교감할 수 있는 배우자였다. 제조 공정이 까다로운 성형 미인을 원한 것도 아니고, 동병상련의 정을 나눌 수 있도록 자신과 같은 흉측한 존재를 만들어달라는 소박한 바람이었다. 그러면 인간세계를 영원히 떠나 황야에서 둘이 오순도순 살다가 죽음을 맞이하겠노라고. 하지만 프랑켄슈타인 박사는 과학자답게 괴물 둘이 오순도순 사는 행위의 결과를 예측했다. 그들의 후손이 퍼질지 모른다는 두려움에 약속을 파기하고, 완성을 앞둔 배우자를 그의 눈앞에서 갈가리 찢어버린 것이다. 잔혹한 복수극과 목숨을 건 추격전의 서막이었다. 긴 사투 끝에 북극에서 돌아온 괴물. 우리는 환영의 뜻으로 명찰 하나 달아주고는, 교감을 나눌 수 있는 혀마저 빼앗아버렸다.

마지막으로 살펴볼 원작과의 차이점은 철학, 심리학, 사회학, 교육학, 정신의학, 대뇌생리학, 사회생물학, 문화인류학 등을 두루 거치며 벌어진 해묵은 논쟁과 연관되어 있다. 이 논쟁의 양극단은 각각 공산주의와 나치즘에 사상적 근거를 제공함으로써 인류사를 격랑에 몰아넣기도 했고, 형편없는 성적표를 받아온 자녀와 부모 사이에 소모적인 언쟁을 유발하기도 한다.

앞서 언급한 유니버설 스튜디오의 1931년 작 「프랑켄슈타인」의 한 장면을 보자. 시체에 생명을 불어넣는 실험의 막바지 단계, 박사는 꼽추 조수에게 의대에 가서 뇌를 훔쳐 오라고 지시한다. 마침 의대 강의실에는 정상인의 뇌와 범죄자의 뇌가 나란히 유리병에 담겨 있었다. 다행히 조수는 정상인의 뇌를 집어든다. 하지만 공포영화에서 영민하고 심부름 잘하는 조수를 본

적이 있는가. 그는 실수로 병을 깨뜨리고 툴툴거리며 범죄자의 뇌가 든 병을 가지고 돌아온다. 괴물은 왜 괴물이 되어야만 했는가에 대한 단순 명쾌한 근거가 마련되는 순간이다. 이후 많은 프랑켄슈타인 영화나 각종 패러디물에서 뇌 이식은 매우 중요한 모티프로 등장한다. 반사회적 행동의 유전적 요인을 강조하는 이 속 편한 발상은 현대 프랑켄슈타인 신화의 중요한 일부가 되었다.

이 사실을 알게 된다면 이번에는 메리 셸리 여사가 관 뚜껑을 박차고 뛰쳐나오지 않을까 싶다. 그녀의 작품을 관류하는 주요 사상적 배경 중 하나는 존 로크의 백지설(白紙說)이라 할 수 있다. 원작에는 누구의 뇌를 사용했는가는 언급도 되지 않는다. 괴물은 백지 상태의 무구한 존재로 태어났으나 성장 과정이 순탄치 못해 범죄자의 길로 들어섰을 뿐이다. 단지 흉측하게 생겼다는 이유로 창조자에게 버려지고 가는 곳마다 혐오와 경멸의 대상이 되었다. 목숨을 걸고 급류에 휩쓸린 소녀를 구해줬건만 돌아오는 건 총알 세례였고, 유일한 희망이었던 고결한 드 라세 가족마저 그를 보자마자 막대기로 후려치며 쫓아낸 것이 결정타였다. 이 정도면 사이코패스 살인마가 탄생하기에 최적의 환경이다. 그는 비참한 고독의 동굴에 갇혀 "마왕처럼 가슴에 지옥을 품었"다. 채 두 돌도 지나지 않은 키 2미터 40의 갓난아기는 복수의 화신이 되기로 맹세한 것이다.

인간 성격과 행동의 비밀을 밝히는 유전적/본성적 요인 대

환경적/경험적 요인 사이의 논쟁은 양쪽 모두 중요하다는 지극히 상식적인 답변이 정설로 받아들여지고 있다(물론 주목을 덜 받고 삶이 무료해지는 것을 우려하는 해당 분야 학자들 생각은 다르겠지만). 그러나 19세기 초의 메리 셸리는 소설에서 환경적/경험적 요인에 경도된 양상을 보이며 인간의 후천적인 개선 가능성을 강조한다. 아마도 경험론이 우세했던 영국에서, 급진주의 사상가와 선구적 페미니스트를 부모로 두고, 계몽주의의 영향을 받고 자란 환경적 요인 탓이리라.

때문에 소설에서는 가장 흥미로울 수 있는 괴물의 탄생 과정이 거의 시적으로 압축되어 있다. 뇌는커녕 발가락 하나 붙이는 장면조차 보여주지 않으니 뭔가 허전할 수밖에. 사실 시체 조각을 결합해 생명체를 만드는 이야기라고 하면 누구나 기대하게 되는 충격 영상들이 있지 않은가. "이고르, 요 앞 사거리 종합병원에서 뇌 하나 훔쳐 오게. 통통하고 주름 실한 놈으로!"

6

살펴보았듯이 지금 우리 주위를 어슬렁거리는 프랑켄슈타인은 200년 전 북극에서 냉동 미라가 되기 전의 괴물과는 사뭇 다르다. 제멋대로 변형된 현대의 괴물을 본다면 저자 메리 셸리는 어떤 반응을 보일까? 모르긴 해도 썩 유쾌한 기분은 아닐 것이다. 직접 자료를 수집하고 자신이 소설로 각색하여 발표하겠다며 의욕을 보였던 작품이 아닌가. 특히 박사보다는 괴물에게 각별한 애착을 품은 게 소설 전반에서 느껴지는데, 그 친구를 이리저리 끌고 다니며 형체도 알아볼 수 없게 주물러놓았으니.

그런데 메리 셸리는 읽을 때마다 피가 차갑게 얼어붙는다는 괴물 이야기에 왜 그토록 매혹된 것일까? 그녀 내면의 어떤 존재가 기지개를 켠 것일까? 사빌 부인에게 보낸 편지에 따르면, 그녀는 수집한 실제 자료와 프랑켄슈타인 박사의 고백 사이에 벌어진 틈새에 주목하고 있다. 풀리지 않는 의문점들이 차곡차곡 쌓여 만들어졌다는 상상의 성. 그게 과연 무엇이었을까? 소설 같은 건 한 번도 써본 적 없는 열아홉 양갓집 규수로 하여금 분연히 펜을 들게 만든, 고딕소설의 고전이자 공포소설의 전설이며 SF소설의 효시가 된 『프랑켄슈타인』을 탄생시키게 만든 그 틈새……

이런저런 궁금증이 머릿속을 나풀나풀 떠도는데, 마침 그녀에게서 전화가 왔다.

셸리 : 저를 찾으셨다고요?
나 : 아, 반갑습니다. 몇 가지 궁금한 점이 있어서요. 그런데 통화 감이 상당히 머네요.
셸리 : 먼 게 당연하죠. 제가 시간이 별로 없어서 간단히 했으면 좋겠네요.

나 : 예예. 음, 우선 영화나 만화에서 현대의 프랑켄슈타인을 보신 소감을 듣고 싶습니다. 박사 말고 괴물 말입니다. 선생님 작품 속 괴물과는 꽤 차이가 있죠?

셸리 : 소감이랄 게 뭐 있나요. 그냥 무지하고 교양 없고 막돼먹은 얼치기처럼 보이더군요. 말은 안 하고 역겨운 괴성만 지르니 도통 무슨 생각을 하는지도 모르겠고.

나 : 그래서 기분이 상하셨나요?

셸리 : 천만에요. 그건 이미 제 소설과는 무관하게 당신들이 만든 괴물 아니겠어요? 댁들의 취향이 반영된 결과겠죠.

나 : ……예에. 그럼 선생님의 괴물은 어떤 존재였습니까? 현대 비평가들은 괴물이 가부장제하에서 억압된 여성을 상징한다, 사회에서 소외된 하층민, 무산계급을 상징한다 등등 다양한 의미를 부여하고 있는데.

셸리 : (일부러 들으라는 듯한 한숨) 좋을 대로 생각하세요.

나 : 답변이 곤란하신 모양이군요. 그럼 간단한 질문 하나 드리죠. 프랑켄슈타인 박사는 왜 시체들을 조각조각 꿰매어 썼을까요? 온전한 시체 한 구를 쓰는 게 일도 훨씬 수월하고 잘만 고르면 비주얼도 괜찮았을 텐데. 딴죽을 걸자는 게 아니라 제가 개인적으로 좋아하는 모티프라서, 선생님의 본래 의도는 무엇이었는지 궁금하군요.

셸리 : 박사가, 바느질이 취미였나 보죠.

나 : ……재미있군요. 혹시 그 모티프가 선생님께도 어떤 의

미를 가지는 게 아닌지요? 말하자면, 어린 시절부터 비극적인 일을 많이 겪었던 것으로 압니다. 어머니의 죽음, 계모와의 갈등, 유부남인 퍼시 셸리 시인과 사랑의 도피, 첫딸의 죽음, 의붓언니의 자살에다 퍼시 셸리의 본처마저 임신 상태로 투신자살, 후에 태어난 두 아이마저……

셸리 : 잠깐, 프라이버시에 관한 질문은 사양합니다.

나 : 아, 예…… 실례를 범했군요. 전 이미 오래전 일이라…… 그러면 다시 작품으로 돌아가죠. 제가 가장 궁금한 건 편지에서 언급한 의문점에 관한 겁니다. 그로부터 촉발된 상상이 소설의 단초가 된 것 같은데, 그게 무엇이었는지 듣고 싶군요.

셸리 : (또 한숨) 그것도 좋을 대로 생각하세요.

나 : 하아, 좋습니다. 그런데 말입니다, 따지고 보면 프랑켄슈타인 박사는 생명을, 그것도 여타 인간보다 육체적으로나 정신적으로나 더 뛰어난 존재를 창조함으로써 목표를 달성한 셈이잖아요. 헌데 그렇게 열성적으로 매달려 이룩한 위대한 성과를 단지 외모가 추하다는 이유만으로 파기해버리는 건, 좀 심하지 않나요?

셸리 : 많이 심하죠.

나 : 본인이 뻔히 보면서 만들어놓고는 갑자기 흉하다며 기겁을 하는 건 또 뭡니까?

셸리 : 그러게 말이에요. 원래 소심하고 변덕스런 성격이긴 하지만, 그게 상식적으로 납득이 가나요? 단순히 생명 창조가

목적이었다면…… 뭐, 그 사람도 말 못할 사정이 있었겠죠.

나 : 오호, 말 못할 사정이라. 박사에게 뭔가 숨겨진 목적이나 다른 문제가 있었다는 뜻인가요?

셸리 : 고인이 된 분에 대해 이러쿵저러쿵 말하고 싶지 않군요.

나 : 이미 책에 시시콜콜 다 쓰셔놓고는 뭘 새삼스럽게.

셸리 : 이쯤 하죠. 산책 나갈 시간이라.

나 : 잠깐만요! 하나만 더. 그럼 소설의 어디까지가 실제 편지 내용이고 어디가 각색……

셸리 : 아, 오늘은 볕이 좋군요. 겨울이라 해가 짧아요. 그럼 이만.

나 : 아이, 정말, 이러시면 곤란하죠. 뭐 하나 제대로 답도 안 해주시고.

셸리 : 무슨 수학 문제도 아니고, 답이 왜 필요하죠? 그냥 책을 읽어보면 되는 게 아닌가 싶네요.

나 : 읽기야 읽었는데…… 거, 초상화로 뵐 때보다 영 까칠하시네요.

(뚜— 뚜— 뚜—)

본인은 부인했지만 근본도 없이 변해버린 괴물 때문에 기분이 상한 게 틀림없다. 그래도 마지막 답변은 새겨들을 만하다. 편지에 슬쩍 운만 떼어놓은 상상의 성. 사빌 부인이나 나에게는 입을 꾹 다물었지만, 소설 행간에 단서를 남겨놓고 싶은 유혹마저 뿌리칠 수 있었을까?

그나마 가장 성의 있는 반응을 보였던 프랑켄슈타인 박사의 심리부터 파고들어보자. 그가 정서적으로 매우 불안정한 상태라는 건 소설 곳곳에서 감지할 수 있다. 셸리 여사의 말대로 소심하고 변덕스런 성격에다 감정 기복이 심하고, 우울증 성향에 메시아 콤플렉스도 엿보인다. 어머니의 갑작스런 죽음과 가부장적인 아버지, 명문가 장남으로서의 책임감 등이 영향을 미쳤을 것으로 짐작되는 부분이다. 그런 불안 심리가 매사에 과도한 집착으로 이어진 게 비극의 시작이었다. 신비주의 연금술에 탐닉하거나 생리학을 공부한답시고 지하 납골당에 틀어박혀 사체의 부패 과정을 관찰할 때부터 조짐이 심상치 않았다.

죽마고우인 앙리 클레르발과의 관계도 주목해볼 필요가 있다. 그에 대한 프랑켄슈타인의 감정이 단순한 우정이었을까? 프랑켄슈타인은 항상 클레르발을 통해 진정한 마음의 위안을 얻었다. 자연을 음미하는 그의 섬세한 감수성과 시적 상상력을 동경했고, 병상에서 그의 보살핌을 받을 때면 연인처럼 행복감에 젖어들었다. 반면 약혼녀인 엘리자베스에 대해서는 입에 발린 찬사만 늘어놓을 뿐 태도가 영 미적지근하다. 몇 년씩 떨어져 지내야 하는 여행길을 전혀 주저하지도 않고, 결혼을 차일피일 미루는 것도 수상하고. 클레르발의 죽음과 엘리자베스의 죽음 앞에서 그가 표현하는 슬픔의 강도에도 확연한 차이가 엿보인다. 무엇보다 수컷의 몸으로 혼자 생명을 탄생시키겠다며 단

성생식(單性生殖)에 광적으로 집착하는 태도는 무엇을 의미하는 것일까?

주목할 만한 또 다른 단서는 소설의 형식이다. 메리 셸리는 이 소설을 서간체이면서 여러 겹의 이야기가 겹친 다중액자 기법으로 썼다. 당시로서는 획기적인 시도였다. 메리 셸리가 우리에게 남겨준 소설『프랑켄슈타인』은 로버트 월턴 선장이 북극 항해 도중 여동생 사빌 부인에게 보낸 편지들로 이루어져 있으며, 그 편지 속에는 북극에서 우연히 만난 빅터 프랑켄슈타인의 이야기가 담겨 있고, 프랑켄슈타인의 이야기 속에는 괴물로부터 전해 들은 그의 사연이 러시아 마트료시카 인형처럼 겹쳐져 있다.

메리 셸리는 편지가 몰고 올 파장을 염려하여 소설로 공개하자는 제안을 했다. 그런데 왜 굳이 편지 형식을 그대로 남겨가며 이토록 복잡한 서술 방식을 고수했을까? 좀더 생동감 넘치고 편안한 형식을 채택할 수도 있었을 텐데. 인간에 대한 소박한 믿음을 잠시 접고 생각해보자. 이 다중액자 기법의 핵심은 서술의 객관성을 담보하는 제스처를 취하지만 실은 모두 전해 들은 말의 연쇄, 일명 '카더라 통신'이라는 것. 괴물이 빅터에게, 빅터가 월턴 선장에게, 선장이 사빌 부인에게, 사빌 부인이 메리 셸리에게, 셸리 여사가 우리에게…… 과연 진실만을 말했다고 믿어야 할 이유가 있을까?

끝으로 사족 하나. 소설『프랑켄슈타인』에는 역할이 모호한 인물이 한 명 등장한다. 빅터 바로 밑의 동생 에르네스트 프랑켄슈타인. 막내 윌리엄의 경우 괴물의 첫번째 희생자이자 하녀 저스틴이 누명을 쓰고 사형당하는 원인을 제공함으로써 꽤 비중 있는 조연을 맡고 있다. 하지만 에르네스트는 소설 초중반에 잠깐 언급되다가 흐지부지 사라진다. 동생 윌리엄이 죽고, 친형이나 다름없는 클레르발이 죽고, 어머니처럼 따르던 엘리자베스가 죽고, 아버지가 충격을 받아 세상을 뜨고, 큰형 빅터마저 북극에서 횡사해 일가족 대참사로 소설이 마무리되는 와중에도, 에르네스트는 끝내 등장하지 않는다.

슬픔을 표현할 출연 분량도 얻지 못하고 초반 몇 마디 대사에 만족해야 했던, 어찌 보면 누더기 괴물보다 더 소외된 소년. 온 가족이 차례로 죽어나가는 불행을 겪은 이 소년은 어떻게 되었을까? 조용히 정신병원에라도 들어가 여생을 마친 걸까? 우리 까다로운 셸리 여사가 필요도 없는 인물을 집어넣지는 않았을 텐데…… 좋을 대로 생각하라 했겠다. 안 그래도 그럴 참이었다.

7

선술집에는 우람한 뱃사람들의 왁자지껄한 고함과 노랫가락, 매캐한 담배 연기가 한데 뒤섞여 넘실거렸다. 한쪽 구석에서는 잔뜩 취한 닻 문신과 제비 문신의 주먹다짐이 한창이었다. 승부는 나지 않고 부둥켜안은 채 흐느적거리는 꼴이 흥겹게 왈츠를 추는 것도 같았다.

문이 열리며 바닷바람과 콜타르 냄새를 앞세우고 비쩍 마른 청년이 들어왔다. 창백한 낯빛에 잘 차려입은 품새는 한눈에 보기에도 부둣가 선술집에 어울리지 않았다.

"어이, 도련님, 번지를 잘못 찾았어. 엄마 젖을 빨고 싶으면 부두 끝에 로즈 마담에게 가야지."

셔츠를 풀어 헤쳐 가슴팍의 칼자국을 드러낸 선원이 술잔으로 탁자를 두들기며 허풍스럽게 웃었다. 그러나 돌아보는 청년과 눈이 마주친 순간, 칼자국은 웃음 꼬리를 흐리며 고개를 돌렸다. 아무런 감정도 읽을 수 없는 서늘한 눈빛. 칼자국은 뱃사람 특유의 본능으로 그 눈빛에서 위험한 독기를 감지한 것이다.

청년은 땅딸막한 주인장에게 낮은 목소리로 무언가를 물었다. 주인장은 앞치마로 술잔을 닦으며 턱짓으로 구석 테이블을 가리켰다. 정수리가 휑한 반백의 사내가 빈 술병을 끼고 엎어져 있다. 청년은 장갑을 벗으며 그에게 다가갔다. 사내의 닳아빠진 푸른 코트 주머니에서 놋쇠 망원경이 삐죽이 고개를 내밀고 다가오는 청년을 훔쳐보았다.

"월턴 선장님이시죠?"

청년은 대답도 듣지 않고 의자를 빼서 맞은편에 앉았다. 선장은 고개만 부스스 들고 퀭한 눈으로 청년을 쳐다보았다. 균일한 세월의 흐름이 아닌 참담한 운명과 회한으로 한순간 폭삭 늙어버린 얼굴이었다.

"그래, 내가 바로 북극의 정복자 로버트 월턴 선장님이지. 내 모험담을 듣고 싶다면 먼저 럼주 한 병을 제물로 바치게."

선장은 지저분하게 엉긴 수염 위로 침을 흘리며 클클거렸다. 청년은 럼주를 주문하고 직접 한 잔을 따라 선장에게 내밀었다.

"중간에 배를 돌린 것으로 알고 있는데요. 저는 실패한 모험담보다는 괴물에 관심이 있습니다. 시체를 꿰매어 만든 괴물."

선장이 술잔을 손에 들고 눈을 씀벅였다.

"누군가…… 자넨?"

"에르네스트 프랑켄슈타인이라고 합니다."

"그럼, 빅터의……"

"제 형님이시죠."

"빅터 프랑켄슈타인, 가련한 친구."

선장은 허공의 한 지점을 멍하니 응시하다가 술을 입에 털어 넣었다.

"내가 여동생에게 보낸 편지를 읽은 모양이군. 괴물 이야기라면 거기 자세히 쓰여 있지 않나."

청년은 선장의 잔을 다시 채워주고 자신의 잔에도 럼주를 따랐다. 잔을 들어 향을 맡아보더니 미간을 살짝 찡그리며 내려놓았다.

"편지야 다 읽었죠. 몇 번이나. 거기에 보면 괴물을 만난 사람들은 모조리 죽었더군요. 막내 윌리엄, 클레르발, 엘리자베

괴물을 위한 변명 257

스, 그리고 빅터 형까지. 그러니까 선장님은, 괴물을 직접 만나 얘기까지 나누고도 멀쩡히 살아남은 유일한 목격자인 셈이죠."

청년은 탁자에 팔꿈치를 괴고 선장에게 얼굴을 들이밀었다.

"어떻게 생겼던가요? 눈동자는 무슨 색이었나요? 치아는 가지런한가요? 수염을 길렀나요? 꿰맨 상처들은 염증 없이 잘 아물었던가요?"

청년의 기세에 선장은 우물쭈물 엉덩이를 뒤로 뺐다.

"이보게, 나도 어두운 선실에서 잠깐 마주쳤을 뿐이야. 십여년 전에. 지금은 그저 섬뜩하고 역겨웠다는 인상만 남아 있군."

청년은 자욱한 담배 연기 속에서 웃고 떠드는 뱃사람들을 천천히 휘둘러보았다.

"형님이 만들었다는 그 괴물로 인해 제가 사랑하는 사람들이 모두 죽었습니다. 저 혼자 살아남았죠. 차라리 나도 그 괴물의 손에 죽음을 당했더라면, 레테의 강을 건너 영원한 망각 속에서 안식을 취했더라면…… 나에게 닥친 이 끔찍한 운명의 정체가 도대체 무엇인가? 그걸 제 손으로 파헤쳐보지 않고는 도저히 제정신으로 살아갈 자신이 없더군요. 지난 십여 년 동안 선장님 편지를 바탕으로 형님과 괴물의 행적을 샅샅이 훑었습니다. 잉골슈타트에서 형님이 실험실로 썼던 하숙집에 가보고 지도했던 교수들을 만나고 재료를 얻었다는 납골당, 해부실, 도살장을 찾아다녔죠. 샤모니로 가서 괴물의 오두막이 있었다는 몽탕베르 산을 뒤지고, 괴물의 배우자를 만들었다는 스코틀랜드 오크니

제도의 섬들을 헤집고, 아일랜드의 감옥에도 들렀습니다. 퍼즐을 맞추듯 여기저기서 조각들을 찾아 모았죠. 그런데 이상하죠. 조각을 하나하나 끼워갈수록 편지 내용과는 다른 그림이 나타나더군요."

청년의 목소리는 담담하게 일정한 톤을 유지했다.

"제 이야기를 한번 들어보시겠어요? 빅터 형은 생명을 창조하겠다는 거창한 계획을 늘어놓으면서 그 동기에 대해서는 은근슬쩍 얼버무렸어요. 이상하지 않던가요? 구체적인 설명도 없고 그럴듯한 이상이나 야망도 안 보이고. 단지 '행복하고 뛰어난 수많은 생명체들이 나로 인해 탄생하게 될 것이다'라는 두루뭉술한 선언이 전부였죠. 뭐였을까요? 빅터 형은 막연히 신이 되고 싶었던 걸까요? ……아니에요. 형님은 말이죠, 신을 거부하고 온전한 자기 자신이 되고자 했던 겁니다."

선장은 눈을 끔벅이며 청년을 건너다보았다.

"오래전, 대여섯 살 무렵인가, 우연히 엘리자베스 누나의 방에 혼자 있는 빅터 형을 본 적이 있었어요. 거울 앞에서, 그녀의 보랏빛 드레스를 입고…… 지금도 생생해요. 발갛게 상기된 얼굴, 앙다문 입술, 거울을 깨뜨려버릴 듯 노려보던 그 눈빛이. 그땐 그냥 이상하다고만 생각했는데, 이제야 그게 무얼 의미하는지 알겠더군요. 빅터 형은 신이 부여한 정체성 이외의 또 다른 자아를 품고 있었던 거예요. 본인도 괴로웠겠죠. 봄이 오고 꽃이 피듯 자연스런 욕망은 억누른 채, 신의 섭리를 거역한다는 죄책감만 끌어안고 살아야 했으니. 제네바 공화국에서도 알아주는 프랑켄슈타인 가문의 장자가 말입니다. 게다가 형님은 인간이란 환경과 교육에 의해 후천적으로 만들어진다는 백지설의 신봉자였어요. 그런데 유복하고 화목한 가정에서 최고의 교육을 받고 자란 본인이 그 신념을 정면으로 반박하는 꼴이었죠. 자기가 신의 실수로 생겨난 추악한 괴물로 여겨졌을 겁니다. 내면의 비밀을 숨긴 채 선량한 가족들을 대하기가 특히 괴로웠을 테죠. 제네바를 벗어나 잉골슈타트의 대학으로 떠날 때, 형님은 잠시나마 해방감을 느끼지 않았을까요? 거기서 괴로움을 잊을 요량으로 화학이건 생리학이건 닥치는 대로 몰두했겠죠. 그러다가 빅터 형은, 그 모든 고뇌에서 해방될 수 있는 무서운 계획을 세웠던 겁니다."

"무서운…… 계획?"

"형님은 생물학적으로 여성이 될 수 있는 방법을 발견했던 거예요. 하지만 가족이나 지인들 앞에서 그런 신성모독을 행할 용기는 없었겠죠. 그래서…… 또 하나의 빅터 프랑켄슈타인을 만들기로 한 겁니다. 수십 구의 사체를 자르고 이어 붙여 자신과 꼭 닮은 형체를 만들고 거기에 생명을 부여하려 했던 거죠. 그 꼭두각시를 자기 대신 현실의 흐름에 끼워 넣고, 자신은 허구의 존재가 되어 본능에 따라 자유롭게 살아가겠다는 계획."

선장은 숨이 넘어갈 것처럼 웃음을 터뜨렸다.

"나도 뱃놈들 허풍에 이골이 난 사람인데, 내 들어본 중 가장 못 말리는 헛소리구먼. 남자가 여자가 된다니, 어디 가당키나 한가! 그래서? 꼭 닮은 쌍둥이를 만들려다가 손재주가 없어 집 채만 한 괴물이 태어난 건가?"

"아뇨, 형님은 실패했어요. 시체를 붙여 생명체를 만든다는 게 어디 가당키나 합니까."

청년은 입술을 비틀며 생기 없이 웃었다.

"그래요, 애당초 헛소리였어요. 궁지에 몰린 영혼이 쥐어짜 낸 발악일 뿐이었죠. 문제는 그다음이었습니다. 몸을 상해가며 밤낮없이 매달리다가 문득 정신을 차려보니, 주위는 온통 처참하게 잘린 팔다리며 허연 뼈다귀, 썩어가는 내장 무더기들…… 그 참혹한 폐허에 파묻혀 광인의 몰골을 하고 있는 자신이 어떻게 보였을까요? 그동안 한껏 부풀었던 희망을 지렛대 삼아 튕겨나간 절망은, 극렬한 분노로 바뀌었겠죠. 그 대책 없는 분노가 향할 곳은 한 군데뿐이었어요. 자신의 진짜 모습을 표출할 수 없게끔 주위를 가리고 있던 장막, 꼭두각시를 끼워 넣으려 했던 현실 세계."

청년은 검지를 세워 자신의 머리통을 툭툭 쳤다.

"악마가, 빅터 형의 영혼 속에 똬리를 튼 거예요. 악마의 숨결로 부풀어 오르던 광기가 결국 쾅, 폭발한 거죠. 너무나 끔찍한 방식으로. 순진무구한 자신의 어린 시절인 윌리엄을, 닿을 수 없는 연모의 대상인 클레르발을, 안타까움만 더해주는 일편단심 약혼녀 엘리자베스를, 자신의 비참한 껍데기를 해맑게 비추는 밝은 세상의 거울들을…… 모두 깨뜨려버린 겁니다. 서글픈 일이에요. 가장 많은 시간을 함께 보내고 나를 가장 사랑해주는 이들이, 동시에 가장 무거운 족쇄가 될 수 있다는 건."

"어이가 없군. 고결한 성품을 지녔던 자네 형님이, 미치광이 살인마였다는 겐가?"

"어디에서도 형님이 만든 괴물의 흔적을, 그놈이 여기저기 다니며 살인을 저질렀다는 증거를 찾을 수 없었죠. 반면 세 건의 살인 현장에 모두 빅터 형이 있었던 게 과연 우연일까요?"

"프랑켄슈타인은 윌리엄이 죽었을 때 클레르발과 잉골슈타트에 있었네. 기별을 받고서야 제네바로 떠났다고……"

"거짓말이었어요. 집세 계산에 꼼꼼한 하숙집 여주인의 말에 따르면 형님이 떠난 건 윌리엄이 죽기 2주 전이더군요. 또 크렘프 교수는 생물학적 성전환이라는 엉뚱한 주제에 몰두하던 괴짜 학생에게 핀잔을 주었던 일을 똑똑히 기억하고 있었고. 아일랜드에서 클레르발의 살인 혐의로 체포되었을 때가 최대 위기였죠. 본인은 알리바이가 확인되어 풀려났다고 했지만, 은밀히 조사해보니 아버지의 재력과 연줄이 작용한 결과더군요. 차라리 그때 감옥에서 썩었더라면, 천사 같은 엘리자베스가 신혼 첫날밤에 당한 끔찍한 비극은 피할 수 있었을 텐데……"

"그건 모두 괴물의 짓이야! 자네도 그 교활한 악마에게 속고 있는 거라고."

선장은 힘겹게 소리치고 나서 침을 꿀꺽 삼켰다. 청년은 빙

굿이 미소를 지으며 손가락 끝으로 술잔을 집었다. 하지만 여전히 마시지는 않고 탁자 위에서 빙글빙글 돌리기만 했다.

"괴물…… 그 부분이 재미있어요. 혹시 선장님의 편지에 있던 이 구절을 기억하나요? '나는 당신의 아담이건만, 아무런 죄도 없이 당신에 의해 기쁨에서 쫓겨나 타락한 천사가 되었소.' 몽탕베르에서 만난 괴물이 형님에게 했다는 말이죠. 자신의 억울한 처지를 항변하면서. 그런데 왠지 낯익은 글귀더군요. 분명 어릴 적에 어디선가 봤던 기억이 가물거리는 거예요. 답은 제네바 저택의 서재에서 찾을 수 있었죠. 그 구절은 오래전 누군가 『실락원』의 한 페이지에 조그맣게 휘갈겨놓은 낙서였어요. 누구의 필체인지는, 한눈에 알 수 있었죠."

청년의 눈동자가 형형하게 빛났다.

"유일한 구원이라 여겼던 계획이 실패로 돌아간 걸 인정하고 싶지 않았을 겁니다. 뭐라도 만들어내야 했겠죠. 구원이 없다면, 악마의 손을 잡을 용기라도…… 망상 속에서 형님은 차츰 둘로 분열되었어요. 내면에 있던 또 하나의 자아가 뒤틀리고 왜곡되어 부풀어 오르기 시작했죠. 자신에게 여자를, 흉측하게 생긴 여자를 만들어달라는 괴물의 외침이 의미심장하지 않나요? 용납할 수 없는 자신의 일부분, 자신의 광기, 자신의 죄의식, 격정, 공포, 분노, 절망, 자기 안에 버려진 온갖 찌꺼기들을 누덕누덕 기워 전기 충격으로 생명을 부여한 겁니다. 형님이 창조한 건 시체로 만든 괴물이 아니라, 망상을 꿰매어 만든 이야기였어요. 너무 추하다는 이유로 자신이 외면한, 결국 복수의 화신이 되어 창조주가 사랑하는 이들을 잔인하게 죽여버린 괴물의 이야기. 나머지 반쪽을 용서하는 면죄부. 게다가 괴물은 태어나자마자 버림받고 냉대와 핍박 속에 지냈기 때문에 그런 흉포한 존재가 되었다는 설정으로, 그 잘난 신념마저 다시 챙길 수 있었죠. 그 와중에, 참 치밀한 사람이에요. 그러고는 무슨 순교자라도 되는 양 괴물을 잡겠다며 제네바에서 지중해로, 타타르와 러시아로, 인간의 발길이 닿지 않은 북극까지, 복수의 순례를 나선 겁니다. 뒤쫓고 있는 것이 바로 자기 자신인지도 모른 채."

"미쳤군! 악마가 영혼을 차지한 건 바로 자네로군!"

선장은 주먹으로 탁자를 치며 벌떡 일어났다. 그러나 어지러운 듯 비틀거리다가 다시 털썩 주저앉았다.

"그런데 말입니다, 제 이야기에도 치명적인 허점이 하나 있습니다."

청년은 왼손과 오른손을 가슴 앞으로 천천히 모아 기름한 다섯 개의 손가락 끝을 서로 맞닿게 했다.

"그게 바로 월턴 선장님 당신이지요. 선장님은 빅터 형이 숨을 거둔 선실에서 괴물을 직접 만났다고 편지에 썼으니까. 선장님의 말이 사실이라면 제 가설은 모두 엉터리 망상일 뿐이겠죠. 저는 여러 가능성을 염두에 두고 곰곰이 생각, 또 생각을 했습니다. 하지만 오랜 시간을 들여 수집한 증거들이 제 가설을 포기하지 못하게 하더군요. 그래서 생각을 다른 방향으로 돌려보았죠. 혹시 월턴 선장도 거짓말을 한 게 아닐까? 그렇다면 왜? 왜 있지도 않은 괴물을 보았다고 한 걸까?"

선장은 허겁지겁 잔에 럼주를 따라 들이켰다.

"답은 선장님 스스로 편지에 썼더군요. 형님이 선장님께 했던 충고가 기억나시나요? '나의 모든 생각과 희망은 수포로 돌아갔고, 전능함을 갈망하던 대천사처럼 나는 영원히 지옥에 갇히게 된 거지.' 충고라기보다는 자기 넋두리였지만."

청년은 술병을 조금씩 기울여 선장의 잔을 마지막 한 방울까지 가득 채웠다. 선장이 떨리는 손으로 잔을 집어 들자 찰랑거리며 넘쳐흐른 술이 테이블의 나뭇결 사이로 스며들었다.

"당신의 괴물은 오만한 야망과 어리석은 허영심이었어요. 아마 선장님도 처음에는 황당무계한 시체 인간 이야기를 조난자의 정신착란 탓으로 여겼을 겁니다. 그러던 중 필생의 꿈이었던 북극 항로 개척에 실패하고 배를 돌려야 하는 상황이 된 거죠. 지금껏 품었던 야망을 지렛대 삼아 튕겨나간 좌절감, 감당하기 힘들었겠죠. 목숨처럼 여기던 명예와 이상은 땅에 떨어지고, 비루한 실패자로 사랑하는 누이와 지인들을 대면해야 했으니. 영원히 지옥에 갇혀야 했으니. 편지를 보면 극단적인 선택까지 염두에 두셨더군요. 하지만 당신은 차마 그 선택에 손을 뻗지는 못했죠. 대신 빅터 형의 말에 새롭게 귀를 기울이기 시작한 겁니다. 형님은 진작부터 당신의 야망을 경계하여 자연을 파헤치려는 과학적 이성의 폐해에 대해 경고했으니까요. 엘리트 과학자의 비극적 몰락. 자신의 실패를 가려주고 위무해줄 수 있는, 살아서 돌아간다는 수치심을 덜어줄 수 있는 적절한 드라마였겠죠. 그래서 선장님은 허공을 휘젓는 피에로의 팬터마임에 동참하기로 한 겁니다. 펜을 들고, 빅터 형의 이야기 위에, 다시 당신의 이야기를 겹쳐 써내려간 거죠. 그 이야기를 누이에게 편지로 써서, 아주 자세히도 써 보내, 주위에 퍼지게 한 것이고."

청년은 앞에 있던 잔을 들어 럼주를 단숨에 비웠다. 얼굴을 찡그리며 탁, 소리가 나게 잔을 내려놓았다.

"시체를 꿰매어 만든 괴물 같은 건, 처음부터 존재하지도 않았어요."

선술집 문이 열렸다 닫히며 꼬리 잘린 바닷바람이 후미진 그들 테이블까지 물비린내를 던져놓고 돌아섰다. 청년과 선장의 눈씨름이 이어졌다. 한동안 밀려나 있던 왁자한 소음이 다시 몰려와 두 사람을 에워쌌다. 선장의 입이 양쪽으로 길게 늘어지더니 사포로 돌을 문지르는 듯한 웃음소리가 새어 나왔다. 벌겋게 핏발 선 눈이 기묘한 광채로 번들거렸다.

"재밌는 이야기로군. 아주 재미있어. 헌데 이상하네그려. 그러니까 자네 이야기에 따르면, 프랑켄슈타인 그 친구가 광기에 사로잡혀 사랑하는 가족들을 차례로 죽이면서, 자네 하나만은 건너뛴 게로군."

청년의 움푹 팬 뺨이 실룩거렸다.

"10년이라…… 혼자 살아남는다는 게 얼마나 지루한 일인지 나도 좀 알지. 내가 실패를 가려줄 방패가 필요했다면, 자넨 증오할 대상이 필요했겠군. 그래서 자네도 펜을 들고, 내 이야기 위에, 다시 자네의 이야기를 겹쳐 써내려간 건가?"

선장은 연신 딸꾹질을 하며 웃어댔다. 청년은 주머니에서 장갑을 꺼내어 주먹을 쥐었다 폈다 하며 손가락 끝까지 밀어 넣었다. 그가 자리에서 일어나 꼿꼿한 걸음걸이로 선술집을 나갈 때까지, 선장은 테이블에 엎어져 웃음인지 신음인지 거친 숨소리를 흘리며 웅얼거렸다.

"난 봤어…… 분명히 괴물을 봤다고…… 그 흉측한 놈을……"

8

메리 셸리 여사에게 편지라도 한 통 쓰며 이 글을 마칠까 한다. 일방적으로 전화를 끊어버리는 바람에 작별 인사도 전하지 못한 게 마음에 걸린다. 비록 성의 있는 답변은 듣지 못했지만, 난 그 정도 교양머리는 갖춘 사람이니까.

셸리 부인, 부인이 우리에게 남긴 소설을 벌써 수차례 되풀이해 읽었지만, 피가 차갑게 얼어붙는 듯한 충격과 공포는 쉬이 느낄 수가 없군요. 지금은 피가 튀고 창자가 날아다니는 하드고어 영화들이 난무하는 세상이니까요. 그러면서도 부인의 책을 꽂아둔 책장으로 다시 향하는 손길의 작은 떨림은 또 무엇인지…… 이제 술 좀 작작 마시라는 경고가 아닌지 걱정입니다.

프랑켄슈타인 박사, 그의 안전그물은 부인의 것과 달리 너무 낮게 매달려 있었나 봅니다. 그의 비극이 부인 내면의 어떤 존재를 흔들어 깨운 것인지는 잘 모르겠습니다. 부인의 괴물은 무엇이었는지, 부인은 자신을 어떤 허구 속에 풀어놓고 싶었는지…… 산책 나간다는 핑계로 아무런 언질도 주시지 않았으니까요. 아무튼 지금까지도 무한한 상상력의 터전이 되는 명작을 남겨주신 점에 대해 감사의 말을 전합니다. 비록 원형을 알아볼 수 없게 변형된 유사품이 다반사로 유통되지만, 해석의 다양성이라고 너그러이 이해해주세요.

하지만 저 역시 부인의 소설을 그대로 받아들이기에는 풀리지 않는 의문점들이 꼬리를 물었던 것도 사실입니다. 책의 내용과 부인의 삶을 반추해보는 과정에서 일련의 의문점들은 벽돌처럼 차곡차곡 쌓여 또 다른 상상의 성을 짓더군요. 그 내용에 대해서는 고인이 된 프랑켄슈타인 박사와 월턴 선장님의 명예에 상당히 누가 될 게 분명하지만, 아무런 거리낌 없이 공개하는 바입니다. 그래 봤자 호기심 많고 한가한 남정네의 백일몽일 뿐이니까요.

너무 걱정은 않으셔도 됩니다. 저도 제 상상의 성을 소설 형태로 발표할 예정이니까요. 부인 말대로 허구라는 안전그물에 충격은 상당 부분 상쇄될 것이고, 의문점은 저와 같이 호기심 많은 독자들의 몫으로 남겨져……

* 이탤릭체는 메리 셸리의 1818년 판 『프랑켄슈타인』(임종기 옮김, 문예출판사, 2008)에서 일부 수정하여 인용하였다.

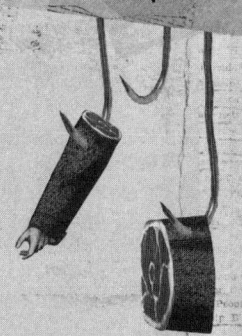

쉿! 당신이 책장을
덮은 후……

첫번째 조각을 발견한 건 마리아였다. 칠면조 다리를 양손에 들고 늑대처럼 울부짖으며 제시카 헤이워드를 쫓던 목신 판이 포도주 병을 밟고 고꾸라지며 구석에 얌전히 서 있던 중세 기사 모형을 덮쳤다. 떨어진 투구가 마리아의 발밑으로 데굴데굴 굴러갔다. 투구 속에는 손목에서 깔끔하게 절단된 누군가의 왼손이 들어 있었다. 마리아는 눈을 내리감고 우아하게 손등으로 이마를 짚으며 쓰러졌다. 그러나 주위가 난장판이라 아무도 알아채지 못했다. 다시 일어난 마리아는 요한 스트라우스의 「천둥과 번개」를 흥겹게 연주하고 있는 악단 앞으로 가서 목을 가다듬고 새된 비명을 길게 뽑았다. 악단의 연주가 멈추고 사람들이 몰려들었다. 흥겨운 쫑파티는 순식간에 술렁이는 사건 현장으로 바뀌었다.

주근깨 경관 : 오! 또 사건이 발생했어요. 이번엔 토막 살인인가요?

톰 : 저게 누구 손모가지야? 어이, 프랑켄! 당신 실밥 풀려서 손모가지 하나 떨어진 거 아냐?

괴물 : 무례하군. 내 손은 양쪽 모두 멀쩡하게 붙어 있소.

마틴 경위가 사람들을 헤치고 앞으로 나왔다. 투구 속에서 잘린 손을 꺼내어 심각한 표정으로 이리저리 살펴보았다.

마틴 경위 : 단칼에 잘렸어. 전문가의 솜씨가 틀림없군. 만일 누군가 살해된 거라면 보통 문제가 아닙니다. 언제 다음 독서가 시작될지 모르는데. 팀별로 대표자들이 인원 파악부터 해봅시다. 다 있는지, 혹시 왼손만 사라진 사람은 없는지.

제리 : 우우우리…… 티팀은…… 다다다 이있…… 어요. 하하한 명…… 뿌운이라……

헤카테 : 쯧, 손금을 보면 장수할 운명인데. 우리는 등장인물이 많아 파악이 쉽지 않겠어요. 다들 취해서 어디 처박혔는지도 모르겠고. 최소한 두 명은 무사한 게 확실하네요.

헤카테 여신은 샴페인 병을 사타구니에 끼고 사방으로 샴페인 줄기를 발사하는 디오니소스와 통돼지 바비큐를 목마처럼 타고 노는 판을 바라보며 고개를 절레절레 흔들었다.

「그림자 박제」팀에 이어 인원수가 많지 않은 「셜록 홈즈의 숨겨진 사건」팀이 전원 무사하다는 보고를 했다. 하지만 나머지 팀들은 확인 작업이 수월치 않았다. 성이 원체 미로처럼 복잡한 데다 서로 대표자라면서 우왕좌왕 돌아다니니 더욱 어수선해질 뿐이었다. 무엇보다 술 마시고 춤추다 눈이 맞아 은밀하게 사라진 커플들이 문제였다.

잠시 후 주방을 뒤지던 강지민이 잘린 오른손을 들고 나왔다. 사람들이 다시 몰려들어 토막 살인이 틀림없다며 웅성거렸다.

강우빈 : 어, 그런데 이상하군요. 오른손이 왼손보다 더 크잖아요. 손이 기형인가?

포레스터 부인 : 그러네요. 맙소사, 죽은 사람이 한 명 이상이라는 건가요?

헤카테 : 아니에요. 같은 사람의 손이 틀림없어요. 손금을 보면 알아요.

이번에는 지하 창고에 내려갔던 컬트소녀가 발목에서 잘린 왼발을 들고 나타났다. 사람들은 더 이상 놀라지 않았다. 주근깨 경관과 마틴 경위가 식탁 하나를 비워 홀 중앙으로 끌어왔다. 손 두 개와 발 하나를 발굴된 유골 복원하듯 적당한 위치에 놓았다.

롹커 : 와우, 하드코어 필이야. 내 재킷 사진으로 딱인데.

메리 셸리 : 아직 찾을 게 많이 남은 것 같군요. 이 누더기 인간을 완성하려면.

팀원 파악을 위한 수색은 점차 보물찾기의 양상을 띠어갔다. 이현정이 오른쪽 상박을 찾았고 에르네스트가 왼쪽 허벅지를 트로피처럼 번쩍 치켜들고 달려왔다. 메데이아는 포도주 통 안에서 둔부 반쪽으로 추정되는 살덩이를 건져내고 환호성을 질렀다. 빙고!

속속 옮겨진 조각들이 식탁 위에서 직소퍼즐처럼 맞춰졌다. 그런데 의문의 변사체는 온전한 사람 형태를 갖춰갈수록 기묘한 모양새가 되었다. 어떤 부분은 빵빵한 근육질이었고 어떤 부분은 뼈에 살가죽만 두른 말라깽이였다. 조각마다 피부색과 체모의 상태도 제각각이었다. 심지어 한쪽 가슴은 유두에 구불구불한 털 몇 가닥이 돋은 밋밋한 남성인데, 반대쪽은 C컵은 족히 되어 보이는 여성의 가슴이었다. 성기가 아직 발견되지 않았지만, 남자건 여자건 도저히 한 사람으로 볼 수 없는 기괴한 형체였다. 그러나 신기하게도 연결된 절단면들은 또 직소퍼즐처럼 정확하게 들어맞았다. 식탁 위에는 살바도르 달리가 만취 상태에서 붓을 놀린 것 같은 초현실주의 육체가 누워 있었다.

사람들은 식탁을 둘러싸고 한동안 떨떠름한 침묵에 잠겼다.

이 기형의 몸뚱이를 어떻게 받아들여야 할지 난감한 표정들이었다. 얼굴이라도 있으면 불편함이 좀 덜하련만, 구석구석 뒤져 보아도 머리와 성기는 끝내 발견되지 않았다.

한성민 : 박사, 당신이 이쪽은 전문이잖소. 이게 뭐요, 도대체?
빅터 프랑켄슈타인 : 글쎄요…… 흉측하군요. 이거야말로 괴물이야.
차화연 : 홈즈 씨, 좀 나서보시죠. 우리는 선생님의 재능에 의지하는 수밖에 다른 방법을 찾지 못하겠군요.
셜록 홈즈 : 나서고 말고 할 게 뭐 있습니까. 이건 단순하기 그지없는 사건입니다. 여기가 누구의 성이죠? 이 성 주인의 괴팍한 식성에 대해서는 우리 모두 알고 있지 않습니까. 이 흉물에 대해 해명할 수 있는 건 오직 한 사람뿐이죠.

홈즈의 가늘고 긴 손가락이 등받이가 높은 의자에 외따로 앉아 있는 퀴르발 남작을 향했다. 사람들은 수군거리며 한두 마디씩 거들었다. 그러고 보니 파티 주최자가 폼 잡고 앉아 함께 어울리지도 않는다, 음식들이 영 찜찜해서 손이 안 간다, 저 나이에 피부가 너무 팽팽한 것도 기분 나쁘다…… 톰은 걸쭉한 입담으로 출처가 불분명한 루머 하나를 주워섬겼다. 내용인즉, 원래 자신의 팀에는 쪼다 같은 헤어스타일의 정신과 의사가 실제로 등장했으나 남작이 상담을 핑계로 성으로 불러들인 후 감쪽

같이 사라졌다는 것이다. 덕분에 셋이 교대로 나와 허공에 대고 꼴사나운 모노드라마를 하고 있다고. 퀴르발 남작은 예의 그 중후한 미소를 머금은 채 수군거림이 제풀에 잠잠해질 때까지 묵묵히 기다렸다.

퀴르발 남작 : 홈즈 선생님의 명쾌한 추리는 잘 들었습니다. 하지만 몇 가지 짚어드리지 않을 수가 없군요. 첫째로 저의 괴팍한 식성은 어린아이에 한정된다는 걸 여러분도 잘 아실 겁니다. 저 신원 미상의 육체가 도저히 어린아이로 보이지는 않는군요. 둘째, 만일 식재료가 목적이었다면 아이이건 어른이건 저 식탁 위에는 뼈다귀만 놓여 있어야 정상이겠죠. 음식을 남기는 건 안 좋은 습관이니까요. 여러분, 오늘 내놓은 요리에 제가 아끼는 귀한 식재료는 단 1그램도 들어가지 않았으니 안심하고 드셔도 좋습니다. 그리고 제가 며칠 지독한 독감에 시달리는 바람에 폐를 끼칠까 함께 어울리지 못하고 부득이 이렇게 떨어져 있습니다. 부디 양해해주시기 바랍니다.

남작의 절도 있는 답변에 사람들의 시선은 테니스장 관중들처럼 일제히 홈즈에게로 향했다. 홈즈는 뚜벅뚜벅 걸음을 옮겨 구석의 안락의자에 파묻혔다. 네트를 넘어온 공을 받아칠 생각은 않고 파이프 담배에 불을 붙이더니 혼자만의 생각에 빠져들었다.

코넌 도일 : 흠, 홈즈도 별수 없군.

김성재 : 그럼 누가 이런 짓을 한 거야? 저 사람은 도대체 누구지?

토마스 브라우닝 : 난 저 박사라는 작자가 의심스러워. 몬스터를 만든 정통 호러의 전력이 있잖나. 더 센 놈을 만들려고 새로운 실험을 하다가 저 모양이 된 건지도 모르지. 안 그래?

백정인 : 가능하죠. 고딕 호러에 사이버펑크를 가미한 형태로 볼 수 있겠네요.

괴물 : 그만하시오. 당신들의 그런 편견이 바로 괴물을 만드는 것이오. 내 창조주는 결백하다는 걸 내가 보장하겠소.

에르네스트 : 당신이 결백하다는 건 누가 보장하고?

키르케 : 어쨌든 빨리 머리를 찾아 신원을 확인해야 하지 않겠어요? 당장 책장이 열리면 어디선가 펑크가 날 텐데, 임시변통으로 내용을 수정하든가 해야지……

마리아 : 어머, 너무 성급하시다. 어쩌면 여기 등장인물이 아닌지도 모르잖아요.

한수연 : 홍, 너처럼 말이지?

미셸 페로 : 아닐 수도 있지만 대비는 해야겠죠. 인원 파악을 계속합시다. 누군지 확인만 되면 내용 수정은 내가 맡겠소.

메리 셸리 : 잠깐, 여기 작가가 한 명은 아니죠. 지명도로 보나 연륜으로 보나, 저의 미천한 재주가 더 도움이 될 것 같군요.

코넌 도일 : 셸리 여사께서 지명도 운운하시다니, 놀라울 따

름입니다. 그렇죠, 여기 작가가 한 명은 아닙니다. 누군가 살해된 것으로 처리해야 할 테니, 그 방면의 적임자는 바로……

셜록 홈즈 : 그럴 필요 없습니다.

사람들의 시선이 다시 구석에 앉은 홈즈에게로 쏠렸다. 그는 파이프를 입에 물고 천천히 사람들 앞으로 걸어 나왔다.

셜록 홈즈 : 이 사건은 가장 균형 잡힌 정신도 일시적인 암흑 상태에 빠질 수 있다는 걸 보여주는 사례로 활용될 수 있을 겁니다. 하지만 수수께끼는 모두 풀렸습니다. 중요한 건 저 몸뚱이의 주인이 아닙니다. 식탁 위의 토막 난 사체가 모두 몇 조각입니까?

주근깨 경관 : (손가락으로 재빨리 헤아리고) 열아홉 조각입니다, 홈즈 선생님.

셜록 홈즈 : 아직 발견되지 않은 두 조각이 더 있죠. 그렇다면 모두 스물한 개의 조각이 되겠군요. 이십일. 바로 가장 조화롭고 아름다운 황금분할의 비율, 자연계의 일반법칙을 설명하는 피보나치수열 제8항의 숫자입니다.

홈즈는 매처럼 반짝이는 눈으로 좌중을 둘러보았다. 사람들은 어리둥절한 표정으로 서로를 두리번거릴 뿐이었다.

코넌 도일 : 그래서 뭐 어쨌다는 거요?

셜록 홈즈 : 우리가 전부 몇 개의 팀이죠? 일곱. 그렇다면 피보나치수열에 맞춰 절단된 저 사체는 바로 숨겨진 제8의 팀을 암시하는 겁니다. 이건 누군가 저에게 보내는 메시지가 틀림없습니다.

월턴 선장 : 어따, 그 양반 메시지 무지하게 좋아하는구먼. 골 아픈 얘기 그만하고 술이나 계속 마시자구. 분위기 눈사태 나네.

디오니소스, 판 : 옳소! 술이나 마시자!

셜록 홈즈 : 이건 가볍게 넘길 문제가 아닙니다. 우리는 발견되지 않은 나머지 두 조각에 주목해야 합니다. 바로 머리와 성기. 그리고 제8의 팀. 그게 의미하는 건······

홈즈는 뒷말을 잇지 못했다. 디오니소스가 큼직한 유리볼을 들고 홈즈의 뒤로 다가가 머리 위로 샴페인 펀치를 끼얹어버렸기 때문이다. 파이프에서 치지직, 소리와 함께 한 줄기 연기가 피어올랐다. 디오니소스는 배를 잡고 미친 듯이 웃어댔다. 흠뻑 젖은 홈즈는 돌아서는 탄력을 이용해 주신(酒神)의 턱에 강력한 레프트훅을 먹였다. 그것을 신호로 파티장은 다시 아수라장이 되었다. 사방에서 주석 술잔과 기름기 번들거리는 접시와 촛대와 포크, 토마토와 치즈 덩어리, 닭다리와 돼지 뼈, 때로는 사람까지 날아다녔다. 악단은 얼결에 다시 「천둥과 번개」 연주를 시작했다. 신나는 폴카 리듬에 맞춰 주먹질과 고성과 노랫가락과 춤사위가 오갔다. 제시카 헤이워드는 와일드터키 병으로 치근거리는 월턴 선장을 뭉개버렸고, 이현정과 차화연은 머리끄덩이를 잡고 뒹굴었다. 횃불을 든 로버트 허드슨은 이번에는 내가 성을 불태우고 주인공이 되겠다며 울부짖었고, 강철수인지 톰인지 제리인지 강우빈인지는 멍키스패너를 휘두르며 내가 누구인지 모르겠다고 절규했다. 결국 둘 다 괴물에게 뒷덜미를 잡혀 정원 분수대로 패대기쳐졌다. 난데없이 키르케가 몰고 온 사자와 돼지 무리까지 합세해 침이 줄줄 흐르는 주둥이를 닥치는 대로 들이밀었다. 이 판국에 마리아는 어느새 50만 원짜리 무용복을 갖춰 입고 식탁에 올라가 벨리댄스를 추었다. 빗자루를 타고 깔깔거리며 곡예비행을 하던 서쪽마녀는 샹들리에에 부딪쳐 추락한 후 고깔모자에 오바이트를 했다. 홈즈는 조용히 구석 안락의자로 물러나 팔에 주삿바늘을 꽂았다.

 마녀 1, 2, 3 : (합창으로) 아름다운 것이 더러운 것, 더러운 것이 아름다운 것이다!
  나카자와 사토시 : 시공을 뒤섞어 한바탕 난장을 벌여봅시다.
  월턴 선장 : 난 봤어…… 분명히 괴물을 봤다고……
  한성민 : 역시, 타인은 지옥이야.
  차화연 : 내가 미쳤다고? 그래, 그런지도 모르지. 이젠 정말, 뭐가 뭔지……

제리 : 그, 그, 그러면…… 아, 안…… 죄, 죄, 죄…… 지, 지, 지으, 면……

톰 : 하아, 이 새끼 또 찐따 같은 소리 하네. 네가 그러니까 병신 소리 듣는 거야.

디오니소스 : 어디서 근본도 없는 것들이 튀어나와 나대는 거야. 정말 같잖아서.

로버트 허드슨 : 오, 맙소사. 여기는 악마의 소굴이었어.

주근깨 경관 : 홈즈 선생님!

셜록 홈즈 : 나는 다시 코카인에 의지할 수밖에 없었네.

괴물 : 우워~ 우워~ 우워워~

퀴르발 남작 : 그만! 모두 조용!

상석에 앉아 느긋하게 구경만 하고 있던 퀴르발 남작이 홀 전체가 쩌렁쩌렁 울리도록 고함을 쳤다. 파티장은 '일시정지' 버튼을 누른 것처럼 그대로 멈췄다. 사람들은 멱살을 잡은 채, 바닥에 뒤엉긴 채, 양손에 술잔을 든 채 남작을 돌아보았다. 남작은 검지를 세워 입술에 붙이고 어딘가에 귀를 기울이는 표정이었다. 굵은 눈썹이 한순간 꿈틀했다. 남작이 벌떡 일어나 모두를 둘러보며 낮고 빠르게 외쳤다.

퀴르발 남작 : 각자 위치로. 서둘러, 누군가 책장을 연다!

해설

난장의 문화 공학과 그 그림자

우찬제

1. 난장의 글쓰기

"프랑켄슈타인 박사는 왜 시체들을 조각조각 꿰매어 썼을까요?"(p. 250)「괴물을 위한 변명」에서 최제훈의 서술자는 원작자 셸리에게 그렇게 질문한다. "온전한 시체 한 구를 쓰는 게 훨씬 수월하고 잘만 고르면 비주얼도 괜찮았을 텐데"라면서 말이다. "개인적으로 좋아하는 모티프라서" 더욱 관심 있다며 집요하게 묻지만, 끝내 셸리의 답변을 얻어내지는 못한다. 매우 개성적인 신예 작가 최제훈은 프랑켄슈타인 박사처럼, 아니 오히려 더욱, 조각조각 맞추고 꿰매는 일을 좋아하는 것 같다. 그의 첫 소설집에 실린 대부분의 소설들은 그런 퍼즐 놀이와도 같은 퍼포먼스 그 자체이거나 바느질 모티프의 소산이라고 보아도 크게 틀리지 않는다. 프랑켄슈타인, 셜록 홈즈, 드라큘라 계열의 퀴르발 남작과 같은 인물이거나 마녀사냥 같은 문화사적 글감들, 혹은 흔하디흔한 멜로드라마의 삼각관계 모티프 등등 이전의 문화사적 질료들을 이리저리 뒤섞고, 시간과 공간을 가로지르며 리믹스하여 매우 이질 혼성적인 이야기를 조각조각 꿰맨다. 프랑켄슈타인이 그랬듯이 최제훈 역시 온전한 하나의 이야기 재료를 쓰지 않고, 여러 이야기 파편들을 역동적으로 합성한다. 때로는 물리적으로 결합하고 때로는 화학적으로 합성하여 새로운 물질-이야기를 오믈렛처럼 형성한다. 그 결과는 종종 기존의 소설들과는 달리 썩 이채로운 괴물 같은 형상으로 나타난다. 그러나 작가 최제훈은 꿰매고 난 결과로서 어떤 '괴물-이야기' 혹은 '이야기-괴물'을 미리 상정하는 것 같지도 않다. 다만 그 꿰매는 과정을 즐기고, 그 바느질의 틈에서 우연처럼 길어지는 새로운 상상의 에너지를 난장처럼 즐기려는 것 같다.

  난장판의 바느질, 혹은 바느질의 난장판이라고 불러도 좋을 최제훈의 장기를 결정적으로 경쾌하게 드러낸 것은 두말할 필요도 없이, 이 소설집의 에필로그 격인 「쉿, 당신이 책장을 덮은 후……」이다. 마치 TV 드라마의 최종회처럼 이제까지 자기 소설에 출몰했던 거의 모든 인물들을 등장시킨다. 그런데 그 등장 방식이 독특하고 역동적이다. 등단작 「퀴르발 남작의 성」에서 1953년에 제작된 영화 「퀴르발 남작의 성」을 2004년 「도센 남작의 성」으로 리메이크한 일본 감독으로 등장하는 나카자와 사토시가 「쉿, 당신이 책장을 덮은 후……」에서 "시공을 뒤섞어 한바탕 난장을 벌여봅시다."(p. 282)라고 말하는데, 이는 이미 「퀴르발 남작의 성」에서도 그가 했던 말이다. "시공을 뒤섞어 한바탕 난장을 벌일 작정이다"(p. 19). 동일하게 반복되는 이 메시지야말로, 21세기 작가로서 최제훈이 하고 싶은 말의 핵심을 담고 있는 게 아닐까.

그렇다. 서둘러 말하자면 최제훈의 소설은 한바탕 난장이다. 격렬한 말의 소용돌이, 이야기의 격랑, 흥미로운 추리와 진지한 추론, 그런가 하면 추론의 무거움을 시원하게 덜어주는 경쾌한 유머 감각, 기상천외한 발상과 기발한 전개, 뒤집기와 비틀기, 격렬한 소용돌이 이후의 성찰적 여진 등등이 그의 난장판에 신명을 지핀다. 시공을 뒤섞고 각종 서사소들을 얽히고설키게 하여 경쾌한 서사적 탈주를 단행한다. 그 난장의 탈주를 통해 다채로운 이질 혼성적 이야기들이 변형 생성된다. 그 난장판에서 독자들은 새로운 문학적/문화적 성찰을 얻는 신명의 말놀이에 동참하는 즐거움을 누린다. 확실히 최제훈의 소설은 문화 공학적인 새로운 출구다. 등단작인 「퀴르발 남작의 성」에서 영화와 소설 등 기존의 문화 지형을 가로지르며 드라큘라 계열 이야기의 문화적 맥락을 의심하고 그 리얼리티에 균열을 내면서 새로운 문화적 리얼리티를 창안하려 했던 그는, 이어지는 여러 소설들에서도 현실과 문화 양쪽에 동시다발적으로 구멍을 내면서 새로운 이야기의 가능성을 유머러스하게 길어 올린다. 세상에 넘쳐나는 각종 정보/문화 콘텐츠와 맞씨름하며 서사 콘텐츠를 구성해나가는 재주가 어지간하다. 그 과정에서 손쉬운 패스티시나 헐거운 패러디를 넘어서 새로운 탈주선을 격렬하게 혹은 유쾌하게 그리려 했다는 점에서, 그러면서도 매우 치밀한 논증적 서사를 시도하고 있다는 점에서, 최제훈의 소설은 21세기 소설의 새로운 출구를 예감케 한다.

2. 문화공학적 기지와 새로운 성찰

등단작인 「퀴르발 남작의 성」을 비롯해 「마녀의 스테레오타입에 대한 고찰」 「괴물을 위한 변명」 등 인상적인 여러 소설들이 실제로 퍼즐 맞추기 혹은 조각 바느질하기로 이루어져 있다. 가령 「퀴르발 남작의 성」은 표제 이야기에 개입하는 복수의 인물과 시점자 들의 이야기 파편들이 해체 분열하면서 역동적으로 조응하는 형상이다. 앞에서 언급한 바 나카지마 사토시 감독의 발화처럼 "시공을 뒤섞어 한바탕 난장"을 벌이고 있는 형국인데, 그 시공의 범역과 탄력성이 인상적이다. 1697년 6월 9일(이하 월일은 동일함) 프랑스 크뢰리에서 르블랑 부부와 딸 카트린느가 퀴르발 남작의 성을 찾아가는 이야기, 1897년 프랑스 크뢰리에서 자네트 페로 할머니가 손주들에게 들려주는 퀴르발 남작 이야기, 1932년 미국 뉴욕에서 작가 미셸 페로와 출판사

편집장이 나누는 소설 『퀴르발 남작의 성』 이야기, 1951년 미국 할리우드에서 영화 제작자 토마스 브라우닝과 감독 에드워드 피셔의 이야기, 1952년 미국 할리우드 영화배우 로버트 허드슨과 그의 애인 이야기 및 영화배우 제시카 헤이워드와 제작자 토마스 브라우닝 이야기, 1953년 미국 『저널 아메리칸』의 제임스 허스트 기자의 영화 「퀴르발 남작의 성」에 관한 기사, 1993년 한국 서울 K대학교 교양과목 「영화 속의 여성들」 이야기, 2000년 한국 인천 M대학교 인문학부 학생의 리포트, 2004년 일본 도쿄에서 피셔 감독의 「퀴르발 남작의 성」을 리메이크하여 「도센 남작의 성」을 만든 영화감독 나카자와 사토시의 인터뷰, 2005년 한국 MBC 뉴스데스크 기사, 2006년 네이버 블로그에 컬트소녀가 쓴 영화 에세이 등을 조립식으로, 시간 순서를 교란하고, 허구와 실제를 넘나들면서, 합성한 소설이다. 물론 그 모든 시퀀스들을 관통하는 것은 퀴르발 남작의 이야기이다. 300여 년의 시간 거리를 두고 같은 이야기가 어떻게 달리 수용되고 변형 생산되는지를 흥미롭게 조감하고 있다는 점이 특징이다. 형식적으로는 이질 혼성적 편집의 미학이 돋보이고, 수사학적으로는 은유의 적층 속에서 환유의 미끄러짐을 통해 문화사적 의미망을 재해석하려 한 점이 눈에 띈다.

기고문의 형식을 차용한 「마녀의 스테레오타입에 대한 고찰」에서도 다양한 신화적·문화적 질료들을 뒤섞어 혼성적 화학 변용을 일으키는 작가의 바느질 솜씨가 어지간하다. 판도라 상자신화의 연원과 관련된 맥락을 뒤집어 상상하는 것을 비롯해 마녀 사냥과 연계된 일련의 세계사적 정보들을 역주행하면서 매우 이채롭게 세계 문화사를 재구성한다. 그 과정에서 작가는 그리스 신화에서 서사시, 셰익스피어의 드라마를 비롯해 판타지 『오즈의 마법사』에 이르기까지 다양한 이야기 조각들을, 서로 어울릴 것 같지 않은 편린들을 조금씩 비틀어가며 엮어놓는다. 「괴물을 위한 변명」도 마찬가지다. 『프랑켄슈타인』의 원작자인 메리 셸리가 1816년 마거릿 사빌 부인에게 보낸 편지, 원작자 셸리와 서술자의 가상 통화 및 원작자에게 보내는 서술자의 패러디 편지, 프랑켄슈타인 박사의 최후를 보았다는 월턴 선장과 박사의 동생인 에르네스트 프랑켄슈타인의 가상 대화 등등이 엮여 있다.

특히 「괴물을 위한 변명」에서 작가의 추론을 대리하는 인물처럼 보이는 동생 에르네스트 프랑켄슈타인의 다음과 같은 말은 주목할 필요가 있다. "퍼즐을 맞추듯 여기저기서 조각들을 찾아 모았죠. 그런데 이상하죠. 조각을 하나하나 끼워갈수록 편지 내용과는 다른 그림이 나타나더군요"(p. 259). 이 발화야말로 최제훈의 소설 쓰기 과정의 특징을 명료하게 드러낸 것이 아닐까 싶다. 그러니까 어떤 형상이 과제처럼 주어진다. 그러나 그 그림은 최소한의 단서만 있을 뿐 빈자리가 너무나 많다. 시공을 넘나들며 여기저기서 찾아낸 문화적 퍼즐 조각들로 그 빈자리들을 채워야 한다. 그런데 그 과정은 최초의 형상을 확인하거나 주어진 밑그림을 채우는 데서 그치지 않는다. 오히려 발견된 단서들 그러니까 새로운 퍼즐 조각들로 인해 밑그림이 해체되고 새롭게 변형 생성된다. 이 변형 생성의 탄력적인 상상 길은 인지의 충격과 신선한 발견으로 이어진다. 그 길은 최초의 수행자인 작가에게는 물론 이후의 동행자인 독자들에게도 진지하면서도 즐거운 길이 된다. 진지하다는 것은 새로운 진실을 치밀하게 탐문하는 길이기에 그러하고, 즐겁다는 것은 그 탐문의 여로가 시종 무거움으로 착색되지 않고 위트와 유머로 가볍게, 그러나 결코 가볍지만은 않게 이루어지고 있는 까닭이다. 요컨대 최제훈의 새로운 소설 길은 그런 식으로 열린다. 기지 넘치는 문화 공학적 가로지르기와 그것을 통한 새로운 리얼리티의 지도 그리기가 최제훈 소설의 핵심적 특징이다.

그런 최제훈의 소설 길은 대개 시작도 끝도 분명치 않다. 중간도 모호하거나 애매하기는 마찬가지다. 부단히 변형 생성될 수 있는 열린 서사 기획은 다양한 맥락을 탄력적이고 역동적으로 동원한다. 중층적 맥락을 포개어놓거나, 호응되지 않을 것 같은 맥락들을 가로지르며 다른 방식의 조응으로, 새로운 진실을 탐문하고, 기성의 사고나 관념 들을 부정하거나 비판한다. 그러기에 최제훈의 독자들이 그 맥락의 코드에 제대로 접속하면 퍽 의미심장한 현실 비판의 담론이나 심원한 시대정신을 읽어낼 수도 있다. 이를테면 작가는 「퀴르발 남작의 성」에서 자본주의적 '무한 욕망의 성'을 비판적으로 견인하기도 한다. 동명의 소설이 나온 시기가 미국이 대공황의 소용돌이에 빠져 있을 때인 1932년이었음을 환기하면서, "미셸 페로의 눈에 자신의 팽창을 주체하지 못하고 터져버린 자본주의는 출구 없는 암흑으로 보였을 것이다. 체제를 유지하기 위해 끊임없이 욕망을 재생산할 수밖에 없는 자본주의를 페로는 퀴르발 남작의 성으로 형상화했다"(p. 18)고 적은 다음에, "양상은 바뀌었을지라도 그 본질은 지금도 마찬가지다. 서서히 다가와 목을 조르는 검은 형체가 바로 자신의 그림자라는 사실을 확인하는 순간보다 더한 공포가 있을까?"(pp. 18~9)라는 식으로 자본주의 비판을 단행한다. 신자유주의가 한창 기승을 부리던 무렵에 창작된 소설임을 감안하면, 이 작가가 단순히 유희본능만으로 소설을 쓰는 작가가 아님을 실감하게 된다. 「마녀의 스테레오타입에 대한 고찰」에서도 자본주의 비판은 이어진다. 마녀의 입장에서의 문화사적 변론 형식으로 씌어진 이 소설에서 문제 삼고 있는 것 중 하나는 허위적 환상이다. 인간들이 사냥한 것은 마녀가 아니라 '마녀라는 환상'이었다는 진술에서도 명료하게 드러나듯이, 환상적 광기에 허우적거리면서 인간과 세계의 혼돈을 가중시켰던 문화사에 대한 반성적 성찰을 시도한다. 그러면서 자본주의의 광기와 기형적 희생양의 형식에 대해서도 속 깊은 눈길을 주고 있다. "만일 우리가 현실에 안주하여 인간들이 기형적으로 만들어낸 마녀 상에 맞춰 살아간다면, 그건 대단히 위험한 선택이 아닐 수 없다. 인간의 광기는 언제든지 또 폭발할 수 있다.

중세 말의 그때처럼 명분도 없는 전쟁이 빈발할 때, 원인 모를 질병과 자연재해가 덮칠 때, 사회가 불안하고 시기와 차별이 만연할 때, 그들은 또다시 희생양을 찾기 시작할 것이다"(p. 194). 특히 자본주의의 잉여로서 기형적 이미지나 환상 혹은 상업적으로 각색된 이미지에 대한 비판적 환기력이 상당하다. 실제와 멀어진 채 부황하게 부유하는 이미지의 정치 경제로 인해 깊은 불화의 늪에 빠진 자본주의 세계에 시사하는 바 크다. 그러니까 퀴르발 남작의 식인육적 광기와 도착적 욕망, 마녀사냥에 관련되었던 이들의 환상과 광기, 그리고 그런 것들을 야기하거나 감싸고 있던 당대 사회체제의 문제틀을 종합적으로 문제 삼으면서, 그것이 한갓 예전 이야기에서 그치는 것이 아니라, 지금, 여기의 상황에서도 여전히 문제적인 사안임을 암시하고 있는 것이다. 다시 말해 인간의 욕망에서 체제의 욕망까지 두루 조감하면서 비판적으로 점검해보려는 의도를, 기지 넘치는 서사 전략 이면에 매설해놓고 있는 작가가 바로 최제훈이라고 말할 수 있겠다.

「괴물을 위한 변명」도 그렇다. 진화론자 찰스 다윈 탄생 200주년을 맞아 진화론과 창조론, 유전적 요인과 환경적 요인 및 생명공학 관련 다양한 이슈들이 더욱 활발하게 토론되었던 2009년의 세계 지식사회의 풍경 및 담론의 지형과 분위기를 떠올리게 하는 소설이다. '근대의 프로메테우스'라는 부제가 붙은 『프랑켄슈타인』이 메리 셸리에 의해 발표된 것은 1818년의 일이었다.

다윈의 『자연 선택에 의한 종의 기원에 관하여』가 출간된 것은 그로부터 40여 년 후인 1859년이었다. 다윈보다 훨씬 앞질러 "자식을 낳고 번성하여 온 땅에 퍼져서 땅을 정복하여라. 바다의 고기와 공중의 새와 땅 위를 돌아다니는 모든 짐승을 부려라!"라며 특별한 존재로 인간을 창조했다는 신의 뜻을 거부하고자 했던, 그래서 종의 경계를 허물고, 무생물에 생명을 부여할 수 있는 방법을 알아내고, 실천에 옮긴 이가 바로 셸리가 만든 허구 속의 물리학자 프랑켄슈타인이었다. 원래 소설에서 프랑켄슈타인 박사가 만든 피조물은 이름을 지니지 못했다. 그런데 1931년 동명의 영화가 제작되면서 괴물과도 같은 피조물에 창조자의 이름이 붙여졌지만 그 대신 말(언어)을 잃게 되면서, 괴물 프랑켄슈타인의 이미지가 왜곡되기 시작했다는 문제의식을 바탕으로, 작가는 상상의 틈새를 넓혀나가며 중층적으로 새로운 성찰을 시도한다. 원 저자인 메리 셸리와 그 주변 인물들, 소설 속의 프랑켄슈타인 박사와 그 가족들, 괴물 프랑켄슈타인 등을 복합적으로 되살려 다성적 대화를 시도하면서, 프랑켄슈타인 테마를 21세기의 것으로 새롭게 합성한다. 특히 최초의 프랑켄슈타인 테마에서는 미미한 위성 요소에 불과했던 프랑켄슈타인 박사의 동생인 에르네스트 프랑켄슈타인을 초점화하여 이 테마를 전복적으로 재조명하려 한 시도가 매우 흥미롭다. 에르네스트는 형의 생명 창조 동기로 트랜스 젠더 욕망을 포함한 마성적 광기를 주목한다. 그것이 끔찍한 비극을 낳은 씨앗이 되었다는 것이다. 그러면서 유전공학을 비롯한 과학 기술혁명 시대에 대한 윤리적 성찰을 간접적으로 제안하고 있는 것처럼 보인다. 이질 혼성적 편집의 미학과 위트를 바탕으로, 과학적 광기와 생명 윤리를 맞세워 이 시대의 핵심 문제에 육박하려 한 작가의 시도가 날렵하다.

3. 그림자와 분열증의 음화

「퀴르발 남작의 성」에서 시종 희미한 그림자 같은 존재에 불과하나, 버전에 따라서는 남작을 처치하는 종결 과정에서 의미심장한 조력자 역할을 하는 벙어리 소녀가 있다. 그 소녀에 대해 소설 속의 영화감독 나카자와 사토시는 "하루가 멀다 하고 성대한 연회가 벌어지는 성에서 늘 우울한 표정으로 주변을 맴도는 벙어리 소녀는 언어를 잃어버린 현대인의 남루한 영혼을 상징한다"(p. 19)라고 해석한 바 있거니와, 이 벙어리 소녀와 「괴물을 위한 변명」에서 말을 잃어버려 스스로를 변명하기 어려운 괴물, 「그림자 박제」에서 말을 심하게 더듬는 상처받은 내면 아이 제리, 그리고 「마녀의 스테레오타입에 대한 고찰」에서 인간계의 광기 어린 환상에 의해 사냥 당해 역시 존재론적 정체성의 위협을 받을 수밖에 없다고 얘기되는 마녀들은 정도의 차이에도 불구하고 한 다발로 묶일 수 있다. '그림자 존재'라는 것이 바로 그것이다. 흔히 현상계의 본체에 비해 부수적인 딸림 존재로 혹은 하찮은 타자로 밀려나기 쉬운 그런 소수자들을 상징한다. 이들의 핵심적인 특징은 제대로 된 이름과 자기 정체성을 지니지 못한다는 것, 언어를 통해 자기 존재 증명을 하기 어렵다는 것 등이다. 언어화되기 이전의 상상적 가치를 지니고 있지만 로고스가 주재하는 상징계에서는 억압되기 쉬운, 바로 그런 존재들을 위한 변론에 최제훈의 소설은 그 이야기 가치를 나름대로 부여하는 것 같다. 이와 같은 '그림자 존재'에 대한 언어적 윤리적 가치 부여와 더불어 그에 대한 해석학적 존재론적 탐색 작업도, 최제훈은 소설 담론을 통해 수행한다. 다시 말해 그림자에 대한 심원한 해석학적 탐구를 통해 그와 관련한 존재론적 이해의 깊이를 모색하려는 작업을 펼치고 있다는 것이다. 물론 이때 그림자는 양면적이거나 다면적인 존재 혹은 분열적인 존재로 이해되어야 한다. 앞에서 논급한 바 소수자를 상징할 때, 그런 그림자가 억압된 것에서 풀려나 귀환 장정에 오를 기회를 얻도록 작가는 애쓴다. 언어적으로 소설적으로 변명해주고 싶은 대상이기 때문이다. 그런가 하면 비판의 대상이 되는 그림자도 있다. 이미 거론되기도 했지만 「퀴르발 남작의 성」에서 남작의 광기 어린 욕망은 자본주의 체제의 그림자 또는 비유이다.

사실 그림자에 대한 최제훈의 관심은 지대한 것이어서, 이 소설집 전체가 이런저런 그림자들이 꿈틀대고 있는 형국이라고 해도 좋을 정도이다. 나머지와 창작 방법 면에서 약간 달리 보이기도 하는「그림자 박제」「그녀의 매듭」「마리아, 그런데 말이야」등이 함께 묶일 수 있는 이유도 바로 이 지점에서 찾아진다. 한마디로 이 소설들은 그림자를 통해 존재를 찾아나서는 포스트모던한 임상 보고서이다. 내가 누구인지 알 수 있으며, 내가 생각하는 것, 내가 행동한 것을, 제대로 기억하거나 헤아릴 수 있는 자는 과연 그 누구인가. 이런 의문에 대한 발견적 탐문의 이야기들이다.「마리아, 그런데 말이야」에서 이혼남인 한성민은 결혼을 앞둔 대학 동아리 후배 수연을 우연히 만난다. 예비 신부와 이혼남 사이의 금기인 결혼 얘기를 피하다 보니 할 얘기가 많지 않은 그들의 틈새에 허공처럼 존재하는 인물이 바로 제목에 등장하는 '마리아'다. 수연과 같은 학원 강사로 제시되는 마리아 이야기로 그들은 만남을 이끌어간다. 차츰 한성민은 수연이 말하고 자신이 궁금해하는 마리아가 아바타 같은 존재가 아닐까 생각하게 된다. 마치 역할놀이 게임을 하듯이 마리아라는 캐릭터를 둘 사이에서 키워온 것이 아닐까 하는 생각 말이다. 현실에서 수연이 하고 싶지만 하지 못하는 것, 욕망하지만 충족되지 못하는 어떤 것을 투사한 대리 환상이 바로 마리아요, 한성민의 입장에서도 아니마 여성을 향한 자기 환상의 일정 부분을 투사한 그림자가 바로 마리아에 다름 아닌 것이다. 그렇다고 해서 마리아가 아주 특별한 인물로 그려지는 것도 아니다. 이렇다 할 역할 모델을 찾기 어려운 시대의 아바타 놀이 풍경이라 할 만하다.

「그녀의 매듭」과 「그림자 박제」에서는 박제화된 기억 내지 기억상실의 문제를 천착하면서 분열된 그림자들의 틈새에서 존재의 문제를 탐문한다. 「그녀의 매듭」은 회피하고 싶은 부분에 대한 기억상실 증세를 보이는 인물의 이야기다. 주인공 차화연은 고등학교 때 집안 형편이 어려워 원조 교제로 학원비를 충당하던 친구 이현정을 도와주었는데 그것이 계륵이었다. 결과적으로 이현정은 대학에 합격했지만, 자신을 도와준 친구에 대한 양가적인 감정에서 자유로울 수 없었던 것이다. 고마운 친구라는 감정과 자신의 과거 치부를 알고 있는 인물에 대한 피치 못할 피학적 경계 감정이 그것이다. 그러다가 친구가 자기 남친에게 접근하는 것 같은 의혹이 들었을 때 피학적 경계 감정은 가학적으로 돌변하기도 한다. 치명적 비밀을 친구에게 만들어주고 그것을 자신만이 독점하는, 비밀의 교환을 통해 피학적 경계 감정에서 벗어나고 싶었을지도 모른다. 비록 소설에서는 간접적으로 모호하게 처리되어 있지만 이현정은 차화연이 운전하는 차에 동승하게 된 날, 그와 같은 독점적 비밀의 교환에 성공한다. 비가 쏟아지는 칠흑같이 어두운 밤길에서 운전하던 중 차에 뭔가가 부딪치어 깔렸다는 느낌이 들었을 때, 운전하던 차화연에 앞서 확인하겠다고 먼저 내렸던 이현정은 아이가 깔려 죽었다고 말한다. 너무 놀란 차화연은 본인이 직접 확인할 엄두도 내지 못한 채 이현정과 눈빛으로 공모한 다음 뺑소니를 친다. 그러나 결과적으로는 차화연이 역공세를 취해 이현정의 과거를 소문내고 이에 격분한 이현정이 심한 행패를 부리게 된다. 그러나 차화연은 이후 자신이 이현정의 소문을 냈다는 사실은 물론 그녀의 존재 자체를 기억하지 못할 정도로 그녀와의 매듭을 끊어버린다. 이렇듯 작가는 회피하고 싶은 기억과 그 상실에 관한 문제를 현실과 환상의 전복적 교호 기제와 더불어 다룬다. 차화연은 오랜 이성 친구 성호의 애인 강지민에게 질투를 느끼고 훼방하기 위한 목적으로 합성사진을 만든다. 흔한 여성 이름으로 이현정을 고른 다음 인터넷에서 블로그를 찾아들어가 사진을 내려받아 성호의 사진과 합성해 성호의 블로그에 올린다. 그 후 그 합성사진이 직접적인 원인이었는지는 확인할 수 없지만 어쨌든 둘이 헤어졌다는 소식을 차화연은 접한다. 문제는 그 이후였다. 자신이 가상공간을 이용해 합성한 사진이 실제가 된 것이다. 합성사진처럼 이현정과 성호가 애인이 되어 자신 앞에 실제로 나타났을 때, 차화연은 황당한 느낌을 주체할 수 없게 된다. 지나치게 작위적인 요소가 없지 않으나 디지털 복제 시대의 주술적 특성을 흥미롭게 가미한 상상적 추론으로 보인다(예전에는 말이 씨가 된다고 했는데, 이 디지털 복제 시대에는 컴퓨터 그래픽 합성사진이 씨가 되고 있는 것일까?).

「그림자 박제」에서 기억 상실과 분열적 사도마조히즘의 문제는 절정을 이룬다. 소설 전체가 기억나지 않는다고 말하면서 기억을 이끌어내는 아이러니 구조로 이루어져 있다. 이 소설에서 작가는 분열증 환자의 비극적 행태를 결코 눅진하지 않게,

경쾌한 시치미의 말법으로 풀어 보인다. 주인공 강철수는 교통사고로 조실부모하여 고아원에서 자라고 자수성가한 회계사다. 자식의 조기 유학으로 현재는 이른바 기러기 아빠 처지다. 해리성 정체감 장애를 보이던 그가 어느 날 공중 화장실에서 한 남자를 멍키스패너로 살해하는 잔혹극을 연출하고 만다. 소설은 주인공이 정신과 의사를 수신자로 하여 기억나지 않는다는 이야기를 풀어내는 형식으로 이루어진다. "내 안의 또 다른 나"(p. 121)를 만나고 여럿으로 분열된 '나'들끼리 환상적으로 대화하기도 하다가 결정적인 사건으로 빠져드는 과정을 끊길 듯 이어지는 방식으로 이야기한다. 강철수는 터프가이 톰이 되기도 하고, 상처받은 내면 아이 제리가 되기도 하고, 심한 대인기피증을 보이는 강우빈이 되기도 한다. 이런 '내 안의 또 다른 나'들은 '가슴속 지하실'에서 길어 올려지는 존재들로, 모두 강철수의 그림자들이다. 그의 욕망의 대상이자 원인이 된다. 상처받은 어린 시절의 내면 아이 모습을 연출하는 제리와 강우빈은 강철수로 하여금 억제와 불안의 원인이 되기도 하면서 그 자체로 심한 존재의 결여를 함축하기 때문에 욕망의 탈주선으로 치닫게 한다. 상처받은 내면 아이의 억제와 불안을 과도하게 넘어서 욕망을 추구하고 행위로 이동할 때 톰이 연출된다. 그는 내키는 대로 행동하고 충동적으로 소비하고 쾌락을 즐긴다. 제리나 강우빈의 상처와 결여의 반작용이다. 상처받은 내면을 억제하지 않고 충동적으로 행동화할 때 극단적으로는 자살이나 살인 같은 것으로 치달을 수도 있는데 「그림자 박제」에서 강철수도 같은 경우이다. 백화점에서 소극적인 어린아이가 남자로부터 상처받고 있다고 여겨질 때, 톰이 주체하지 못하고 충동적으로 잔혹한 공격성을 드러냈던 것이다. 이렇게 최제훈의 '그림자 이야기'는 인간 내면의 난장을 역동적으로 형상화한다. 이성이나 규범, 의무나 책임에 의해 제약되거나 위축된 상처받은 내면 아이들의 다각적인 양태들을 다루면서, 맺힌 것들을 조금은 풀어내면서 자신의 진정한 내면에 다가설 수 있는 계기를 마련하기 위해 기억상실이나 분열증의 모티프를 극화하고 있는 것이다. 도무지 알 수 없는 나를 찾아서, 기억나지 않는 기억의 심연을 쫓아서, 나도 알 수 없는 내 행동의 원인을 찾아서, 나도 이해하기 어려운 내 마음의 밑자리를 찾아서 부단히 격렬하게 자맥질하는 상상적 도정이 바로 '그림자'라는 존재의 음화 탐색 여정이다.

4. 난장의 신명과 새로 쓰는 텍스트

복잡한 그림자들이 수시로 명멸하면 존재의 자리를 헤아리기 어렵다. 주체나 이성의 위기에 대한 담론은 벌써 오래전부터 유포된 것이지만, 최제훈은 그것을 존재론적으로 앓는다. 존재의 상처는 곧 말이나 담론의 상처를 가져오는 것이어서, 진정한 의

미의 소통이나 교감도 쉽지 않다. 내가 누구인지도 알 수 없고, 내가 인식하거나 기억하거나 생각하는 것도 불확실하다고 할 때, 내가 하는 말은 어떨 것이며, 내가 들은 말은 또 어떨 것인가? 과연 진실의 자리는 어디인가? 이런 질문들을 앓아내면서 소설적 발상을 얻어가는 작가가 바로 최제훈이 아닐까 짐작된다. 가령 「괴물을 위한 변명」에서 "이 다중액자 기법의 핵심은 서술의 객관성을 담보하는 제스처를 취하지만 실은 모두 전해 들은 말의 연쇄, 일명 '카더라 통신'이라는 것. 괴물이 빅터에게, 빅터가 월턴 선장에게, 선장이 사빌 부인에게, 사빌 부인이 메리 셸리에게, 셸리 여사가 우리에게⋯⋯ 과연 진실만을 말했다고 믿어야 할 이유가 있을까?"(p. 254) 이와 같은 진실에의 갈구가 언어와 정보, 사실에 대한 비판적 회의를 낳고, 진실 탐구를 위한 내밀한 추론에의 열정을 북돋운다. 아예 기고문이나 논문의 형식을 취한 소설도 있거니와, 최제훈의 소설은 추론적 서사의 새로운 지평을 모색했다는 점에서도 그 의의를 찾아볼 수 있다. 그렇다고 탐정 서사 얘기를 하려는 것은 아니다. 개인 감정이나 내면에 사로잡혀 지나치게 사사화되던 이야기나 이야기 방식을 지양하여 이야기의 객관적 소통 지평을 모색하기 위해서는 서사적 문제를 공동으로 탐문하는 반성적 기획이 요청된다는 사실을, 그는 잘 알고 있는 것 같다.

이 문제와 직접 대면하면서 구체적으로 형식화한 소설이 바로 「셜록 홈즈의 숨겨진 사건」이다. 의사이자 추리소설 작가인

도일 경의 죽음 사건을 탐문하는 셜록 홈즈의 추론 과정을 다룬 이 소설은 두 가지 측면에서 관심을 끈다. 현실과 허구의 순환이 그 하나라면, 저자의 죽음 문제가 그 둘이다.「그녀의 매듭」에서도 디지털 복제 시대의 허구의 현실화 실태를 거론한 바 있거니와 이 작품에서 도일 경은 그가 허구 속에서 만든 인물과 대결하는 과정에서 목숨을 건 쟁투를 벌인다. "현실의 제약을 초월한다고 여겼던 가상 세계가 또 하나의 현실이 되어 목을 옥죄어올 때,"(p. 73) "작가가 자신이 창조한 인물에 대한 열등감으로 그를 죽이고, 다시 부활한 그가 복수를 하듯 작가를 실제 죽음으로 내"모는 "참으로 무익하고 서글픈 순환"(p. 74)에 대해 홈즈는 언급하고 있다. 도일 경의 사건에서 그가 창조한 추리소설 주인공의 현실적 명성이 높아질수록 실제 작가는 '저자의 죽음'에 가까이 가게 되는 역설을 홈즈는 또한 헤아린다. "피조물이 점점 현실의 신화가 되어갈수록 창조주는 모든 가능성을 거세당한 채 신전 한구석의 석상으로 굳어간다"(p. 72). 창조주와 피조물 사이의 위계 문제는「마녀의 스테레오타입에 대한 고찰」「그녀의 매듭」「괴물을 위한 변명」등 다른 소설에서도 다루어지는 테마다. 세상의 창조주가 세상을 다 책임질 수 없듯이, 허구 세계의 창조자도 자신의 허구를 모두 감당하기 어렵다. 전이와 역전이, 영향의 주고받음, 단서와 추론 등 여러 과정에서 저자/발신자는 독자/수신자와의 역동적인 커뮤니케이션을 필요로 한다. 아무리 저자가 나름대로 정교하게 서사적으로 추론해나간다고 하더라도 균열의 틈이 없을 수 없을 터이므로, 의문점은 "호기심 많은 독자들의 몫으로 남겨"(p. 269)지게 마련일 터이므로, 아니 "호기심 많은 독자들의 몫으로 남겨"지는 잉여의 서사가 넓고 깊을수록 다시 쓰는 텍스트가 될 수 있을 것이므로, 다시 쓰는 과정에서 불확실성은 다소 줄어들 수 있고 서사적 추론은 심화될 수 있을 것이므로, 그럴 때라야 서사적 난장은 그 신명기를 더할 수 있을 것이므로, 확정된 소설을 작가가 고집할 이유가 없다. 「셜록 홈즈의 숨겨진 사건」에서 도일 경이 완벽한 미스터리를 위해 "조작된 가짜 단서들과 사건을 해결할 수 있는 진짜 단서들을 교묘하게 겹쳐놓고" "존재의 딜레마에 마침표를 찍을 무기로 덧없이 녹아 사라지는 얼음 칼을 선택한 아이러니까지"(p. 77) 동원하면서 홈즈와 내기를 벌였지만, 홈즈는 완벽한 미스터리는 없다는 사실을 밝혀낸다. 또한 수신자로서 홈즈 자신이 발신자로서 도일 경이 매설한 완벽한 미스터리를 풀지 않는 한 그것은 존재하지 않는다는 역설도 드러낸다. 그러나 그 자신이 추론한 것도 최종적인 것이 아닐 수 있음을 간파한 홈즈는 다른 사건과는 달리 이 사건을 미제의 사건으로 남겨둔다. 바로 이런 상상의 지점이야말로 최제훈이 독자를 초대하고 환대하는 지점이라고 할 수 있겠다. 이렇게 초대된 독자들과 더불어 최제훈의 소설은 끊임없이 다시 쓰일 수 있겠다.

  삐딱하게 보기, 뒤집어 보기, 물구나무서서 보기와 같은 식으로 사태를 전복하면서 최제훈은 탄력적인 위트와 유머 감각으로 서사적 난장에 신명을 지피는 작가이다. 그는 기존의 문화의 지도, 생각의 지도를 가로지르고 거스르면서 지도 바꾸기를 격렬하게 시도한다. 문화의 지도, 생각의 지도 바꾸기는 곧 서사의 지도 바꾸기와 통한다. 바뀐 최제훈의 서사 지도에는 기존의 서사 문법으로부터 활달하게 벗어난 가능성의 공간들이 많다. 실제와 허구, 상상, 환상, 망상 등을 자유롭게 넘나들면서 독자의 상상과 추론의 범역을 유쾌하게 넓혀준다. 그러면서 새로운 상상 지도에 독자들을 기꺼이 초대하고자 한다. 독자들은 거기서 신명나는 서사적 추론의 향연을 함께 주재할 수 있다.